二月烽火

彭武法 著

中国言实出版社

图书在版编目（CIP）数据

二月烽火 / 彭武法著. –– 北京 : 中国言实出版社,
2023.12

ISBN 978-7-5171-4719-0

Ⅰ.①二… Ⅱ.①彭… Ⅲ.①长篇小说—中国—当代
Ⅳ.①I247.5

中国国家版本馆CIP数据核字（2024）第017183号

二月烽火

责任编辑：王蕙子
责任校对：邱　耿

出版发行：中国言实出版社
　　　　　地　　址：北京市朝阳区北苑路180号加利大厦5号楼105室
　　　　　邮　　编：100101
　　　　　编辑部：北京市海淀区花园路6号院B座6层
　　　　　邮　　编：100088
　　　　　电　　话：010-64924853（总编室）　010-64924716（发行部）
　　　　　网　　址：www.zgyscbs.cn　电子邮箱：zgyscbs@263.net

经　　销：新华书店
印　　刷：四川科德彩色数码科技有限公司
版　　次：2024年3月第1版　　2024年3月第1次印刷
规　　格：880毫米×1230毫米　1/32　8.5印张
字　　数：190千字

定　　价：68.00元
书　　号：ISBN 978-7-5171-4719-0

前言

　　小说《二月烽火》，在断断续续的挺进下总算完成。其间，确实历经了一段不短的日子，能够付梓，心里顿然释怀了许多。它投入了自我的激励，尽管文笔粗拙，终于还是可以对那些为了革命战争胜利献出宝贵生命的烈士，用文字倾诉情感，向历史发出呼声，聊表自己对他们发自内心的敬仰和缅怀。也借此带有信仰温度的拙文，讲述那一群普通老百姓和他们平凡的故事，反映真实的民心，暴露社会的黑暗，突显革命的底色，重温那段苦难的历史，铭记他们敢于抗争、勇往直前的大无畏精神。

　　我成长在广东省汕尾市，对于这块革命根据地的重要组成部分海陆丰的红色革命故事，肯定不陌生。从家乡情结来说，我们生长在一个具有光荣传统的革命老区，更应该尽量多地了解、铭记这些革命历史。家乡的人民在中国共产党早期的"农运大王"彭湃先生为主要领导者的影响下，思想进步，紧密团结，积极地发展各地的农会组织，建立起强大的农民武装力量，推动了轰轰烈烈的农会运动，与反动派军阀进行长期的武装斗争，并成功建立了中国第一个苏维埃政权，可谓意义深远、影响巨大、贡献卓著。

可是，为了革命的胜利，又有多少年轻的生命，奔赴于这场流血牺牲的运动中而无怨无悔！又有多少革命战士为了革命的成功而成为了无名英雄？在这片热土上，一座座丰碑的矗立，是对烈士长眠于地下的告慰，赓续红色血脉无疑更是一种传承。

这些远去的先辈多为无名英雄，已经没有什么直接的证据能够证明他们曾经出生入死的光荣事迹，或者，他们打一开始就没有想过要让谁去记住他们，只是用普通人普普通通的行动去证明自己所选择的道路，用一颗赤诚之心去做一些他们该做的事罢了。至于其他，包括生死，早已经无关紧要。

正是因为有了无数个这样默默无闻的前辈，在土地革命的历史节点，怀着必胜的信念勇敢地向黑暗势力宣战，斗争才那样如洪流滚滚。残酷的武装斗争，也注定了所有生命的脆弱，年轻鲜活的生命，为了革命的成功，那灿烂的人生光华常常戛然而止。那么，究竟有多少不为人知的名字没有被历史记录、于青史留名，相携镌刻在纪念碑上？随着时光的流逝，事件逐渐变得模糊，久而久之，我真的害怕，经过时间风化，会沦为一个被历史湮没的谜。

本书正是以彭湃领导下的土地革命大事件为历史背景，围绕海陆丰农会和赤卫队农民武装而展开的乡村革命斗争故事。讴歌的是中国共产党领导下最底层、却又是那个时期最活跃的农民组织。我长大的地方，恰好就是有过战斗历史的革命老区，所以，从小聆听长辈的传述，再结合有关的历史资料，作为小说的一条主线。本人也通过走访革命老前辈，结合各个方面搜集的相关资料，力求客观地、比较接近原型地再现当时农会组织运动斗争的真实情况。从大有星火燎原之势的初始开蒙，普

通的一人一物、真挚的一字一句，徐徐地揭开海陆丰农村土地
革命斗争那段残酷的历史⋯⋯

彭武法

2023 年 3 月 23 日

目录

·第一章

古屋祭拜缅怀，追忆历史风云

耀阳村的这座老祖屋，从整体布局上，只要稍微认真点观察，就看得出来，它是经历过了一段漫长时间的风雨侵蚀，确实已经有些历史年份。它的建筑结构，是属于上五下五外横屋的砖瓦及三合土夯实建筑，正屋和外横屋加起来的房间，足有上百间。

在外横外面的大禾町中间位置与主建筑之间有主门楼，建筑名称也叫鼓楼，是由本地产花岗岩石雕琢而成的圆立柱、石砖半墙、夯土墙混合而成，六角形的屋顶，远远看上去，仿如一座庄重的亭子，是桁桷青瓦结构。六个角伸出去的燕尾线条流畅，如弯月般的卷勾相对，给人一种同沐日月的和谐感触。鼓楼与正屋大门之间的空旷地方是一个大院子，铺满了工字形石砖，院子内围墙靠正屋处，各有一个圆形侧门，互相对称，各屋前面的小院子连通。鼓楼的存在是从风水布局考虑而建造，而且与正屋的分金座向是不同的。从风水学来讲，叫做内外分金。整体建筑可谓是恢宏壮观，颇具气派，占地面积也够规模，从房子的多少，可以想象当时在此居住的人居群体还是有一定数量的。

房子虽然在历经沧桑之后，已颇显破落，视线的感觉上有所失落，那隐隐约约透出的铮铮风骨，却依然显得坚实和宏伟。屋里屋外的建筑墙体和屋面瓦砾、桁桷，在自然风雨的侵袭下，已经有大面积的斑驳凸现，而且随处可见苔痕侵略之状，悠久的历史印记，赫然写在这些一直被时间默默阅读的这一片坚韧的土地上。

今天是农历的二月初三，就在这座仿如一位佝偻老人的祖屋里面，众多一脉相承的后裔们，仍然像往年一样，自发地相聚在一起，互相谈论着一段陈旧却又不可忘却的历史事件。

心怀虔诚的血脉乡亲，默默地聆听着那些了解历史、充满感情的年长前辈诉说，沉浸在追忆历史的谈论中。

每个人的神情，都显得那么的肃穆和庄严，由之产生的那种气氛，也有如冬天的霜花般凝重和严肃，被尚处于寒冷中的二月天气感染着，带着一抹回忆的悲戚，沉浸在一片缅怀先烈、传承历史精神的氛围之中，显得浓重而又悲凉。

在老祖屋的上厅靠墙的中间位置，正对着大门的，是一张长方形木质雕花画图案桌，有齐胸高度。案桌的中间摆放着一个陶瓷制成的小桶状大香炉墩，两边各摆着一个略小的香炉墩，两个大烛台也是陶瓷做的。案桌上面的墙面有浮凸黑墨写的一副繁体对联，上联是"耕读怀本务"，下联是"忠厚守家业"，横批是"昌盛"。

距离案桌一米左右有一条通道隔开，然后并列摆放了两排杉木制作的八仙桌，一直拼接至天井边上，也足有十几张桌子。桌子上摆放着乡亲们自发备办的三牲酒品、斋果、茶水、香、纸烛等传统祭拜用品。

到了规定祭拜的时间点，即使还没完全踏进老祖屋里面，在老远的屋子外面的院子里，就能够听见一句句召唤英烈灵魂的颂神声，正从一位热心长辈虔诚的语气中穿透出去，一直萦绕在老屋上空。而案桌上早已经香烟缭绕，烛火跳跃。

在这种缅怀氛围的影响下，会让人们不由自主地，随着长辈嘴里诵读出来的一个个烈士名字，在那段腥风血雨的革命历史故事里，寻找着他（她）们坚贞英勇的影子……

耀阳村地处广东省东部，隶属陆江县管辖，是一个普普通通的三面环山的小山村，当时的总人口也不到千人。聚集居住在这里的父老乡亲，都是老祖宗从别处迁徙来耀阳村开基之后繁衍的客家后裔。

耀阳村村风淳朴，祖祖辈辈秉持厚德待人，勤勉持家。所留遗训合规合理，族规公正严明，与附近乡民相处讲的是和善积德，也为历代子嗣生根散枝之道。村民们团结和谐，积极进步。非欺辱不与相争，非强压不与官斗，这些良好的传统美德，是长期以来村民之间对自己和对外互相之间约束所具备的，最基本的为人处世方式。

先祖从他处搬迁至耀阳村之后成为了此处开基始祖，经过历代繁衍，历经了几十年风雨。开基时的清道光年间的封建社会，到民国初期的几十年接近百年时间，人们一直生活在被封建王朝政权压迫的水深火热之中。

1911年的辛亥革命，曾经一度成功推翻了清朝政府的封建统治，结束了长期的封建帝制，也给人们的思想带来了很大程度的解放。但是不可否认，它诞生的是一个资产阶级共和国，紧接着就是反动派政府各地的军阀割据，自成派系。从表面上看，辛亥革命好像是改变了某些陈腐的东西，而本质上并未给黎民百姓带来实质性的改变。其最大的成功之处，是体现在思想上的解放，纵观整个社会，人们有了拥抱新思想和新观念，接受新事物的进步思维和势头。

仍然深陷在反动派腐败政府统治下的老百姓，除了忍受着生活上的疾苦，有苦也无处诉，有冤也不敢指望有申诉的地方。

那种从内心深处迸发出来，对自由新生活的渴望，在被长期压抑的苦难环境中，逐渐变得更加迫切和强烈。

在这种黑暗社会大环境的影响和推动之下，自然而然地就会萌芽出了一种新生的进步社会力量，这是社会发展中的必然走向。

这种新生力量也是大势所趋，正在悄无声息地，率先在陆海、陆江县和粤东这一片地方开始发芽萌动，成为一种充满了无限希望的星火生机。这股力量深得民心，犹如雨后春笋，在很短的时间里，便扩散至广东各地，比如普宁、紫金、五华、惠阳等地，并且逐渐继续向周边蔓延，大有星星之火的燎原之势。

特别是以农运核心人物——彭湃为主要领导人领导下的海陆丰农会运动，非常及时、迅猛地在粤东地区掀起了一股轰轰烈烈的，专门针对以榨取劳动人民血汗为生的土豪劣绅所进行的减租减息长期运动热潮，影响可谓深远，为海陆丰农民武装力量的蓬勃发展，打下了坚实的群众基础。正是这种星星之火燎原般的火种，成为了海陆丰不断走向成熟的工农革命武装力量发展的雏形。

已经发展得如火如荼的农会运动，一直倡导的主张与农民的利益息息相关，在发展中一步步深入民心，农运队伍也纷纷在陆江、陆海县，以及周边地区不断地发展壮大了起来。

耀阳村人民思想比较进步，接触农会组织可以说是比较早，这也是源于一部分耀阳村的乡亲早期从事挑担，以及到陆海县做长工职业的关系。挑夫们日常挑担所活动的范围靠近陆海县一带，接触到的人事皆直接与彭湃领导下的农会组织有关，相对广泛复杂，思想认知上也必然更进一步。

在贸易往来和与外界交往的过程中，深受进步思想影响的当地百姓，觉悟基础必然良好，所以很多青壮年刚一接触了农运组织就果断地加入，这些踊跃的人群成为一支当地重点发展的农运队伍。

耀阳村也因为其逐渐壮大起来的力量，被陆江海共产党组织纳入了重要的农运据点之一。

耀阳村的进步青年秋实、彭亮以及同村的另外几十名青年，还有外乡村的进步青年范相、丘正番等其他一部分人，就是在与耀阳村农产品贸易的往来中，在这种历史背景的推动下，陆陆续续投入到农会运动中的主要代表人物。

· 第二章

青年秋实好学，能文能武

所有的这些人当中，当属秋实接触农会运动的时间最早。这也跟他早几年漂泊南洋，打工时接触到的社会面以及相对复杂的见闻经历，都有很大关系。

秋实很小的那个时候，所有地处农村地方的普遍家庭，生活都是穷困艰苦的，秋实的家庭情况也不例外。

但是，深受知识贫乏之苦的父母亲，哪怕在生活异常艰苦的情况下，仍然咬紧牙关，勒紧裤腰带，在生活上省吃俭用，硬是坚持着让秋实接受了几年学堂教育。

懂事好学的秋实，因为有了梦寐以求的学习机会，学习上刻苦执着，虽然只是接受了几年短暂的学习教育经历，却在各方面都表现得十分优秀。在学校的时候，课堂上经常得到学堂先生的表扬称赞。极其无奈的是，贫穷拮据的生活，逐渐令家徒四壁的家庭不堪负重。懂事的秋实最后主动向父母亲提出辍学，无奈之下，中止了学业。在本该求学的那段日子里，白天跟着父亲在田间辛苦劳作。

好学的秋实充分利用晚上的时间，一边自学简单的课本知识，一边想方设法从别的地方借书学习，而且还不忘勤奋地练习写字。他抽空还去邻村，跟一位论辈分叫叔公的中年拳师学习武术，拳师叔公是当地金狮班的传人，身怀绝技，武艺超强。

　　已经加入金狮班跟拳师学习拳术的年轻小伙有好几十人，大家都知道，在传承武术的基础上还能用武术保护自己和家人。

　　对于秋实来说，当然还有一个重要的个人原因，那就是防身和自卫。因为有那么一次，秋实厚道的父亲从家里挑着一担木柴，前往县城的墟上去卖，当他挑着木柴跟着买主正往买家家里去的路上，与几个军人模样的人擦身而过时，木柴枝只是与对方有了轻轻的摩擦，而且还是对方自己往柴担上蹭产生的摩擦。没想到不怀好意的几个家伙，硬说是秋实父亲的木柴枝划伤了他们的身体，有意耍起了无赖，讹诈着要拿钱财才能消灾。

　　秋实的父亲心里慌了起来，知道遇上无赖匪徒了，赶紧地说着好话道歉希望能够了事。可是这些无耻之徒，没有达到目的哪里会善罢甘休？仍然凶神恶煞般地愣是说要赔钱。

　　秋实的父亲虽然心慌，在诚恳赔礼无效的情况之下，也就大胆理论了两句，没想到此一理论，却招致几个恶霸的拳打脚踢，险些丢了性命。当时幸亏遇上了也在墟上卖柴的同姓宗亲拳师，由他出手阻止，用几招超强的硬实功夫制敌于无声，当场压住了他们的嚣张气势，才得以全身而返。

　　虽然得以脱身，最后还被强抢了身上卖柴的所得钱银。由于秋实父亲的身子骨从小缺乏营养，到了壮年了，长得也不够硬朗壮实，不具备面对欺压的反抗资本，所以在经历了那次事情之后，特别交代自己的两个儿子，趁着年轻，一定要拜个有名的拳师，花上一定的功夫，从练好身子骨开始，再学一些制敌的棍棒拳术，万一碰上类似这样被人欺负的事情，也不至于像自己那样窝囊，连体力反抗的勇气都没有。

　　所以从那件事以后，秋实兄弟俩也知道了拥有强壮体魄的重要性。俩人都听从了父亲的建议，各自利用自己的空余时间，跟着邻村的一位老拳师，扎扎实实地学起了拳术。

　　两三年寒暑下来，虽然不敢说练就了老拳师的刚劲练达，制敌迅猛而游刃有余，倒也是练得身板子高大健硕，虎背熊腰，看起来结实稳健。每出拳要出一个招式，气势逼人，出拳踢腿都虎虎生风，有力气劲，有股子俊朗势。

　　秋实除了坚持练习棍棒拳术，还一边充分利用空闲时间读书写字，每到晚上闲暇，就在微弱的灯光下，如饥似渴般品读从别处借来的三国、水浒、说唐等各种著名的列传。偶尔还抽出时间，积极地从不同途径，了解当时社会时局的变化。

　　因为秋实始终相信，当时反动派腐败政府统治下的社会是一个有病的社会，只是病根究竟出现在哪里？自己却一片迷茫。总觉得自然万物与自然天气一样的道理，总是一直阴晦的天气肯定是不正常的天气，只有太阳光爬上地平线出来以后，太阳所带来的无限光明才能照亮黑暗中的每一寸地方。那种不公平的黑暗社会就好像是自然界里存在的黑夜，就算是阳光普照下的白天，也笼罩在漫天的乌云之下。

　　举目可以看到的社会现状，是农民兄弟们脸朝黄土背朝天拼死累活的悲惨，佃户们起早贪黑直到收成，交完了田租、地息以后，已经所剩无几。老百姓的生活完全处于艰苦清贫中，只是无奈地默默度活而已。

　　秋实到了二十岁的那年，还有一段小插曲呢。一个邻乡的地主乡绅，自己年老兼多病，因为妻子所生全是女子，眼看无子嗣继承香火，不知道从哪里知道了秋实的未婚情况，而且好像对秋实的情况了解得非常清楚，居然特地委托了乡里一个能说会道的媒婆，偷偷地找到秋实，媒婆还故作神秘地跟秋实说："你的桃花运来了，有大财主看上你了。"

　　原来是地主家的女儿从别人口中知道邻村的这个秋实，说这个年轻人高大俊朗，只是家庭穷苦，其他各方面也都十分优秀。

　　地主家女儿出于仰慕秋实的人品和相貌，单方面对秋实产生了好感，有意思招秋实做她家的上门女婿，也就是入赘到地主家。父女商议后，以为十拿九稳，甚至还说，保证秋实入赘他家以后，随时就可以过上衣食无忧的逍遥日子。

　　媒婆可是费尽了口舌，把地主家里家财殷实的情况，说得云山雾海，天花乱坠。可让媒婆没想到的是，哪怕她三番四次用她的三寸不烂之舌不断游说，秋实却好像不食人间烟火一般，不为所动，磐石之心令媒婆知难而去。

　　先别说叫秋实入赘到地主家，就是倒贴钱财明媒正娶到自己家，秋实肯定也不为所动。秋实只是很友好地一笑置之，连考虑都没考虑就委婉地回绝了媒婆。

　　当然了，做出这种果断的决定肯定是事出有因。因为秋实也多少了解到地主老财那个家伙不仅是不折不扣的守财奴，而且心肠也忒毒辣。

　　有一年天公作难，年运不好，危及了老百姓的收成。在农历六七月的时节，慢早稻已经到了有差不多六成熟时，偏偏就遇上了连日暴雨，一下就几天，到处积涝，造成了大面积山泥倾泻，洪水泛滥成灾，老百姓收成在望的庄稼，一夜之间被洪水成片成片地冲走或被洪水淤泥覆盖。

　　附近村庄的好多佃户，除了之前抢收了极少一部分早熟稻以外，其余未熟正在待割的，皆被洪水泥浆完全覆盖，由于天气炎热，几天之间便发芽和发霉，面对老天无情的灾难，乡亲们欲哭无泪啊。

　　到了雨歇退潮之后，乡亲们面对着倒在泥浆里的一片稻稿，知道收成已是无望。多少乡亲跪在田间地头上号啕大哭，陷入无助的深度悲恸之中。就是这个地主老财，到了他收地租时节，却全然不管刚发生不久的这场巨大的天灾对这些佃户造成了几乎是颗粒无收的庄稼伤害和打击，不减租也罢了，还态度强硬，要这些根本缴不起租的佃户必须打下一年的欠条，田租费也必须算高利，利还要转头，头转利，利滚利循环计算。

佃户们为了生活，皆声泪俱下，有些老弱病残的家庭，甚至跪下来苦苦求情，要求地主老财酌情给以减租、借粮，却遭到这个狠心地主收回土地的无情威胁。

这些老实厚道的佃户们，为了来年还能有地可租，继续一家人的生活，只好忍气吞声，强忍着也不敢做出反抗，唯有在心里祈祷着，希望来年老天开眼，庄稼能够丰收了再还债。

你说，像这样天打五雷轰的无良地主劣绅，秋实对他憎恨诅咒尚且不够，更别说会入赘到他家了。

一晃又到了秋实二十二岁的那年，也就是民国十三年（1924）的时候，眼看军阀割据的反动派政府腐败持续不堪，犹如已经病入膏肓，彻底走向背离天下苍生百姓的道路，一丁点也没有打算改变老百姓生活疾苦的迹象，挨饿挨冻的画面反而已经是随处可见的社会现象。

· 第三章

为了生活，漂泊南洋

　　这说来是一次挺偶然的机会，刚好是秋收已过的时间段，附近村子里有一个按辈分排序是秋实叔辈的乡亲，也是秋实父亲的一个好朋友，突然来到秋实家里对他父亲说，他有个早年去了南洋、后来在那边自己开商号的亲戚写信回来说，他家南洋的店铺需要请两个帮工。就是叫他帮忙找两个自己的家乡人，要求必须是好学、踏实、牢靠的人，其中一个要培养好，做他家的账房先生，需要有些文化；另一个人则做杂工，只要人健康灵活就可以。而且对方已经很仁义地把要去南洋的路费都托人带了回来，回来的那个人也是从南洋刚返回的邻村乡亲，连信和钱银一起带回来的。

　　信里面一些细节交代得很清楚，南洋那边也急着需要帮手，如果帮忙物色好人选之后，就马上安排他们跟那个还要返回南洋的同乡，一起搭船上路，那个同乡对路途比较熟悉，路上也方便互相有个照应。

　　秋实父亲的好朋友马上想到了秋实，这个他从小看着长大的侄子。也知道他上过了几年学堂，人够机灵，为人厚道，脑子也好用。秋实的一手算盘更是打得滚瓜烂熟，那可是附近众所周知、明摆着的，而且还学过两三年的棍棒拳术，一手功夫羡煞了好多后生。

更难得的是秋实这个后生哥聪明踏实，勤劳肯干，知书识礼，别说是干账房先生这份工作，就是叫他干苦力活也一样会是一把好手。如此文武皆通之人是完全值得推荐培养的人才。

也就是因为有了这番细心思量，那个乡亲就在被委托的第一时间找到了秋实的父亲，虽然还没有见到秋实本人，一番实际中肯的说话，把秋实父亲说得是一脸欢喜。除了对朋友的关照连说感谢之语，也答应了无论去与不去都会尽快给予回复。

说实在话，本来秋实的父亲也一直有这个愿望，想让自己两个儿子当中有一个能找机会到外面去闯荡闯荡，寻个合适的门路让他们长长见识。只是苦于生活在此昏暗世道，社会处于一片动荡不安之中，一直未如愿。现在这样的机会真的来了，能有如此适合他们接触外面世界的机会，心里着实高兴，觉得是完全可以考虑的一个好门路。

家里的亲人们经过简单商量之后，权衡再三，皆一致认为弟弟秋实前往南洋较之哥哥秋明前往应该更加合适，因为秋实上学堂学习的时间比哥哥多，样样精通，况且目前尚未娶妻生子，思想上无须有太多牵挂。而哥哥秋明却不一样，他已经成婚多年，虽然目前尚没有小孩，可是毕竟是有了家室牵绊的人。所以最好的安排，还是由年纪较轻的秋实前往南洋才最合适。

在两天时间里，他们基本上就做出了决定。拿定主意后，父亲也很肯定地回复了他的朋友，决定了秋实的南洋之路，接下来的一些日子就开始了简单的筹备。

在等待出发的这段时间里，秋实逐个告知了平时关系密切的几位要好朋友，也处了一些事情。大大小小的琐事基本上准备完毕。那个返回南洋的乡亲也怕等得急，捎话说，一旦他处理完家里事务之后，就会提前一两天告知，然后一起出发去南洋。

"秋崽啊，过去南洋那边之后，在别人地头上，人生地不熟的，要勤快，耐得住辛苦，安分守己，听东家的话做事，可别惹是生非！"这是准备出发前秋实父母千叮万嘱的话语。

启程南洋的那天凌晨，东边的天空尚未见到那丝丝曙光，但是朦胧中感觉得到，几颗从云层里钻出亮光的星星，隐逸在云层，在云涌运动中若隐若现。

透着昏黄灯光的小房间里面，一夜没睡的父亲和母亲，正在不知多少次地重新检查秋实的行囊布包，生怕有什么东西落下了，其实除了一些昨天做好的烙饼，以此作为路上的干粮，然后就是平时的换洗衣服。除了这些普通随身物件，家里根本就没有东西可以给他带。父母亲反复地问询，只是操心着，将儿子出远门的无限牵挂再次塞入行囊罢了，这也正是全天下所有亲爱的父母亲对儿女的那份不舍情怀，可谓是"儿行千里母担忧"啊。

看着他们把头天晚上烙好的一小包新鲜麦饼边说话边塞进秋实的布包里，和秋明夫妻俩，眼里皆含着热泪，依依不舍地将秋实送出村口，秋实也是依依不舍，眼含热泪。

母亲最是难过，她拉住秋实的手，再次叮嘱着第一次走向他乡异国的孩子："包里的烙饼，路上饿了就吃。出了远门，不像家里，在别人管着的地方，做什么事情都要思前想后，老实本分，踏踏实实地做事。晚上的时间如果不用做事的话，也别到处乱跑，到了南洋就要马上写信回家报声平安，省得家里担心。总之，万事能忍则忍。"

"知道了，您和父亲都回去吧。还有，阿哥，您就辛苦点，多照看着爹娘。好了，不说了，我要跟上他们了。"借着高远暗淡的星光夜色，秋实再次默默地向他们鞠了一躬，毅然转过头，然后小跑着，跟上了早已走在前面的四个比他年长的中年男人。

他们都是些有了家庭，有妻儿老小的附近乡亲，但是为了家里人的生计问题，还是要忍受着思念之苦，无奈地告别家乡，继续前往南洋漂泊谋生。

此时的时令属于深秋临冬，深重的露水和着阵阵凉风，把深深切切的寒意穿透在身上，有了逼人身心的寒凉。秋实放下包袱，将上衣上面的纽扣扣紧，也不由自主地偷偷回头注视，被黑暗完全笼罩的小小山村的那条小径上，哪里还能看见前来送行的家人身影？

一阵离别的滋味瞬间涌上心头，秋实不由鼻梁一酸，再也控制不住滚烫的热泪，顺着脸颊流了下来，这是强忍了好久的眼泪，只是被自己强行压抑在心里不敢流露罢了。

在这寂静得让人伤感万千而又无人走动的夜晚，别看秋实平时看起来那么硬气，好像一个大丈夫一副拿得起放得下的无所谓的样子，其实他的感情属于细腻的那种。

今天看着父母亲对"儿行千里母担忧"的诸多不舍，而且自己此一番前去南洋，前路一片渺茫，何时是归期也是一个遥远的未知。秋实感慨万千，思绪沉沉。

尽管雄心万丈，身怀执剑天涯的豪迈，但毕竟是远走他乡异国，还是离乡背井前往陌生的环境寄人篱下。究竟自己能否有所收获？往小了说，命运之神又将会对自己产生怎么样的眷顾？往大了说，此一去，自己国家的未来命运，又将会发生怎样的变化？这些问题都一直困扰着这个即将远赴他乡谋生的热血青年，困扰着他纯朴的思想世界。

时光飞快流逝，秋实自从辞别故乡一去南洋，眨眼之间就是四年。初到南洋时他就跟着老掌柜开始学习商铺的账房业务，平日里起早贪黑，刻苦好学，他始终保持谦虚包容、细心礼貌的待客方式，很快得到老板的肯定和赏识。

特别是在一次老板的商铺被当地暴徒无端挑衅破坏、敲诈财物时，秋实镇定处理，及时地联络了部分当地的老乡前来助阵，还用自己所学的拳术武功，勇敢压制住为首的一个烂仔头目，令他们知难而退。后来该烂仔头目还友好地与秋实以兄弟相称，免了很多后顾之忧。

也因为如此，后来很多老乡一旦遇上了被当地烂仔无端骚扰之事，都找到秋实去帮忙解决。秋实也是来者不拒，总是尽自己所能，帮得了就帮。这让东家对秋实更是另眼相看，大有培养他立足商界的意思。

不久后，秋实高明的业务销售能力就被东家完全认可，他开始做起账房先生，这给了他更好的锻炼机会，在生意场上接触到的每一个人和每一件事，都让他无形中开阔了视野，心胸也变得平和宽广。

而且他还经常地从来往于家乡和辗转于异国他乡的老乡口中打听信息，只要是跟家乡息息相关的最新消息，特别是一些关于祖国的国家大事动态，他都特别关心。

有一次父亲来信，提到母亲大人的身体不是很好，此时已是秋实来到南洋的第四个年头。日久思乡的感情和对亲人的思念逐日而浓，他心里也迫切希望能够回家一次探望亲人，遂衍生了要回家看望母亲的念头。

自己不知不觉离开家乡已长达四年之久，年轻的秋实实在太想家了。当然他还有一个目的，就是想借回家探亲的机会，深入了解一下日夜思念中的家乡变化。

秋实终于找了个合适的时机，向东家婉转地说明了情况。这个掌柜东家人也随和、客气和善良，一家人一直对秋实都是疼爱有加。东家来南洋日子已久，孩子长大皆已到婚嫁年龄，膝下只有两个女儿，本来心里一直存着私心，意欲将其中一个女子许配给秋实为妻，并且自己还很坦诚地向秋实作出过承诺，只要秋实答应，以后结了婚可以继续留在南洋安家，店铺的生意可以按股份经营分红。

　　秋实心里感激，可是心中放不下家乡，只好对东家坦言，并不是嫌弃女子或其他原因，只是暂时放不下家中父母，还没有婚娶的打算。东家虽然心里无限惋惜，还是不敢勉为其难。几年相处下来，他知道秋实的性格以及他的孝道，多说也于事无益，一切便顺其自然。

· 第四章

孝心牵挂，回到家乡

秋实说起决定回家探望生病的母亲一事，东家也欣然同意了。不过有个条件，须得东家在一定时间里找到了账房先生顶替之后才行，秋实知道这是用人规矩，便顺势提前辞去了账房工作。然后又经过半个多月的人事账务交接后，怀着对家的无限眷恋和深情，从异国择水路和陆路辗转，一路颠簸而行，思乡心切的秋实终于在农历十一月底的时候，从遥远的南洋回到了已经阔别四年多的家乡。

这次与秋实从南洋一路回来的五个人当中，只有一个是同县的老乡，是说潮州话的陆海县人，名字叫做杨光，其他的都是本省毗邻县的广东老乡。

杨光年龄二十三岁，长得高大健壮，人也跟名字一样，阳光豪爽、义气，不拘小节。小时候他在老家上过五年学堂，这在当时来说，已经算得上是个有点文化知识的人了，他的家人都是干盐商生意的。在南洋打工的地方，他与秋实做账房的铺面只是一墙之隔，既是老乡，也是店铺邻居。

杨光的店铺东家是与他相邻县的一个亲戚，在南洋经营饭馆生意也有些年头了。杨光在饭馆刚开始是当帮厨，才去了不到两年时间，由于与秋实的年纪相仿，又是远在异国他乡的老乡，两人因缘分漂洋过海在他乡相识，所以结下了深厚的友谊。

后来的生活中，俩人经过互相坦诚的交流，已经有了很多共同的语言和信仰。特别是在那次秋实与一帮烂仔的较量事件中，正直的杨光表现得也是毫无惧色，敢于拿起棍棒与秋实肩并肩，与烂仔面对面地单打独斗，着实替秋实分担了部分压力。最终使得秋实与当地烂仔的争斗成功占了上风，及时、有力压制了地方烂仔的嚣张气焰，为后来的和平相处拿出了老乡应有的担当。

经过此战，两个人互相之间惺惺相惜，后来更是无所不谈，成为了生死之交的哥们朋友。

有一天晚上，几个老乡坐在门口乘凉时，秋实跟他说起要回家探望母亲的打算，没想到杨光听到以后，竟然也产生了归家之心。他本来早就有了归心，虽说已经来了两年，总还是觉得他乡的水土不服，身体也隔三岔五地出现这样那样的小问题。只是苦于找不到回家的伴儿，现在既然秋实要回去，结伴而行就最好不过了。

在经过慎重考虑之后，起初秋实还是不断劝说杨光，希望他能不回去就尽量不要回去，而且听说家乡的军阀混战已搞得到处民不聊生。自己回到家乡也不知道会是个什么样子，有可能回去一些日子就又回来了。

但是杨光已经做出决定，自那天后，就告知了东家要与秋实一道回去，也跟他的亲戚掌柜辞了工，做好了回家的准备。这不，他跟着几个回乡的南洋兄弟，一起走向了回家的道路。

老乡们在路上走了两天一夜，秋实到家已是傍晚时分。当看见小儿子挑着两个大布包，突然出现在自家房屋前时，正在收拾柴火的父亲真是又惊又喜，"儿子哎，你怎么回来得这么突然，没写封信告知就回来了呢？回来好，回家了就好，还是家里好！他母亲，你快点出来看看，咱儿子回来了！"

秋实的父亲赶紧放下手中的柴草，接过秋实手上拎着的一个小布包，一脸孩子般的高兴劲，甭提有多开心了，精气神也显得十足的好。尔后他快步走进屋，高声叫喊着秋实的母亲。那神情简直就是一个遇上高兴事的孩子模样，从他突然丢三落四的行动和举止看，可见他这几年思念儿子所受的亲情煎熬之苦到了什么程度！

"儿子回来了就回来了，急啥嘛？晚饭都还没做好呢，你也不要催得那么急嘛。"秋实的母亲正在里屋忙着烧火做晚饭，听见了秋实父亲从外面传来的一声声叫唤，随口慢声细语地回了句话。

从她回话的状态里头听得出来，带着点慵懒无力的病态。她根本也不会想到，她老伴说的可是她离开家几年、日夜念叨的小儿子秋实刚从南洋回来了，她还以为老伴说的是大儿子秋明在外面干农活回来了呢。所以一时间根本没有反应过来，也就没有多加理会，而是在伙房里面继续忙活自己做饭的事。

"娘，我回来了。"秋实放好了行李包之后，径自来到伙房，轻轻地唤了一声母亲。母亲一下子听到这无比熟悉、却又是那么希望听到的声音，脸上一瞬间的反应是愕然的惊喜，抓在手中的木头锅盖一下子随手滑落掉在地上，回过头来一看果然是小儿子秋实，眼泪就不由自主地滚落了下来，一边用袖子擦抹着泪眼，全然不顾双手干不干净，她拉住秋实的手，抬起头在秋实脸上左瞧右看说："我儿子终于回来了！回来就好，回来就好。"

秋实的眼睛湿湿的，不觉百感交集，借机仔细地打量着母亲已显苍老的面孔，母亲的脸色蜡黄而暗淡，神色之间显得那么憔悴而无神，病态带来的困倦明显挂在她那瘦削无光的脸上。

才六十多岁的母亲啊，已经一头白发，只是四年的时间，就变得苍老了许多。如果按南洋那边的说法，应该就是严重的营养不良。秋实将这一切看在眼里，心里边感到特别愧疚，觉得愧对了母亲的养育之恩。一下子却又想不出一个可行有效的方法，可以帮助母亲改善目前的身体状况。

秋实的内心唯有虔诚地默默祈祷上苍，保佑母亲大人吉人天相，也祈祷着这个昏暗的世道能够苍天开眼，让百姓的生活逐渐向好改变。最起码也能够让所有受剥削压迫的劳苦大众解决吃饭、穿衣这最基本的生活保障问题，衣食温饱。

秋实此次从南洋回来时，一路上所见到的，跟他去南洋之前并没有什么两样，甚至有种越来越萧杀的感觉。

仍然到处可以听到老百姓饥不能果腹的消息，至于那些土豪劣绅和官老爷们却更加疯狂地施予压榨，社会恶劣现象的病症好像比以前更重了。回到家乡的秋实，但凡有空，就以各种方式到附近一些地方看望那些经常来往的亲朋好友，借此来更加详细地对各村庄进行各种了解。在与乡亲们一来二去的接触和交谈中，也对当时反动派腐败政府执政之下的世道有了更深的认识。

按照秋实原来的想法，南洋回来家乡，探望家人之后，顶多再观察一段时间，惭愧地尽一点为人子的孝道，如果在短时间里觉得母亲身体没有什么大碍，或者经过营养调理后，母亲的身子能逐渐好转的话，没什么事他就返回南洋，继续自己在那边的账房职业。

但是，经过一段日子的观察，秋实看到母亲的身体状况比想象中还要严重得多，也就暂且放下了匆匆返回南洋的打算。他决定先留下来，在家里伺候母亲的同时，也帮着父亲和哥哥打理田里的农活。

白天的时间，他还是按照去南洋之前一样的生活，起早摸黑，种着从地主家高息租来的田地。到了晚上，稍有余暇，就会抽出时间出去走亲访友，或者待在狭小的房间看书写字。

其他空闲时间，则尽量安排留在母亲身边，陪着母亲聊聊家常，说说心里话，也让辛苦操劳了半辈子的母亲心里头舒坦些，过得轻松自在点，开心起来。天可怜见，在家人的悉心照料下，母亲的脸上也终于有了久违的笑容，身体总算逐渐好转了起来。

秋实的身架子长得高大魁梧，加上原来学过棍棒拳术，一直没放弃练习，身体更加结实壮硕。就算在田间干起农活来也确实是一把好手，庄稼地里的大大小小、里里外外的农事从小就弄，可以说对农活基本上熟练，哪怕现在就让他自己单独地干农活，也是自然不在话下的。

· 第五章

父母催婚，暗恋无果

秋实的父亲看着秋实忙前忙后在家帮衬，便寻思着让他成家另过，催促他结婚，总是跟他说，趁还在家里待着的这些时间里，不如就委托媒人找个中意的女子把婚结了，然后生儿育女，也算了却父母亲的一桩心事。

每当父亲说起这事，秋实都推托说不急不急。其实他们哪里知道，秋实早已有了心仪的女子，这个女子，说起来还是挺近的一户人家呢，大概与自己所在的耀阳村只有二十几里地之隔。这个女子是秋实以前一位同学的远房亲戚，也是他这个同学热心介绍他俩认识的。

该女子虽然没有正式进过学堂，却也算是一个文化人家里的女子，她爷爷和父亲都在本地方教过学堂，两个哥哥也上过高中，女子也在她胸有文墨的老秀才爷爷指教培养下，已学得了好些知识，有相当扎实的文字功底，能写会算，为人乖巧秀气，懂事听话，只是由于是女孩子的原因而放弃了进学堂学习。

虽然在秋实去南洋之前，两个年轻人的心也偷偷相悦已久，暗中互相倾慕着对方。但主要问题是秋实这边，由于自己出身低微，家境贫寒，导致他迟迟不敢说到婚嫁之事。秋实总觉得自己前途一片渺茫，对于谈婚论嫁之事始终不敢草率而成，所以犹犹豫豫错过了进一步示好。

秋实是厚道之人，做事考虑得也比较细致。一来世道不太平，生怕贸然结婚耽误了女子的一生幸福；二来自己心里头也的确觉得还有些事情未了，考虑到一旦两个人成了婚，有了家室，顾忌的东西就会更多，所有的一切就会多了一层情感上的牵挂，对待任何一件事情就会是另外一种做法。所以不敢草率，而不负责任地接受女子的终身托付之事。

当时决定去南洋之前的一个晚上，秋实也见了女子，坦诚地跟女子表明了他内心的所思所想，话里头虽然隐藏着满满的不舍之情，却依然违心地嘱托女子可以不用等他回来，因为那时候自己也的确不知道南洋漂泊何时才是归期。

至于现在的情况，虽然自己在南洋也生活了有四年之久，内心还是在有意无意中惦念着这场黑暗年代的自由恋爱，毕竟曾经留下过太多的美好。

但秋实的内心深处，无论过去，还是将来，都希望女子过上幸福日子，只要她的生活过得好，过得幸福，自己也就不觉得有什么亏欠和可以内疚的了。所以，尽管回来那么些日子，他从来也不敢打听这方面的事。

经过近日以来的东奔西跑，无意中从一个朋友的口中知道，自他离开家乡到南洋的第三个年头，虽然女子依然还在固执地等待着秋实从南洋回来，希望得到他的只字片言，但是，最后哪怕是一封信，也终成泡影，并非秋实是个薄情寡义之人，而是实在不忍心让她苦苦地等待。

女子终于熬不住年迈的父母亲泪眼婆娑的恳求，况且秋实自去南洋之后，仿如绝情消失，音信全无。按当时的那个情形来看，继续毫无准信地苦等也不是个事，迫于无奈之下，女子只好答应了父母，下嫁给相隔不远一个村庄的木匠为妻。

当秋实从朋友口中得知这个消息之后，心里难免充斥着隐隐约约的伤痛和失落，可是反过来想想当时狠心的自己，也就只能苦笑了。事情既然已经如此，心里即使再难过，也是徒惹伤感，干脆就强迫自己不再想着这过去的烦扰之事，心里边暗中祝愿着那位女子幸福，过去的就让它过去吧。

只要女子能够嫁个本分的好人家，将日子过得幸福和睦、有盼头，自己也就安心而不再挂怀了。

秋实父母亲虽然不知道这件令人遗憾的婚恋大事，却知道儿子秋实从小就懂事，有自己独立的思维和个性。无论做任何事情也都有自己的想法和计划，所以催促了他结婚以后，也不再啰嗦，任由他自己做主。

所以，关于他与那位痴情女子之间的一段恋情，暗暗发生过的爱情故事，他们也就一概不知。秋实也是因为怕节外生枝，惹来不必要的口舌议论，从而影响女子的清白，影响了别人的幸福，也就从来没有在父母亲面前提及过。

· 第六章

里外皆是苦难，唯有苦中作乐

秋实从南洋回来之后的很长一段时间里，除了空闲时陪伴照看母亲，其他白天的时间也根本没有让自己闲着，说到底，也没法闲着，佃农们的农事是一年到晚都干不完的，干完一样接着又是一样，都指望着土里能刨出金元宝呢。除草、捡肥、施肥，冬天收割完稻谷又忙着犁耙，侍弄起了小麦地过冬，目的就是为了填饱肚子，能收一粒是一粒。

到了天寒地冻的冬天，家里要用的柴火比平时增加了很大一部分，去山上砍拾柴火也是一件挺费功夫的辛苦事。烧火的木柴，近处是不可能有的，必须到远一点的深山老林里面，才会比较充足，只有进了山才能有收获，所以各家各户烧火的木柴，基本上都由村里的一帮大老爷们负责。

由于每次砍柴选择前往的地点不同，每天天尚未亮，人们就早早地翻山越岭而去。山高路远，而且山上小径崎岖难走。哪怕只一个来回，都要耗费许多时间，如果能尽量早砍好柴在中午之前赶回，下午的时间还可以利用起来干其他的农活。

这一帮大老爷们通常天蒙蒙亮，伸手还不见五指呢，就开始向深山老林子里开拔。他们带着尖担、镰刀和绳索，头顶上无垠的天空中点点繁星闪着微微亮光，大家摸索前行，天色也在一路慢慢行走的路程中，慢慢放亮了起来。

　　这一群人，至少也有五六个以上的老少爷们，一路上说说笑笑，偶尔说唱着戏里边的荤话，谈人生苦短情长，谈当前世道的昏暗没落。基本上是天完全放亮了就到达目的地。

　　进入山林之后，人员马上散开，各自物色好砍柴的理想地点，把时间把握得紧紧的，各忙各事，娴熟、快速地完成担柴，而后集中在一个地方，结伴而回。劳累紧张的时间，在进出山林的来来往往中从容而过。

　　可以毫不夸张地说，不只秋实，所有这些进山砍柴的老少爷们，打从小拾柴火时起，就踏遍了远山近岭，甚至邻县乡山的大小丛林小径，无论是哪一条弯道、哪一条小路，要经过哪里、通向哪里都了然于胸。哪里有什么树木，哪里的乔木好打木柴，哪里有什么山果和泉水，哪里可能会有凶猛的野兽出没，大家都熟悉到可以如数家珍的地步，甚至可以根据地形画出相应的图形来。

　　上一辈的人经常也是出入于这一片山林，进山挖山药、摘山果、打野味，回来以后，也会跟他们这帮后辈说起每一处险要的地方，一代又一代人的亲身经历和经验积累，时间久了，对这一带环境的熟悉程度可想而知。

　　每次上山砍完柴回来，已是晌午后。下午的时间，秋实就帮哥哥侍弄地里各种应季农活，晚上也照样保持着读书写字的好习惯，这样百无聊赖的日子，一天天过得让人心里发慌。空闲部分的时间，偶尔也参与村里的老少爷们聊天、侃大山，天南地北的稀奇事，杂七杂八的，什么都谈。

　　人员集中的场所，是侧屋住满了同宗乡亲的祖屋大厅里，或者是在禾町空地上，又或者是正屋与门楼之间的大院子里，看季节轮回的寒暑而定。

　　因为秋实去过南洋的原因，经常在村里那些老少爷们的要求下，他款款而谈侃起在南洋的那些所见所闻，一聊起来，常常到半夜才陆续散去。

那时候，整个村子里的老老少少，都特别喜欢在那种寂寞无助的夜晚聚集在一起，谈天论地，说东家长、道李家短的新鲜事，和社会的不平事。

夏天时节，天气酷热难耐，就各自从老屋大厅里面搬出木凳或带着各自家里做的草席，分散坐在晒谷物的禾町上，禾町前方是一方大池塘，一阵一阵的风吹也能带来些许凉爽。

有些人干脆就坐在门楼屋檐下的石砖上，在朦胧的星光夜色中，借着老天赠送的余光，你一言、我一语说起当今世道的罕见事。

凡是能坐得了人的地方，皆是人头攒动。多数长辈乡亲们打着赤膊，嘴里吧嗒着烟杆，或"巴斯巴斯"地点起自家种植的土烟丝，或不断挖着烟袋里的烟叶丝，一边纳着凉风，一边听着各种版本、稀奇古怪的故事。

如果是到了深秋以后的初冬，这里靠山，天气逐渐见冷，外面风大，冷风飒飒，大家晚上就会自发移步，都汇聚在大厅里面，关上外面的古门楼门扇和大厅的木门，任由外面狂风乱吼，落叶萧索翻飞，大厅里面却是灯火高挂，一派和谐温暖的景象。

摆在大厅里面的几张八仙桌，都是用杉木做的，木工手艺出自"人鬼"诸葛亮彭亮的老木匠父亲，老木匠的榫卯功夫可见真章，十分了得，桐油刷的是褐红色，有些许仿古的味道。每张八仙桌上面，各点着一盏小油灯，大家围拢在几张八仙桌的四边，坐在长木凳子上等着节目上演。

天井中间有一个烂了缺口的瓷缸，里面装着大半缸泥土，泥土上则插着燃烧得"噼啪"作响的小干竹枝，直立的竹枝发出的亮光，把整间屋子又照亮了一大片地，燃烧产生的热气也增加了屋里面的温度，一举两得。

这些屋里屋外的每一个场所，自打秋实从南洋回来后，就明显比之前不知热闹了多少，晚上的准点聚集也已经形成了习惯。只要吃了晚饭，大家伙就自然想着聚在一起，找些生活中的乐子打发时间。自从秋实参与晚上这些节目以后，乡亲们更是每天都有点迫不及待，想听秋实讲精彩故事呢，要求他好好说说南洋那边异国的风土人情。说实在，秋实也真拗不过大家的热心和诚挚的要求，十分乐意将自己在南洋的见闻分享给大家，当然了，也包括那种"寄人篱下"的滋味。

秋实所选择说的话题，肯定不单是自己在南洋的见闻和经历，说得多了也怕大家伙觉得枯燥而心中生厌，所以也经常变换着故事内容，还有条理地将《三国演义》《水浒传》《西游记》等很多名著里面的故事，分割成一个个小章节，每天晚上就讲一二节精彩内容，吸引着乡亲们，吊着他们的胃口。而已经"深陷其中"的乡亲们，每晚必定会来聆听一小段故事，然后才意犹未尽去入睡。

当自己完全投入故事片段的时候，秋实总会在精彩而又充满惊险悬念的地方，好像旧时茶楼里那些专业的说书人那样，突然就卖个关子，让你跌入云里雾里心痒痒，这个时候，通常也正是大家伙差不多要休息的时间点，为了让劳累一天的乡亲们早点休息，把握住了时间，来那么一句"欲知后事如何，且听下回分解"，刹住了接续故事的精彩刺激情节。

然后，脸上露出狡黠的微笑，秋实叫大家各自散去，去养好精神，天亮之后加把力气干农活。自己也先带头起身离去，留下还没能尽兴的一厅子的人，你看着我、我看着你，有点不解瘾的表情，可又无可奈何，一脸茫然之状。

那个样子，好像是正在沉醉地听着美妙的弦乐，突然间，弦丝绷断，音韵尽失，留下意犹未尽之感。失去了夜晚仅有的精神寄托，只是一瞬间的功夫，所有人都一下子无精打采地蔫了下来，甚至有点像是处在饥饿中的肚子，害怕挨到天亮的那种滋味，没有了精神依托，心里顿然空落落的。

总之，无论是那些《三国演义》《水浒传》《西游记》中耍奸作弄的计谋也好，神乎其神也罢，都在那些饥寒交迫的夜晚，带给了那些老少爷们难得的精神食粮，带给了他们短暂的开心，唤起了他们内心深处的某种期待。

说故事时，当秋实说到水浒梁山好汉们"大碗喝酒，大块吃肉"那段铮铮汉子的豪爽情形时，那种沉醉其中的无限臆想，却又把小子们馋得口水都快流了出来。

这些亲爱的穷苦的劳动人民啊，愣是从贫穷劳累的日子里头，无可奈何地挤出来那么一丁点让自己强颜欢笑的欢乐，在梦里慰藉自己空空如也的肚皮和寻求寄托的寂寞灵魂。

晚饭后的时间，秋实除了讲那些让这些父老乡亲精神有所寄托的各种列传以外，也常常借此机会，有事没事地选择适当的时机，和一帮跟他年纪不相上下的村中青年后生，以讨论的方式，就当前的时局，也就是正在反动派政权统治下，到处出现动荡不安的国事和天下之事，发表一些个人的看法。

· 第七章

身处黑暗，寻找光明之路

最可悲的就是，明知世道没落，除了发泄出心里头有心无力的一番感慨之外，也仅仅是那种小范围议论后无可奈何发出的悲壮心声，徒惹一身的愤怒。起不到丝毫作用不说，还要小心翼翼，做贼似的，时时提防着隔墙有耳，生怕有人听到这些对社会不满言语，而将这些敏感的话传了出去。

当然，有时说着说着，说到特别动情处，这一帮血气方刚二十几岁的、成了家的和还未曾成家的纯爷们，听着、谈论着、苦笑着，也会不由自主地发起愤世牢骚，将平时压抑久了、对社会愤愤不平的情绪彻底地宣泄出来。

那个时候，早已把如果说些不该说的话、可能会带来严重后果的事抛到九霄云外去了。也就毫不避讳地把各自憎恨这个社会的暗无天日，以诅咒的方式发泄着。也许，这就是这股勇敢的力量将要正常引爆的前奏。

"这个是他妈的什么鸟世道，怎么就没有一个能像《水浒传》里宋江那样的梁山爷们，也为我们带个头，把这些农民兄弟联合起来，照样可以跟这些狗日的军阀政府对抗对抗，说不定大家心一齐，也能把这个见鬼的朝代给推翻了呢。"

"他奶奶的，一家人累死累活，卖死力气，没个白天黑夜地在田头干死干活。租他妈一点田地耕种，还他娘的要整天催缴什么这样那样的赋税租息，这不是存心要把人往死路上逼吗？遇上个天灾人祸还不让说个人情。种个田地，除了租息还要缴纳税赋，最后到了这些付出劳动最多的人手上，还剩下个毛哦！让我们还怎么过日子嘛。"

　　说这话的后生哥是村子里的杠子，他只是名字被人们叫做杠子，并不是说他这个人喜欢抬杠。别看他这个人长得老成，显得粗糙，说话也没遮没挡，平时说出来的那些话，也真能道出社会上的一些大问题，就刚才那话，是句大实话哩。他自己本人就是深受租息之逼害的佃农。

　　那一年发生了一场特大暴雨，山洪暴发，多地出现山体滑坡。如果山洪暴雨迟发，不出现这个天灾的话，所耕种的全部庄稼马上就可以收成，没想到大暴雨却携风而来，洪涝成灾，庄稼大面积遭到洪水的淹没。

　　两天后洪水终于退去，稻谷却早已长了芽仔，严重失收，望着成片成片倒下、满是淤泥的发芽稻谷，杠子的一家人站在田头，发起呆来，欲哭却无泪。没过多久地主便前来收租，毫无血性的地主竟然无视杠子一家和众佃户的磕头求情，凶神恶煞般，依然强调所有佃农必须全租缴交田息。

　　眼看用软的办法求地主不行，杠子只好联合了几家佃户，自己则抱着豁出命去的态度，跟地主大吵大闹了一顿，其他乡亲也跟着他顺势声援，人多力量大，地主才有所害怕，象征性减去了杠子家一担稻谷的租，其他佃户也因为杠子拼命三郎式争取的原因，齐心协力，打蛇随棍上，逼着地主照杠子的样子，减了一点田租。杠子最后还是被迫写了欠条，经过了几年收成填补，才还清地主利滚利后的田租。

　　村里人大家都知道，杠子是一个五大三粗的纯爷们，平时也是嫉恶如仇的性格。年龄二十五岁，家里有六口人，个个都是壮劳力，父母亲、哥哥和弟弟，还有个妹妹。

哥哥已经三十岁，去外地的地主家做了几年的长工，二十八岁那年，从外地做长工背着包袱回家过年的时候，说来也巧，在回家的中途路上，遇了个看似沿途乞讨的女子，与她打招呼，对方不理也不说，污手垢脸，女子却偷偷地从后面跟着杠子的哥哥，一直跟着，直到家里。

到家后，问她也不回应，后来才从她的手势比划中了解到大概意思，这是个外地人，因家乡连日暴雨，遭了洪水，况且自己唯一的亲人母亲去世不久，剩下她孤零零一个人生活。

她邻村的一个恶霸老地主不知怎么就看上了她，女子虽然是个哑巴，模样儿倒是伶俐可人，老地主淫邪，遂有了强行纳妾之心。女子还算精明，借故拖延了日期。女子虽然嘴里说不出来话，心里面可是明镜似的。

女子家有个年老实诚的叔叔，但是也奈何不了地主恶霸，整天担心侄女落入老地主的狼窝，只好偷偷地拿了一点银票交给侄女，叫她到一个远亲家里暂避一下。

哑巴女子听从叔叔的安排，收拾之后连夜离家逃走，幸好女子以前去过她的远亲家里，还算认得出大概的方向。

幸好是遇上了杠子的哥哥，有他一家子好心人的照顾，留宿了女子一晚，第二天经过杠子一家出动，详细打听到了女子亲戚的住处，原来女子要投的远亲就离杠子家不出二十里的路程。

于是就由杠子的哥哥负责，将哑巴女子送了过去。两个人经过这样的事情，一来二去熟悉之后，一个尚未娶妻，一个尚未出嫁，况且那天哑巴女子经过洗涮之后，就令杠子的哥哥眼前一亮。挺标致的一个女子，杠子哥哥心动了。

哑巴女子的远亲，也从女子和杠子哥哥的来往频率中，知道两个人已经互相有了好感，有了那层婚嫁的意思。

后来，俩人成了天作之合，杠子的哥哥娶了哑巴女子为妻。杠子弟弟是二十二岁，妹妹最小，也已经十八岁，是个等着出嫁的女子。一家人都是老实本分人家，全部都是耕作劳力，埋头苦干，起早贪黑，勤劳俭朴，不知咋地，日子过得照样还是愁了上顿又要愁下顿的。

"自古以来，都是官逼民反，只是民反的时机还没到而已，你们耐心等着瞧好了，依我这些日子的观察，这个世道，应该不出两年，少则一年，我们现在这个朝代，肯定会有大事件发生，究竟有多大？说准确点就是要翻天覆地、改朝换代了。"村里被称为"人鬼"诸葛亮的彭亮也率先接了话。

"上个月的时候，我去陆海县地主高家里做事，无意中在他的房间里偷听到几个人的谈话，前来地主高家里的都是几个地主老财，聚在一起偷偷说话，就聚在地主高家的里屋密室，嘀嘀咕咕挺神秘的，说起了什么这个农会，那个革命的，神色还显得挺严肃的样子，他们的表情和说话神态，好像是相当害怕的那种怂样。"

"他们还说，那些参加会议的骨干人员，经常到处去开那个什么会，听他们咬着牙说，现在加入的人员也越来越多了，而且都是像地主老财说的'一帮穷鬼'，说的应该就是好像我们这样的穷苦人家。听说这些人都有个共同的目标，就是准备把这些土豪劣绅们占有的田地给分了，重新交给我们这些没有田地的人耕作。那些地主老财听到要分了他们霸占得好好的田地，你说他们害怕不害怕？愿意不愿意？"三十七八岁的诸葛亮继续着他偷听到的话，也发表了自己主观的一些看法。

他把上个月在陆海县一地主老财家里偷偷听见的和看到的，一股脑子说了出来。本来他也不想这样放连环炮似的全部说出来的，因为之前，就是因为口无遮拦吃过大亏。

自己还比较年轻的时候，由于提前散布辛亥革命要爆发、要革了这些地主老财狗命的消息，被外乡里的一个地主恶霸听见，向官府告发了他，搞得他正睡在被窝里做梦呢，还不知怎么回事就被官府抓了去，遭了官府衙门的无数冤枉拳脚，蹲了十几天班房，而且罚了好些银两才放了出来，险些就会被枪毙喽。

因为这件事，都已经十几年了，直到现在还背着一屁股钱粮债，没能过上一日安生日子，因为这事，可被他的老婆给骂惨了。骂他说话不分个轻重，嘴里没个把门的。当然了，孙中山辛亥革命的事还真让他给说对了，只是辛亥革命还不算真正成功的革命而已，诸葛亮就是这样想的。

在现在这个非常时期，他还是当着这么多人，嘴里好像抹了油似的，没能关住了口门，话就突突了出来，等到他瞬间反应过来，晓得乱说话语的厉害时，话却已出了口，吓得他只好拱着双手，满脸诚恳，并表现出特别的严肃，看那表情，也的确是带着恳求大伙的意思，环顾着在场的大家伙，双手呈作揖状，千叮咛，万嘱咐，称呼大家宗亲一场，一定不要把这些不该外传的话说将出去，否则他又得被罚银两和蹲牢房了。

这"革命"两个字带来的政治重量，搞不好真的连执行枪毙都不用通知到家属的，所带来后果的严重程度可想而知。也怪诸葛亮自己，竟然好了伤疤忘了疼。

"诸葛亮哥，别怕别怕，没那么严重，可别吓得尿湿了裤子哦，哈哈。说正经的，大家都是爷们，又是宗亲兄弟，哪会不知道事情的厉害轻重的。况且你说的这些事我也早有耳闻，其实也没有像你说的那么咋呼新鲜了。只是我们这山旮旯地方，山高皇帝远，地处偏僻之地，穷乡僻壤。交通、消息闭塞，不是那么容易听到这些国家大事的有关传言罢了。"

"奶奶个熊的。如果这些人能有机会把这些会开到我们这来了，我也马上报名加入了这个什么会，反正像现在这个世道，早晚也是得饿死。倒不如趁早有命就赌他个命，搏他一搏。如果真能把这些地主老财们的田地没收了，再分到我们自己的户头上，想怎么种就怎么种，想怎么耕就怎么耕，想种什么就种什么，你说这是多美的事啊。只要能有一份属于自己的田地就够满足的喽。"

"这件事情可不是像说起来那么简单的哦，你回头看一下历朝历代，我们这些穷苦老百姓跟官府又怎么能斗得过来？农民参与朝代斗争了，那不就是农民造反了吗？造反哪有那么容易成功？到头来吃亏的终归是咱们这些老百姓，老人言都说了，民不与官斗。你们还是别见风就是雨吧，耐心等着，好好看看，这可是改朝换代闹革命的大事，果真搞不好，是要付出杀头代价的哦，到头来革的也是自己的命啊。哪有那么容易，合着一帮人开几个会，说说革命，就可以成功分了地主老财们的田地？"

"说起困难来，那是肯定很大，你说做哪一样事情不是有困难？没有一定的困难就不是大事儿喽，就好比孙中山辛亥革命，推翻了皇帝老儿那会，现在时兴'总统'的事吧，也是不断地革了好几次命才算有那么一点成功，你看，现在不就时兴总统而不说皇帝了吗？"

……

坐在大厅里的大家伙七嘴八舌，你一言，我一语，由诸葛亮爆出来的一番话成了大家发言的导火索，一下子就将话题讨论开了，而且牵扯的范围也越来越远了，越来越接近现实社会。

当然了，讨论的焦点，还是围绕着时下最有可能官逼民反的话题，大家各有各的看法，纷纷说出了各自的糙理，也没有哪个人说的就是所谓的标准答案，也就没有所谓的对与错的最终结论。

直到讨论的场面稍微平静下来，大家才重新把眼光一起集中在正若有所思的秋实身上，看乡亲们的那个意思，就是想听他说说看法，听听他是怎么用他开阔的视野、见过世面的眼光和思维，来看待、分析现在这个昏暗的社会现状的。

说实话，秋实整个晚上都在很投入地听着，大家伙从各抒己见的激烈气氛到不知所以地停下了讨论的话题。秋实从沉思中抬起头，手上夹着一支刚卷好的烟卷，凑近油灯的火苗，用力吸了口气，燃起了烟卷，慢慢直起了身子，眼神里充满真诚，看着乡亲们希望得到答案的眼神，说实话，自己也很迷茫，不知所以。

尽管如此，他还是实事求是地说："我的想法跟你们的想法可以说都基本一样，总体说思路还是不够成熟。我们中国的老百姓就是因为太善良了，虽然在某种程度上说这是好的一面，可是善良到怕事、怕被人欺负的思想，却是属于懦弱的，没骨气、没胆量就容易遭到别人以强凌弱的欺负。以前是被外国人、八国联军欺负，烧杀抢掠，任其宰割。现在倒好，自己国家的官僚军阀也不拿老百姓当回事，官府腐败无能，鱼肉压迫百姓，视我们这些农民百姓为蝼蚁。"

"你们认真地想过没有？中国可是个有着几千年历史的文明大国啊，可是近代社会为什么不能进步、强大？有个特别重要的原因就是人心不齐，窝里反，好像一盘散沙，外国列强才会想方设法地蚕食侵略我们。"

"现在呢，反动派统治下的政府，不是在为民请命，不为我们这些下层的老百姓的生活着想，官僚腐败、尔虞我诈，军阀割据，各自为政，都自私自利谋划着自个的地盘和利益。"

"正是因为还没有出现为了咱老百姓打天下，为咱穷苦人民谋幸福的组织和领路人，领导我们向这些黑暗势力宣战。不过，最近一段时间，我也还真就听说了，相信你们当中信息比较灵通的人也会有所耳闻，传言说的就是像刚才诸葛亮哥说的那样，兴起了咱农民的组织，为咱农民谋求利益哩。那可是千真万确的事情哦。"

"粤东和我们陆江海这一带，有一个刚发展不久的农民组织，据说是专门跟旧社会黑暗势力作斗争的一个组织，他们喊出的口号宗旨就是减租减息。首先向当地的地主老财开刀。"

"在短短时间里，这群农会队伍人员，就逐渐发展壮大起来了。自愿加入此队伍的农民兄弟，也正如刚才诸葛亮哥说的那样，都是咱们广大的劳苦大众，由众多坚强的民心力量，作为农会组织的后盾支持者。"

"按目前了解到的情况来看，农会的宗旨和定位，只要看老百姓对这支队伍的踊跃参与就知道，按这个势头继续发展下去的话，推翻这个反动派军阀政府只是迟早的事，因为农会宗旨顺应了民意，俗话说'得民心者得天下'，这是历朝历代一个铁的规律，虽然现在言之过早，就让我们拭目以待吧。"

"不过，说到这份上了，要特别慎重地向你们做个提醒，这段时间以来，我们每天晚上相聚在一起，针对这些比较敏感的国事谈论，只限于我们这些本乡本里的大老爷们自己内部议论闲谈。小范围说道说道、发发牢骚可以，在别的任何场合大家可千万要谨慎发言。免得惹祸上身，徒增不必要的麻烦。万一我们中间哪一个乡亲不小心说漏嘴，一旦被国民党抓住把柄的话，可就家无宁日，够吃一壶的了。"

秋实的这些话，说得在理，听得大家都频频点头，满脸严肃，似是深有同感的样子。

· 第八章

杨光的到来，联想到农会信息

当然了，这样被闷着又憋屈带出的生活牢骚，逐渐成为乡亲们聚在一起时主要关注、谈论的家事和国事，也自然而然影响着更多的人，前来大厅倾听和发表看法的人员数量逐渐增加，不但增加了不少本村年老的和年少的乡亲，连一些乡亲们不远处的亲戚朋友也前来凑热闹了解。

对世道不满的这种发泄方式，慢慢地也变成了村里面一个公开的秘密，也没有像刚开始时那么小心神秘了，就跟以前在正屋大厅大声讨论革命党怎么地革命一样谈论，没有了那么多的顾忌。

甚至内心还带着点希望，希望这些关乎老百姓生活的身边事，能早点与他们的现实生活扯上一些关联。那是一种只要积极地参与了，通过一个群体同心协力产生的力量，就能够逐渐改变生活现状的依附关系。

时令已经来到了夏秋时节，秋实从南洋回来差不多半年了。炎热的农历七月，刚完成了夏秋季农忙，正是插完早稻的秋后时间。一天中午时分，耀阳村的村头，突然来了一个讲外地口音的年轻人，头上戴着一顶麦秸做的草帽，样子显得很年轻斯文，高大健壮，身材魁梧。

只见他手上拎着一个布包，满头大汗，口里讲着半生不熟、听着让人感觉别扭的客家话，一听话音就知道不是本地人。他从耀阳村村头开始，每遇见了人就客气地打听，礼仪得体，礼貌有加。

"叔叔您好！麻烦请问一下，您知道秋实先生的家在哪里吗？"

这时，刚好问到了戴着斗笠、正蹲在田头地里侍弄烟草的秋实伯父。秋实伯父打量着这个完全陌生的英俊后生，便反问："你找的是哪个秋实？有多大年纪？你又是从哪里来到这里找他的？"

别看秋实伯父看起来老实巴交，一副大大咧咧无所谓的样子，还是懂得"逢人且说三分话"的道理的，他一连问了几个绕人脑子的问题。小伙子也知道规矩，不慌不忙，都一一详细准确地回答了出来，秋实伯父也由此断定，来者确实是侄子熟悉的朋友，要找的也正是自己的侄子秋实。

俗话说，小心驶得万年船，这世道，小点心总没错。前段时间，他也听秋实跟他提起过，因为秋实知道伯父经常在村头侍弄庄稼地，容易见着从唯一村道进来的陌生人，所以叫他多加留意，提醒他近段时间可能会有人到村里找自己。

现在也经过了证实，这个年轻人确实就是找侄子的。于是，秋实伯父就赶紧放下了手头农活，直接带着小伙子来到秋实家里，也可以说是他自己家里。秋实伯父跟秋实父亲是亲兄弟，他们就是在这个正屋上五下五的其中四间泥砖屋分家的，一大家子都是从一个门楼大门进来，里面还住着十几户人家。几栋外围排屋也住着十几户人家，而且都是同宗同祖传承下来的血脉后裔。

"秋崀，有个小伙子找你来了，在家吗？"秋实伯父人还在老远处的田埂路上，嘴上已经在大声叫唤着侄子了。

"在家呢，伯父。谁找我来着？"听见伯父外面的声音，秋实一边大声答应着，一边赶紧从里屋走了出来。

出门一看，好家伙，站在伯父后面的竟然是从陆海城里上来的杨光兄弟，秋实别提有多高兴了。他走上前去紧紧握住杨光的手，又拍了拍杨光的肩膀，顺手接过他手上的布包说："我就知道你肯定会上来我家的，你再不来的话，我还就打算在近期抽时间去找你了。走，进屋去。伯父，您也回家休息休息再去干活吧。"

"我就先不回去了，烟草地刚侍弄，怕下雨，你招呼你的朋友吧。我先下地去了。"秋实伯父一边拿着烟斗在烟袋里挖着烟丝，一边放到嘴里叼着，用火柴一点燃就走了。

"原打算一过完年就上来的，可是每次一说要上来你这，我老爹却总是担心说路上不太平，不放心我自个前来，还说来这里有一处必经的僻静茂密松林，经常有剪径贼出入，而且心狠手辣，无恶不作，不单要人钱财也会要人性命，专门糟践过路的商贾。为了不让老爹担心，所以就一拖再拖，我才会等到现在才来。"

"昨天晚上，刚好碰到有个村里做盐巴生意的兄弟说，跟这边有生意往来一事，必须亲自前来这一带办理。我才敢跟父亲直说，父亲终于答应可以跟着他们结伴而来。今天凌晨天还没亮就出发上路，也走了足有半天多的工夫，没想到还是有点脚程。跟村里的那帮兄弟分了岔道之后，剩下的路就只有自己打听了。"

"这不，凭着你信上留给的地址，我一路问一路走，急急忙忙地也不敢停歇一下，还以为找错地方了呢。总算是找到你了。哦，对了，刚才的那个布包里面，有一包是自己家腌制的咸海鱼，给家里伯父伯母试试味道。"杨光喝了几口白凉水之后，一口气把他来到这里的全部经过说了出来。

"顺顺利利来到了就好，只要你能够上来探望我们，就比什么都强。咱们兄弟，跟我还客气啊，还带什么东西哟。现在这个世道，当真是不太平了，就是因为这些反动派当局政府腐败无能，这些个丧尽天良的山贼才会越来越猖獗。总之，这个世道啊，一切自己小心就是了。你刚才说的，关于这些剪径贼的传闻确实是真的，我们这里的人可是老少皆知。就近了说，我们这附近有个地方也是这样，一到太阳下了山，没有两三个人结伴而行，定然不敢经过那个茂密的丛林小径。前年就出现过，来往的商贾眼珠子被挖致死，银两被抢的事件。"

"如果是普通老百姓遇上这个事，可能也就会不了了之，碰巧遇害的那个商贾是省城做官的一个军大爷的亲戚，他当官的亲戚得到消息后，为了抓到那几个行凶的歹徒，接连发文到县衙里，要限时限日抓住元凶，然后将之处以极刑。听说最后地方政府衙门为了能够向上面交差，县里只好偷偷地，把本县几个失心疯的疯子随便抓了几个，大概以前也确实做过小偷小摸的小毛贼吧，只是后来才失了心疯。"

"以这些无辜疯子抵了剪径谋杀的案件，论了他们的死罪，强行按了手印，押往刑场枪毙完事，不了了之，算是向上面交了限期破案的差。还贴出了布告，安了个什么以儆效尤、杀一儆百的警示，其实大家都心知肚明，几个精神失常的精神病人又如何能够勾结一起，并且有计划、有预谋地实施剪径，做了剪径贼杀人敛财？你说可笑不可笑？"秋实把自己以前听到的，关于剪径贼谋害商贾的稀奇古怪事说了出来，杨光听了，脸上显得甚是惊讶，也觉得不可思议。

"来吧，先吃点。中午饭你是错过了，但是家里稀饭还是有的，也不用再热了，大热天的，凉了更好。咸菜、萝卜脯有现成的，将就着吃吧。"秋实把母亲弄好的稀饭和现成菜摆到桌上。

杨光也不客气，兴许肚子也的确太饿了，三两下就把一大盆稀饭装进了肚子。把嘴一抹，又兴致勃勃地继续讲起分别以后发生的事情，也就是从南洋回来后，在家乡见到和听到的很多让他感到不平的人和事。

有时候说到激动，且令他觉得无比愤慨之处，洪亮的声调也在不知不觉间陡然提高了很多，每当这个时候，秋实就"嘘，嘘"地示意他把声音压小点。特别是涉及政府的有些敏感话题，就怕被外乡来村里串门的小人听见，传出去惹来不必要的官非麻烦。在现在这个说风就是雨的世道，还是小心为上。

杨光在耀阳村总共也就住了三个晚上，第一个晚上，吃过饭就跟着秋实来到了院子里，老屋院子里像往常一样，聚集了众多乡亲，屋檐下石砖上坐得满满的，凳子摆得也比往常多。

乡亲们可能是有几天日子没听秋实讲"水泊梁山"和"三国"的故事了，心痒痒呢。因为前几个晚上，秋实还留下"欲知后事如何，且听下回分解"的故事悬念，他们都还时时惦记着后面的精彩内容呢。

这几天，秋实确实是有点忙碌，虽然也来院子里待过，但都是饭后匆匆一会儿，没能有充分的时间继续"下回分解"的故事。村里的男女老少都特喜欢听秋实说书，说话吐字不紧不慢，但是抑扬顿挫，声情并茂。只是略嫌时间说得太短了点。

隔了这几个晚上，乡亲们终于又看见秋实来到院子里，而且身后还带来一个威猛后生。秋实向乡亲们作了介绍，大家知道，秋实敢带到院子里来的肯定是要好的哥们，也就不用太多顾忌。等秋实介绍完，互相之间点头打了招呼，大家伙儿眼里流露出来的神情分明就是"想继续听故事"。

　　秋实看着大家有点猴急和非听不可的样子，知道是推辞不了的了，委实也不想扫了大家伙儿的兴，就只好接着上集继续下去，精彩的内容讲了有那么一小段。可是当最后又说了那句"请听下回分解"时，发觉时间确实还比较早，况且还是秋天大热的天气，炎热还是逼人，坐在小院子里，通风透气倒不觉得难耐，如果就这样让人散了去睡觉，肯定不太情愿。

　　乡亲们也好像还是一副余兴未了的样子，还不太愿意就此散去睡觉，除了天气酷热，难以入眠也是个原因，分明是还想听点新鲜的国家大事。怎么办呢？秋实想。

· 第九章

矮宾试探地主，完成修枪、试枪

　　这时候，大院子的门边上，有一个人轻轻地咳嗽了两声，瞬间将静悄悄的小院子重新注入了一些活力，那个人好像是在清嗓子，听着绝对是准备讲话的前奏。

　　细看一下，原来发出咳嗽声的，正是刚从外地做短工回来的矮宾，才回到耀阳村家里只有两天，果不其然，清了嗓子，矮宾慢慢吞吞地打开了话匣，话题也从他最近外出的所见所闻开始说开了……

　　正是因为他刚从外地回来不久，所以讲的很多事情都属于最新鲜的干货，人们也特喜欢听外面这一类的时事新闻。矮宾这个人，因为从小个子就长得不高，到现在二十几岁的人了，也不到一米六的身高，性格也随和开朗，所以才被乡亲们亲切地叫做矮宾，他也高兴。

　　矮宾是五十里外的一家地主家里的固定短杂工，几年以来，每逢早冬两造农忙时节，矮宾都不用等那边地主的农忙通知，就会提前自发前往地主家干活。据矮宾说，那家老地主为人还是有点人情味，只是有点抠门。

　　老地主有三个儿子，两个是在外省当官的军爷，绝对是家大业大，家里有家丁、短工和长工加起来十几个人。一个小儿子在县政府里面做着小官，分管枪支弹药什么的，不过，也很少回家。

　　据说老地主家里备有十几条长枪，也不知道是他小儿子拿回家的，还是他外省当官的军爷儿子带回来的。长枪长期都锁在老地主住房最里面的房间。

　　矮宾用他特别的招数摸过了几次长枪，也试打过多次，不过，算起来总共才打了四五十发子弹。因为枪法好，还被地主老爷当面夸奖了几次，第一次试枪，打了十几发子弹，竟然就有好几发打中了目标，都是打在一个用禾稿做的稻草人身上。

　　矮宾试枪这事，说来还挺有意思呢。别看矮宾已经二十多岁，个头矮且黑瘦，也没上过学堂，可是，这小子偏偏天生就有点邪门，每学做一样东西，只要让他看一次，就有几成会的把握，做出来的物件像模像样，村里的老人们叫做"有目力"，矮宾的"目力"非同一般。

　　矮宾还擅长看风使舵，碰见什么人就说什么好听的话，而且话都会尽拣舒服了说。只是因为人个子长得矮小，才被大家伙打趣地叫成了矮宾，其实是一个十足的机灵鬼。就是因为他鬼精鬼精的应变能力，使出迷糊招数，才顺顺利利地鼓动了地主老财，使得他自愿拿出藏匿已久的子弹，也让矮宾把他家里藏着掖着的长枪全部上油，装上子弹，逐条逐条试射了个遍。试打了有好些子弹，也把矮宾的枪法都喂好喽。

　　别看这个虽然是小举动，却都是因为他会说好话，把话说得够好听，而且圆滑，假中带真，真真假假，够舒坦，够入耳，把人家地主老爷哄得心里舒服自在了，也应该是飘飘然咯。

　　这事说起来还真有点话长，还是听我慢慢跟你说说吧。

　　那天矮宾照样在地主家做短工，是秋后的一个上午，矮宾照常和一帮短工在地主家忙着做事，矮宾由于有过检修房屋瓦面的经验，被管家安排去帮地主爷修缮整栋大宅子的瓦面。

从开始弄瓦面时算起，已经连续弄了有半个多月时间，主要的工艺也就是将房屋上面老化或者被老鼠啊、猫爪啊破坏，已经漏雨的地方重新修补，把断裂的青瓦清除，填补上新瓦，被移动露白的地方重新整理好，重新填上新瓦。

这一天，轮到了检修主厢房的瓦面。主厢房是地主爷住的房子，这间房屋一直都是六十来岁的地主爷住的，是个里间。房子设计有隔层结构，隔层在半棚木桁上，木板打满了整层，只留了三尺见方的棚口，棚口下放着一架杉木单边日字梯，以供上落用。

当时很多大户人家的房子都设计成这样的土木结构。隔层空间可以方便储物，特别是相对贵重的东西，储存在上面既安全，预防盗贼惦记财物，又干燥密封。不仅如此，夏天还可以挡住太阳光透过瓦面的暴晒，隔了一层木板半截棚，大大地缓解了从屋顶传递进屋的高温热气，房间里面自然而然就会变得凉快许多。

一旦进入了冬天，凌厉的北风呼呼地从瓦面的空隙处渗入，却被隔层阻止在木板棚上，成了不太流通的空气。室内的温度依然保持着暖和状态。这样冬暖夏凉的设计，充满了民间传统的实用智慧，有时还真的应该为古代人类的智慧喝彩。

检修瓦面的这个时节，虽然是刚入冬不久，北风也是初来乍到，但是整个院子已然充满了阵阵寒意。因为接着下来就是厢房的检修，矮宾向管家报告以后，也向地主爷知会了。

其实早在几天之前，按顺序排列，轮到要检修的哪些房子的瓦面，矮宾已经向地主管家上报过一次。

为了排除自己被地主佬误解，做到慎重起见；另一个原因，又考虑到地主佬的厢房是私密地方，可能有私人金银财产转移等问题，也免得节外生枝。

矮宾这方面还算是考虑全面，做得也够周到的地方。他也因为平时事做得比较细致，才得到了地主爷的好感，老地主经常在其他长工面前夸奖他，表扬他做事懂得思前想后，有始有终。

到了检修地主里间瓦面的时候，地主爷和地主婆都在里间候着，矮宾原本也没打算要走进去里间的，他和那两个在屋顶捡瓦的师傅，只是想把屋顶上其中几处乱掉漏光的旧瓦挑开，然后再填补上部分新瓦，排密实一点就完事了。

没想到收拢瓦面的时候，轻手轻脚地揭开了几块瓦砾以后，发现了瓦面的排桁中，有两条杉木的旧木桁有蛀蚀断裂问题，仔细检查了以后，才知道差不多就要被蛀虫蛀断了，肯定要拆除旧桁，换上新的。

于是，矮宾马上就向管家报告了这事，管家也立马找到了地主老爷，说明了屋顶发现木桁蛀蚀的情况。幸好矮宾早在去年来这里做短工的时候，就已经有计划，准备好了足够多的替换大杉木桁，目的就是为了应今年检修瓦面之用，这可是瓦面修缮时必不可少的材料。

这些木桁，是矮宾带着长工，从山上锯断成足够长度以后，再扛回来，放到门前的池塘里浸泡了半年有多，然后捞上来，历经好些时日晒干，再抹上了地主家军爷儿子捎回家来的什么防虫油，搬到了柴房里面堆放着。整修前面的瓦面也用去了十七八根，现在仍然还有足量的木桁备用。

矮宾由于对这个事情准备得十分充分，再次得到地主爷称赞，留下更好的印象，从地主爷对矮宾的态度转变就看得出来，地主爷对矮宾有了更多好感。

矮宾就是换地主爷屋顶木桁的时候，带着几分惊喜，无意中发现了那隔层里放着的十几条长枪的。当时的那十几条长枪乍一看上去，很明显是生了好些铁锈，起初还以为是没用的废铁呢，锈迹斑斑堆放在木板棚的棚口处。

矮宾刚爬上木棚的梯子，一下子就看见了，密密的一排，足有十几条长枪，竖立着，整齐排放在那个靠墙的木做架子上面。那个木架子看上去精致得很，刷了油漆，深褐色，还画了好些漂亮的花草图案，一看就是出自专业木工之手笔，特意做来摆放这些长枪用的。

矮宾试着托了一下摆枪的木架子，实木板材，厚重、结实，目测长度足可以排得下十好几条长枪。矮宾看过地主爷的几把短枪，没想到这个地主老爷，仗着家里还有几把短枪可以看家护院，竟然让这些长枪堆放在隔层棚不闻不问，任其生锈。

后来转而一想，会不会是时间久了，地主老爷忘记了还有这些长枪？矮宾决定试着探一探地主佬的口风，究竟是什么原因会使地主佬对这些长枪如此淡漠？

换屋面木桁虽然说是拆掉旧木桁装上新木桁，但是也不是一拆一换一下子就可以换好的，做起来需要好几道工序。首先，要量好总的长度，还要把木桁的一个面用斧头削顺、斧平、斧直了，然后再把整根木桁重新刷上几遍桐油，再等上个两三天，桐油干了以后才好做事。把旧桁拆下来，换新桁上去。整个工序，就算天气很好的话，算起来至少也得五天时间，最主要还是桐油干得慢。

在这个等待木桁的时间差里，矮宾又悄悄动起了他的坏心思，脑瓜子溜溜转，打起了主意，绞着脑汁想了几个比较可行的办法，希望能真实地见识见识，更希望接触一下地主爷的那十几杆长枪，最好能够过过枪瘾。

所以在这几天时间里，矮宾不断地寻找机会，有事没事都往近里靠，借机跟地主爷唠嗑，说些他喜欢听的好话。本来，在跟地主爷做短工的几年里，地主爷都很喜欢听矮宾捎带拍马屁式的好话，明知是讨好，也乐意，听着舒服。

这时候的矮宾，依然动用他善于说好话的特长，想方设法地与地主爷套近乎，只要有地主爷在的地方，他就往前靠、往里钻，希望能捕捉到合适的机会。

终于，皇天不负有心人，有一次地主爷允许他们抽草烟、卷烟叶休息，只一小会功夫，地主爷也在旁边坐着。短工们唠嗑着一些看似无关紧要的话，矮宾立马抓准时机插话，看似无意，实则有意，他找了个话题，直接切入到关于长枪保管的问题上，跟地主爷说到了长枪的事。没想到的是，地主爷还表现出挺感兴趣、挺乐意听的样子，甚至在矮宾的一连番好话面前，也觉得是一件很值得炫耀的事情。

"老爷家就是跟别人家不一样，殷实啊，那才叫富贵双全呢。就您搁木棚上面的那些铁家伙，就不是方圆几十里哪个爷能有的。只要一看这架势，就能断定您的儿子可都不是一般人啊！我还没见过哪户人家有您这个家伙什呢！"矮宾竖起拇指，不断地比划着，带着试探的口气，想继续带地主佬进入自己的话题。

"嘿嘿，你这个狗杂种。"地主佬经常都是叫矮宾狗杂种，"说话倒是挺会拍马屁的，嘿嘿，我喜欢！"

"长家伙倒是有十几条，只是都好久没想起来了，更别说动它一下了，龟儿子们又不在家，差不多都忘记了还有这些家伙什，都快生锈掉了。说真的，还要感谢你这个狗杂种家伙哩，狗眼倒是够贼的，什么时候让你看到了？嘿嘿，让我记起来还有这些好家伙。狗杂种，难道你还侍弄过枪不成？"地主佬叫矮宾杂种长杂种短的，此时反问矮宾，矮宾也不知道他究竟说的是什么意思。只在心里暗骂，他妈的，你才是狗日的杂种哩。

"玩过嘞，在以前干过活的东家那里摸过类似的长枪，我还能把他整条枪给拆散了，然后又再一个个把零件装回去，帮他把长枪里里外外都抹上了猪油，可惜当时东家家里没有了子弹，没能试打过他的枪，也不知那枪是好的还是坏的，小时候我还玩过爷爷的铳枪呢，不过跟这个枪还是有点不同，铳枪比较简单，你家里看到的这些铁家伙稍微复杂了一点。但是无论怎么玩，保准你这些枪是难不住我的，如果真有子弹交到我的手上，保证能够打响，而且能打中五十步之内的目标。"矮宾一半真一半假，像模像样地说道。

其目的很明显，是想让地主佬先心动，使他能够自愿把长枪从隔层木棚上面拿下来，交到自己手上检查侍弄，到时顺便处理掉铁锈，上上猪油，这些细活，矮宾自信有十足把握把它弄好。

当然了，最终的目的还是摆弄摆弄那些长枪，也想办法让地主佬心甘情愿地把藏匿在暗处的子弹，拿出一部分试用。再然后嘛，想尽办法，拐带老地主到偏僻没人的山沟沟，试一试打枪的滋味，过一过自己憋了好久好久的枪瘾。

"以前我做活的那个东家，才只有你家五分之一的长枪，他每隔一段时间，必然就会要求我为他家的长枪擦洗一次，上好油再封存起来，每次我都会把枪擦得锃亮锃亮的，涂上一层厚厚的猪油，比人吃的猪油还好。"

"东家也不知道听谁说的，说枪也是有灵性的东西，如果是长时间不擦不拭的枪，打出的子弹特别容易偏离，很难击中目标。子弹的保存也是有讲究的，千万不能放在潮湿的地方，放在潮湿的地方容易受潮而报废，火药最怕湿气，湿了发霉以后就打不响了，而且被火一烤就炸，特危险。必须放到通风阴凉的地方保管，这是保管枪支最基本的做法。"矮宾又接着说了几句看似无所谓，其实是戳中了技术要点的话。同时也在察言观色，细心观察着地主佬的反应。

"还有这回事？你小子眼馋了是吧。要不你也帮我个忙，顺便把我家那些长枪弄下来擦擦锈，也上点猪油。嘿嘿，也给你过些眼瘾，可别真的让它给生锈搞报废了，那可就损失大了，可不能把它废了。"地主佬脸上带着调笑和商量的语气。

从地主佬的表情可以看得出来，他已完全被矮宾的那些真真假假的话说得动了心思。

地主佬紧盯着矮宾，说道："要不你明天吩咐他们几个，先把我里间的瓦面完全弄好，你就不用再管后面那些检修瓦面的事，专门负责处理长枪上油的事情，这件事我会跟管家说说，你就放心、仔仔细细弄，可千万要弄好喽。"

矮宾眼看着地主佬一步步入了自己设好的套子，心里面不由得暗暗高兴起来。第一步已经如自己所愿，地主佬开始重视起他家的那些长枪来了。自己哪怕高兴，却还是要装作无所谓的样子，继续跟他玩捉摸不定的心计。

矮宾虽然稀罕玩枪，可他也想着不用干那么多脏活、累活，不用帮地主家做那么多的事情，反正每年被他剥削的时间也够多的了，何不趁此机会，悠哉游哉过几天安乐日子？所以以退为进，毫不客气地跟老地主谈起了条件。

刚开始是试探性地明说，阐述护理这些长枪的活是细致活，需要的时间肯定比较多，可别因为自己检修这些长枪而限定所需时间，这可是急不得的技术活，每一个步骤都要谨慎认真。如果因为要急于一时而要求自己粗糙完成的话，他可就不敢接揽这个活了。

矮宾没想到地主佬倒是挺爽快，二话没说一句，就答应了不会限制时间，只要把这些枪弄得妥妥帖帖就行。而且临走时还放了话来，只要达到他的要求，会考虑奖励矮宾。

地主佬也知道万一真要用起枪的话，也必须检修好了才能派上用场，特别是现在这个动荡时期。矮宾暗中骂道，你能奖个屁，到时还不是给几斤地瓜了事，不扣老子工钱就谢天谢地了！

"这世道，这年头啊，听说到处又开始不太平了，土匪抢东西的事经常都有耳闻。只要把这些枪检修好、保养好，放在家里头做个备用，不论怎么说，它也是好事，哪怕只能放得响，听得见枪声，那声音传出来，就能把人给吓着喽，如果打不出来枪声来的话，就跟烧火棍没什么两样，就连鬼也不怕你的，更别说是人咯。这兵荒马乱的，指不定就要靠它来看家护院呢。"这个矮宾，还真的挺会接话，说得既在理，又能让老地主听得出家里有枪的重要性。从这些话里头，暗地里也显示了自己干这活的重要性。

"先全部检修一遍，然后擦亮，其他的后面再说，上油的这层功夫可千万不能马虎哦，乱布碎和猪油你就别省着，尽管用，我会叫管家备好备足，这几天你弄好了我这间瓦面，直接到我这来就行了，我会等你，就你一个人来就可以了。"

地主佬把地主婆叫了过来，吩咐她看着矮宾他们几个干活，自己则背着双手走了出去。

矮宾他们几个花了四天时间，上好了桁桷，屋顶填上了新瓦，彻底把里间的瓦面弄好了。

一大早，矮宾找到老地主，来到里间屋子，开始了修枪的行当。矮宾顺梯爬上隔层木板棚，将长枪放到棚口往下放。老地主和地主婆在木棚下面，一边接枪一边数着数量，矮宾麻利地从木棚上把十几条长枪全部弄了下来。

老地主早已腾出了一间单房，一箱子工具，供矮宾检修长枪专用。房间位于老地主厢房对面。这个老家伙警惕性还是蛮高的，应该是害怕矮宾做什么手脚或偷懒。

矮宾从见到长枪开始，眼睛就滴溜溜转动着、放着光，那种神情好像见到了一些老朋友。每一条长枪都先过了过手瘾，然后才正儿八经地侍弄起来。

洗刷除尘，检查枪栓，比比划划，首先只是拆散了一条长枪，把每个零配件都仔仔细细研究一遍，一件一件都是小心翼翼，心里边也着实担心弄错了零件，到时没法子向老地主交差，白白丢了一份短工不说，还会被地主脱掉一层皮，想着想着竟然有点后悔。

事情已到了这份上，只能死马当活马医。对面厢房老地主正坐在竹摇椅上目不转睛地盯着呢。狗日的，肯定是有意看矮宾是否能像他自己说的真的懂行。矮宾也不敢慌乱，硬着头皮一步一步慢慢摸索，希望在短时间能够弄懂拆装长枪的细活。

矮宾就是矮宾，有他的天分和"目力"，换作别人说不定就灰溜溜地偷偷逃跑喽。"有目力"的矮宾的确是有他过人的地方，经过对长枪进行两次的拆拆装装，虽然侍弄的时间有点长，总算是在实验中成功完成了最后的组装。原来心里边忐忐忑忑、害怕组装失败的包袱，也总算放了下来。矮宾长长地嘘了口气。

如此经过多次反复拆装，完全熟练之后，才将其他长枪逐条拆散。零部件逐一除锈，打磨光亮，再抹上猪油，组装完一条，再接着弄另一条，有条不紊顺利进行。这样才能保障不会搞混，配错零件。这可是真正的带技术的精致活，一个步骤错了就会全部弄错。

难怪矮宾一再跟老地主强调，枪房里面绝对不能允许第二个人进入，否则出现零件搅混或丢失这些问题的话，一概与矮宾无关。老地主为了达到修好枪支的目的，只能唯唯诺诺照做，连自己本人都不敢踏进检修长枪的房子半步，只是躺在对门的摇椅上远远地盯着。

这也正是矮宾比别人聪明的地方，做起事来脑子还是非常清晰。一来就是消磨着时间，清闲自在地慢慢享受着这种自己感兴趣的枪械。没人干扰督促的情况下，矮宾甚至有时候干脆什么也不干，关起门来睡大觉。反正地主佬也看不见房里的矮宾有没有在做事。

老地主也的确有点顾忌，有了顾忌也就等于放任了矮宾的自由。反正只要矮宾能把长枪的事情成功弄好，时间上的长短也没有那么重要了，他一个地主老财，家里有的是粮食，所以也懒得理矮宾是做事还是在睡觉了。

更何况也只有矮宾一个人才懂行，才会弄，想要把枪支弄得好使的话，的确是需要时间的。中间有一段时间，还下起了绵绵的小雨，大大影响了需要的日晒时间。

直到最后，彻底完成长枪检修和上油任务时，矮宾算了算时间，足足弄了差不多有两个多月，矮宾自个知道，自己一个人懒懒散散，停停歇歇，轻松自在，可消耗着大把的时间呢，如果是做足时间、做足功夫的话，大概十天就已足够。其实心里边也偷着乐呢，反正心里想着，不玩白不玩。

还别说，玩归玩，干归干，十几条长枪愣是让矮宾收拾得像新的一样，连枪杆的油漆也刷好、干透彻了。地主佬把这些都看在眼里，也在暗自佩服矮宾呢。轮流拎着每一条长枪，在手上都是摸了又摸。

即将完成收尾工作的某一天上午，矮宾琢磨着，是时候问地主佬子弹的事了，壮起胆子，正要开口问地主佬有没有子弹时，地主佬也看出了矮宾好像有事要问他。

地主佬先开口问道："小杂种，是不是很想问我有没有子弹来着？我就跟你直说了吧，子弹肯定是有的啦，嘿嘿，至于数量还有多少就不给你透露了，等一会我会叫上管家，让管家也叫上个家丁，带上你，把这些长枪都背上，去后山偏僻点的山沟里，试试这些长枪是好是坏，看看能不能打出子弹来，也试试这些子弹还有没有用，射不射得出去，你小子可别把好枪修成了坏枪哦，咋样？你可别说你不会打枪吧？"

矮宾心里也充满了自信，笑了笑，挺轻松地随口就说："我还能有啥不敢的，只要是老爷吩咐做的事，不行也要想出可行的办法。"

话刚出口，就后悔起来，暗骂自己咋不吊吊地主佬的胃口，说自己没打过枪，让他干着急也好啊。既然已经说出了口，也就不好再说什么了。

心里却在暗骂，你个奶奶的死地主佬，还怕我背后给你一枪、要了你的狗命不成？还要叫管家和家丁一起去，转而一想，也对。奶奶的，十几条长枪都要全部拿去试，还要翻山越坳去个偏僻的地方，两个人背着都不是轻松的事，别说一个，背到了试枪的地方不累成死狗才怪呢。

老地主接着又叫矮宾从禾稿棚上弄来一大捆禾稿，将长枪密密实实地包成了几捆。乍一看上去，还以为挑的是干禾稿担，狡猾的老地主用了障眼法，避开了那些可能惦记长枪的每一双眼睛，免得他们打起长枪的主意，万一被那些贼心惦记着的话，很容易就招来不必要的麻烦。

矮宾按照老地主的吩咐，和管家、家丁将十几条长枪结结实实打包成六捆，分别由矮宾、管家和家丁挑着，就像挑着禾稿担进山种庄稼似的。地主佬肩膀上只背着一个布包，看那死沉死沉的样子，矮宾就知道那绝对是子弹。不过，别人肯定不会猜到，这是个干农活的架势，别人也不会怀疑到什么。

一路上，沿着山路兜兜转转，矮宾跟着地主佬和管家一直往村子南面走，上坡以后，又沿着一条狭长的小径进入，来到了一处四周都是矮山的小山坳山脚，矮宾估算了时间，所走的时间应该不少于半个时辰。老地主示意他们把东西放下，这里应该就是他选择的试枪地点了，矮宾几个扛着枪走了那么久，也已累得有点气喘吁吁。

这时候已经是晌午时分，时令正值冬季，遍野的北风呼呼地刮着，流汗过后，经冷风一吹，不禁有了深深的寒意。矮宾心里暗骂老地主，奶奶的地主佬，偏要在本该吃饭的时分才来，老子的肚子可饿得咕咕叫了。可是暗骂归暗骂，谁叫你要干人家的活，吃人家的短工饭。

老地主选择这个时间上山，自有他的道理，这个时间点，一般在山上干活的人都回去吃饭了，剩下满山连绵的树木、林立的群山，在北风的肆虐下，哗啦啦响着，这嘶鸣的北风，成了最好的消声掩护，况且北风向南吹，地主佬家的方向听不到，更加隐秘。

这个山坳处于人居村子的南面，即使有什么响声也一下被北风吹走了。所以这个时间，正是试枪的最好时间，选择的这个地点也是十分理想的地点，矮宾不由得打量着这个老奸巨猾的地主佬，老家伙竟有如此缜密的思量。

矮宾走进试枪场地，也是按南北山坳的自然地形选位。首先摆好该有的架势，矮宾还别出心裁，用捆绑长枪用的一大捆禾稿，扎了一个像模像样的稻草人，把它竖立在踏步大概五十步以外的对面山脚位置，也就是南面方向，自己小跑回来，和老地主几个人站在山脚的正对面，也就是北面的山窝脚下，稻草人与枪的距离大概也是五十步。

矮宾选择了一处稍微有一点落差的田埂，然后又找了一块平面大石块，搁在田埂上，自己成站立状，伏倒在有了落差的地面，把长枪搁在平面大石块上，试着用手指反复拨弄了几下枪栓，作出几次瞄准状，然后转过身，走向地主，报告说准备完毕，可以装弹试射。

老地主从头到尾都在注意着矮宾做的这些准备工作，暗中也欣赏性地点头，越发觉得矮宾这个家伙的确有这方面的小聪明，只是尚未试枪，还不知道他究竟是不是真的会打枪。

老地主放下身上的布包，在袋子里抓出一个小布包包，抠出十几颗一看就知道是子弹的尖家伙，交给矮宾说："你先试试这些子弹，看看会不会咋样。"矮宾也不客气，二话没说，接过他递来的一抓子弹，看似挺熟练似的，把子弹放进膛口，"咔嚓"一推，瞄准。

地主佬和管家则捂着耳朵，躲得远远的。只看见矮宾趴在那里，时而憋气，时而换气，足足有半卷烟的功夫，瞄准了正对面的稻草人，然后果断地一扣扳机，哈哈，子弹飞一般穿膛而出，先"砰"的一声，紧接着"嗖"的一声，比射箭的速度快多了，等到反应过来时，整个射击过程已经结束。

虽然说动作很流畅就完成了，却没能看见对面的稻草人身上有啥动静。矮宾不觉下意识愣了一下，放下长枪，站起来迅速往稻草人跑过去，左看右看，把稻草人后面山壁的泥土和周围的泥土，都仔细检查了一遍。

终于在稻草人后面，偏离了约两尺远的黄泥土里，发现像是弹头射进去的新痕迹。矮宾顺手折下旁边的一条竹枝，将新洞口撬开、扩大，再慢慢往深处挖开，大概在五寸深的黄土里面，找到那颗射出去的弹头，矮宾将它交到了地主佬手上，坦率地说，子弹打偏了，没有打中稻草人靶子。

没想到地主佬竟然当没听到似的，还挺高兴地自言自语起来："没想到这些子弹还是可以打得出去的，说明还是好的，没报废呢。奶奶的，老子还怕它真的受潮了呢。"说完又对矮宾说："狗杂种，打偏了就接着打，打到准了为止，来来来，继续，继续。"

听到地主佬说了这话，矮宾信心大增，原以为地主佬会责怪骂起娘来，没想到地主佬一心只关心子弹的好坏，而忽略了矮宾的枪法准不准。当然，矮宾知道地主佬不是为了试他的枪法准不准，而是怕真的如矮宾所言，子弹受潮了，将会报废掉。

矮宾这个鬼人精，虽然只打了一枪，心里已经基本悟出了打不中的问题所在，刚才向地主报告说自己打偏了时，也不想过多地解释，因为他有足够信心，在第二枪就射中稻草人目标。

吸取了刚才受到风速干扰的教训，调整了刚才的射击位置和方法，大概估算了风向风速。

果然，第二颗子弹从上膛、瞄准到扣扳机一气呵成，子弹飞出去，正中了稻草人胸腔部位。

矮宾打第二枪也打顺手了，接着又上膛打了几枪，一样命中稻草人靶子。看到矮宾每一枪都准确命中在稻草人身上，地主佬眉开眼笑，挺佩服地连续表扬了矮宾几次，还夸奖说矮宾深藏不露，不张扬，谦虚，看他这个熟练的姿势，就可以判断矮宾应该是个玩枪多年的老枪手了。

其实只有矮宾自个知道，什么狗屁老枪手，都是这阵子才被逼出来的。

地主佬玩兴也来了，叫管家赶紧把其他长枪摆在矮宾旁边，自己又抓出了一把子弹，交给管家，管家将子弹放在矮宾伏倒的长枪边上。

矮宾这时候的状态还真的就上来了，手也热了，一枪一枪地试，每枪都打三发子弹以上，只有一条长枪准星有点小问题，其他绝大多数命中目标稻草人。如果按占比计算，命中率起码百分之八十。这么高的命中率，简直有点让人无法相信，如果当兵打仗，绝对是当官的抢手货。

这一试射枪，地主佬和管家更是对矮宾刮目相看。试完枪从山上回来，地主佬还破例让矮宾吃了一顿酒肉，让他玩了半天。

这种想也不敢想的神仙般的待遇，却让矮宾给享受了，这可是地主佬破天荒的一次。还真把矮宾乐得有点不好意思了。

其实矮宾自己知道自己的事，之前在地主佬面前车大炮说打过枪，那都是自己瞎吹的，摸是摸过枪，也真看别人打过，自己却真的没打过这种长枪。没想到现在还如愿打上了真枪，打出来的准头还有点神枪手的意思。

矮宾本来以为试了这些枪和子弹，确定都是好枪以后，地主佬也就可以安心了，自己也要干其他农活了，没想到地主佬也试枪试上瘾了。

·第十章

矮宾获得消息，反动派对农会虎视眈眈

试完枪的第三天中午时分，又叫管家拉上了矮宾，带着另外两把长枪和两把驳壳枪。

地主也交底了，家里的枪和子弹都是他儿子前年从别处带回家的，驳壳枪也是。地主佬都忘记了还有这两把驳壳枪，弄好了长枪，才想起来还有一些旧子弹和两把驳壳枪。

后山试了之后，确定还是挺好的两把驳壳枪。由于原来上过油，油纸包装着，保管得也好，只是有些许不碍事的黄锈斑。矮宾也不知道从他家宅里哪个地方拿出来的。

半年前，听说地主家里，被一个年轻的外地长工偷拿了两颗子弹，以为好玩，想把里面的药粉倒掉，做个玩具玩玩。做长工的农民哪里懂得火药的原理，竟然用铁榔头敲打弹头，不小心引起了子弹爆炸，结果把两根手指炸断了，脸也炸伤了，幸亏还算保住了一条性命。

最后年轻长工的家人，想要地主赔点良心钱，地主却反打一把说长工偷窃，告到官府，官府受了他当官儿子的好处，反而以偷盗罪处罚了长工，并没有追究拥有枪支者的枪支来源，最后也是不了了之。

所以现在地主佬也学精了，管理枪支也比较谨慎了，把子弹看得贼紧，藏在只有他自己才知道的地方。

说起来，还算是矮宾的运气好，及时地过了把枪瘾。因为试完枪的十天左右，地主佬当军官儿子的副官突然从省城回来，先回到了地主佬家里。

听说是接到上级命令，要把地主佬儿子下面一支团级部队，开拔到离家一百里地的另一个县的县城。

现在只是提前回来了解一下当地情况，再决定什么时候把部队开拔到陆江海一带，再考虑把部队扎营在什么地方。

反动派已经掌握了粤东很多地方搞起农会组织的情况，而且知道此农会组织深得人心，发展迅速，已经是让反动派当局寝食难安的一个共产党组织。地主佬的儿子现在身居要位，受命于反动派政府，意欲派出重兵，以压制粤东一带搞得如火如荼的农民武装运动，瓦解他们的武装力量，借机利用军队镇压农会，为后面"围剿"共产党领导下的赤卫队力量做前期准备。

上面一系列新消息，都是矮宾无意中在地主佬客厅亲耳偷听到的原话。说来也巧，那天矮宾去找老地主，是回复老地主雇他做护院家丁的事。

矮宾帮地主爷成功试枪之后，地主佬觉得矮宾对枪支有一定的研究，神准般的枪法也征服了老地主，平时做事也细心有方法。特别是近期又听说到处都在闹农会运动，目的很明显，都说要重新分配这些地主老财的田产。

这一段时间以来，搞得地主佬终日胆战心惊。害怕突然有人闯入家门，把他的老命给收拾喽。虽然家里有那么几杆枪，也养了这么多家丁和长短工，但是只有矮宾一个人才会用枪，却不是自己雇用的家丁，万一矮宾不干这短工走了，家里一旦遭到农会攻击，虽然是有枪，却连一个会开枪的人都没有。

为了让自己一家人的身家性命能够有所保障，地主佬私下里找了矮宾几次，希望矮宾能够留下来做他家的家丁，而且由他做家丁中老大，训练出几个手下家丁，主要是教会他们打枪。

地主佬还许诺矮宾，说什么条件都可以谈，只要矮宾答应留在他家，做他家里的掌枪家丁，平时听他指挥，只要安全守住他的家宅，其他的都可以商量。

矮宾当时确实也心动过，还稀罕着这些长枪呢，心里痒痒的。后来转而一想，奶奶的，帮他地主佬对付外来力量，那不就是对付我们这些老百姓？对付帮助老百姓翻身做主人的共产党？老子才没那么傻呢，说啥优厚条件老子也不干。

地主佬已经催了几次，问他想得咋样了。这不，矮宾正准备去委婉地拒绝他呢，人在门外，还没有踏进客厅，就听到了有个反动派军官，正与地主爷谈及他们军队部署的一些行动机密，大概是关于农会方面的重要内容。

听在矮宾的耳中，不由得心里发起慌来，只好隐蔽在大门外的一个角落里，连大气都不敢出，小心翼翼，轻轻地退了出来。

听到这个机密之后，矮宾也已经打定了主意，这个地方万万不能留下，得找个说得过去的理由辞工，这世道，还不如早点辞了工，回自己家去，也好好地了解了解一下那个农会组织，看看它究竟有什么地方吸引了咱们这些农民兄弟。

想来想去之后，矮宾想了个馊主意，骗地主佬说自己父亲病重需要马上回去，先看了父亲的情况再回来，其实他的父亲已经去世多年。地主佬也是半信半疑，为了能够留住矮宾，也只能同意他回去。

不过，这个地主佬自从他儿子副官来家后，经过心里边盘算，已经改变了主意，因为一些事情有了一些变化。地主佬很清楚，只要再过些日子，他就有儿子现成的兵可以差遣，这些狗腿子既可以帮自己看家护院，还可以教那些家丁们打枪，而且不用花自己一个子儿，想想心里就美美的。所以对于矮宾的辞工，至于回不回来，好像也不再那么重视。

· 第十一章

矮宾辞工回家，实情引杨光关注

矮宾辞工结账回家时，最终还是被地主管家克扣了十天的工钱，说是押金。矮宾为了顺利离开，虽然心里万般不乐意，却也无可奈何。矮宾一路上都在骂地主佬和他家的狗腿子管家，心里窝着一肚子火。

这不，昨天才回到耀阳村的家里，今天晚上就刚好碰到老屋大院子里面这么热闹，这会刚听完秋实讲的列传故事章节，还有那些乡亲们讲的新闻事，在话题停顿的这个瞬间，就干脆接续了大家的注意力，把他从陆海县老地主客厅里偷听到的那些军事秘密，按原话说了出来。

没想到把院子里的乡亲们说得是群情激昂，引得大家伙都在议论起这件有影响性的、新鲜的国家大事。

"矮宾，如果你说的这些，真是你偷听得来的话，估计那些反动派部队也要好些日子才会开拔到这附近吧。反动派政府也就是想吓唬吓唬我们这些老百姓，害怕我们这些老百姓真的跟着农会，干起革命的事呢，我们大家都觉得农会组织靠谱的话，那就是跟反动派对着干的事了，那可不是闹着玩的。"院子里年纪五十多岁的东伯，也敢在这种场合说出这样的话了。

万万没有想到，整个晚上，院子里的讨论气氛都这么激烈，你一言、我一语，有争论，也有探讨。一直到子夜时分，才全部散场。

有好几户人家的油灯都重新添了油了。不过，这些乡亲都住在正屋外围的排屋，一散完场就可以直接回屋睡觉，不用担心要走什么夜路。

杨光由始至终都没说过一句话，整个晚上都在默默地听着这些看似稀奇古怪，但确实是生活中的实事。除了觉得新鲜，他也被某种东西深深地触动了。一场无意听到的，关于国事的家常谈论，令他产生了深思和启示。

来耀阳村的几天时间，杨光也算是真正见识了这些穷苦人家团结蚁居一起的生活和生活方式。当天晚上产生的无眠，促使他跟秋实谈起了自己的好奇和内心强烈的触动。这种和谐团结的精神，是跟日常生活积累的感情分不开的，是一个值得学习、珍惜的闪光亮点。

一连几个晚上，两个年轻的小伙子，虽然都没有上过高等的学府，却用了最朴实的老百姓思维，非常认真、接地气地深入讨论这个社会现实，讨论他们从南洋回来的所见所闻。以前似乎从没有像这段时间这么严肃地思考过。

杨光的思想，因为受到了这些小事情的启迪，也让他想起了一个很重要的事情，他很客观地与秋实谈到了涉及这件事情的一个人，他的一个同乡本家。

以前，因为杨光没有留意农会运动这方面的话题，对于自己身边的一些事情也就没有留意。这次来到耀阳村，连续几个晚上听到的家事国事新闻，结合自己的家乡见闻，再将这些事情连贯起来推敲，才猛然间想起，他这个同乡本家就是加入了一个叫农会的农民组织，而且同乡本家还是这个组织的骨干人员。

该同乡经常早出晚归，听说到处去宣传分田地、减租减息的事情，杨光自己所在村庄和隔壁村子，已经有很多年轻人都踊跃加入了这个农会组织。

杨光听过关于农会方面的话题，只是自己从南洋回来不久，也没有深入去了解，而且自己还考虑到，过了这段时间，可能就会返回南洋，去继续以前的漂泊生活，所以就没当一回事，包括隔壁村庄那些后生朋友诚意的邀请。经过耀阳村一行，再把所有事情都联系起来那么一想，那些活动不就是关于农会组织的事情吗？这股农民力量，在陆海县来说，是被公认为民心所向的可发展力量。

杨光在秋实面前坦言道，依现在国内这个形势来看，自己短时间内返回南洋已经有点不太现实。现在有了暂时留在家乡的打算，再考虑接下来该怎么走，以后再决定何去何从。可以说，首先深入了解农会，如果可行，就考虑加入农运组织，这是排在首位的个人计划。

秋实听了杨光的内心话之后，深有同感，也觉得是很值得认真考虑的事情，更何况，自己一直向往的光明世界里面，又多了一丝丝曙光，看见曙光的那种感觉，不止能使心里变得亮堂，也多了一种投入的激情。

世间本无不散的宴席，与杨光依依惜别时，秋实再次向杨光表明了自己的一些想法，并满怀着希冀，希望杨光回去之后尽快了解农会宗旨，抓紧从多方面核实农会的实质目标计划，然后尽快捎来利好消息，也为自己带来更加坚定的信念。

杨光与秋实惜别后，回去不到半个月时间，就给秋实捎回了一封短信，信的内容简短扼要，只说他了解到的情况属实，方向也正确，自己已回到姥姥家里。那意思就是说，自己已经加入了农会组织。这是秋实和杨光两人之间分手时说好的暗语。信里也发出了诚挚邀约，静候秋实前往，家里等待，畅叙为盼。

第十二章

秋实动身去陆海，了解农会情况

这时令也正是秋季，农事也没有那么繁忙，秋实觉得，应该是时候出发去陆海县了。他决定不再对父亲和哥哥隐瞒什么，就在去陆海县之前，利用晚上时间，一五一十地将心里的一些实诚话，向父亲和哥哥做了简要说明，希望得到他们的支持。

当父亲和哥哥听完秋实去陆海的想法，说实话，父亲心里肯定是不太乐意秋实去进行这等事情的，毕竟事关革命，是大事。而哥哥秋明却十分赞成秋实，支持秋实先去了解了解情况，假如真的有一支可以帮助农民百姓的组织，能够为了改变这些不公平的社会而奋斗，到时家家有地分、有田种，那可是农民们做梦都想的大好事，谁也希望能够加入这样的组织。

朴实的秋明还说，不单自己首先积极地参与进来，还要介绍更多的穷苦百姓也参与进来，为共同的目标而努力奋斗。

这些实在话，能从老实厚道的农民哥哥口里说出来，秋实特别感动，有了家人们的支持，心里边更加充满了信心。秋实也觉得他们说得挺在理的，于是先写了封信，告知前往的时间和会面地点，等到杨光回信后再次确定地点。

没过几天，秋实就动身前往陆海县与杨光约定好的地点。凌晨两点，秋实肩上背着一个背囊，跟着附近村庄一帮经常往来于陆海县一带的鱼盐贩子，战战兢兢地翻山过岭，足足走了有半天多，与那些鱼商分道以后，各走各路。剩下的这一段去约定地点的路程，秋实是一边走一边问。

在下午四点钟左右，总算到达了杨光在信中交代等候的那个属于墟市的地方。那是依傍在海边的一处码头港口，下午的时间段，码头上出海归来的渔民比较多，商贩人潮也多，环境更是嘈杂了很多。因为这个时间点，正是渔民们出海打鱼回来的时间，那些从外乡外县前来这里调货回去零售的商贩，也汇聚在码头上等待。

海产市场上虽然也不显特别的热闹，但比上午却熙攘了不少。这个地方乍一看，就感觉得到非常的复杂。秋实约定等候杨光的位置，刚好是在码头的最前面，也是整个码头最热闹的地方，同时也是更加复杂的地方。

其实杨光已到达有一些时辰了，此时正在另一边码头的街市焦急等候。那儿跟秋实现在所在的地方是相反的位置，秋实把街市的前后位置搞反了。那是整条街市的最后面，也平静很多，来往人员比较稀少，人员也不像街市前头的鱼鲜市场那么复杂。

眼看双方约定时间已过，杨光左等右等还是见不到秋实的身影，心里不禁有点焦灼起来。杨光忽然间意识到，可能自己在信中的地点说得不够清楚。一想到这里，不禁又增加了几许担忧，估计秋实很有可能将街市的前后领会错了，到了码头街市的另外一头。

杨光是土生土长的本地人，知道这个鱼鲜市场流动的人员鱼龙混杂，情况犹如暗涛汹涌、复杂，平时，除了有反动派的当地警察借着巡查任务，趁机四处作威作福捞油水，还经常有反动派的兵痞，随时前来骚扰民众商贩，而且特别欺生（欺负陌生人）。正是因为担心秋实因为初来乍到，对环境不熟悉，万一碰到这种情况不好对付，所以他老早就已经在这里候着秋实的到来。此时，他越想越担心，急忙跑步去往秋实在等候接应的街市那头赶。

果然，还没到街头，心里就被远处的架势吓得咯噔了一下，暗说："坏了！"因为他大老远就看见了高大的秋实正孤零零一个人，好像在跟几个人理论着什么。肯定是因为秋实看着面生，被两个穿着警察衣服的人，应该是反动派的地方警察截住盘问。

警察手上挥着警棒，左摇右晃挥舞着，估计又在用他们的惯用伎俩故意刁难，想从陌生人身上捞点好处。此时他们正在逼迫着秋实，问秋实是不是来这里跟什么人接头，叽叽嘎嘎说出来一连串的本地话，可是秋实却一点也听不懂，正在赶来的杨光听见了，知道这是本地方言，也判定他们都是本地的国民党警察。

他们正要伸手去拽秋实的衣服，还比划着要钱的手势，秋实心里暗道，麻烦事来了，却仍然表现出镇定自若，按住了性子静观其变。为了不节外生枝，能够尽快脱身，他果断地从身上拿了两张银票，塞到他们的手上，试图脱身，没想到俩警察根本看不上眼，竟然更加蛮横地想强行搜查秋实，意图强抢他身上带着的银票。

看情形似乎有点不太对劲，秋实一边迅速迈开步子，伺机后退，也不想再跟他们理论下去，预判着事态发展，心里做好了准备，一旦对方胆敢动粗，他将以最快速度将两个警察撂倒，然后快速逃离现场。秋实自信有足够把握一招制敌，放倒两个警察。在南洋的时候，最危急的时候，他曾经一个人用一根木棒轻松对付了五个歹徒。

正在这千钧一发之际，杨光终于及时赶到了，可算是赶上在肢体冲突之前出现了。在这最关键时候，如果再慢那么一点点的话，也就是说话间的事，秋实就会按想好的方法出手，制敌于瞬间，之后再撒开腿逃离。以秋实的身手来说，对付这两个家伙绰绰有余，就算是三五个也不在话下。不过秋实提醒着自己，必须忍住，压住怒火，因为以后如果可能的话，还要活动于这一带。非到万不得已的时候，绝不出手。当然了，前提是不能无缘无故被他们给逮着了。

杨光一看这一触即发的架势，简直非同小可！随时可能发生严重到无法预估的事情。他马上一个箭步冲过去，侧身拦截在他们中间，并且迅速用本地话跟他们说了几句，这两个像是警察的家伙，把正伸出去的一只手慢慢停了下来，从上到下仔细地打量着杨光，反复看了又看，又打量着他的穿着，脸上还是露出满脸怒气。

很显然，这两个警察并没有因为杨光的几句本地话，就放弃逮住秋实向他讹诈的意思。依当前情形来看，不破点钱财肯定是很难脱身的了。

这时，前来围观的人也越来越多。如果不在短时间内处理这麻烦事的话，接下来的场面肯定更难收拾，万一他们强行动粗，甚至坚持把秋实带回警察局，就更加不好办了，如果是那样的话，依秋实的个性，势必出手反抗。

街市上，周围听见动静的人群继续围拢过来，也必然会影响到退路，一旦冲突起来，警察的口哨一吹，他们的同伙很快就能赶到，局面可能更加难以控制。

假如被他们带回警察局，哪怕没什么事情，也会无中生有制造出事情，反正什么理都在他们那，少则也得关上个三五天，或者还很有可能会一年半载的，最后照样还得花掉大量的钱银才能赎得出来。

就在这左右为难之际，正在围观的群众里面有一个杨光的同乡本家，是个常来常往这里做鱼鲜生意的商人，跟杨光家里也是关系很好的世交乡邻，平时两家来往非常密切。他今天到这街市上进货，碰巧就看见了杨光正在和俩警察红着脖子解释着什么，意识到这个老乡指定是碰上麻烦事情了，就主动走了过来，首先打着笑脸对那俩反动派警察说："两位老总好！"并递上了香烟，"老总，我弟弟是不是有所得罪，你大人有大量，这个外乡后生哥也是我家的亲戚。这不，今天初次来到这里买货，人生地不熟的，走着走着，就跟我弟弟一下子走散了不是。给两位老总添麻烦了，还望两位老总高抬贵手，通融通融。"顺手把手里的一沓银票放到对方手上。

"老总们也辛苦啦，给兄弟买壶酒解解馋。"两个警察看见此时周围越来越多的人正围拢过来，也真怕会生出不必要的事端，他们心里知道得很，反正都是自己两个没事找的事，想讹点钱财罢了，也没必要把事情真给搅大了，现在也得到了原来想要的好处，再纠缠下去也必然会犯了众怒。

于是，就借机挥挥手："快点散了，散了，全部都散了。再不散开的话，老子就将你们全部都带回警局！"两个狗腿子装模作样起来，大声吆喝着前来围观的群众，做出执法者执法以后获得了胜利的那副表情。

杨光的那位商人同乡也见机行事，迅速拉着杨光，示意杨光拉住秋实马上离开这里。

三个人一起，快速汇入正在散开的人群里面。一下子隐匿在人海里，跟着那位商人来到一处隐秘的地方。总算是有惊无险躲过了这个眼看就会惹上的莫须有的官非。

直到能够完全确定安全的地方，杨光的那位商人同乡才停下脚步，神情里带着严肃，盯着杨光和秋实说："你们俩先别再去其他地方了，先回去吧，一切小心为上，现在这个世道，到处都是那么地不太平。"

"以后做什么事情，每一步都要加倍小心谨慎，你看刚才那两条疯狗似的警察，他们的这副嘴脸就是最好的证明，他们隔三岔五地，都会用这种狠毒的手段来这里讹人钱财。"

"盯上的大多数是从外地来的，随便安上一个足以让你胆战心惊的罪名，先把你吓得半死，让你瞬间没了主意，再乘机敲你的竹杠，碰到身上的确没钱的百姓，就直接拉回警局，当作农军探子，殴打一顿再扣押起来，然后逼着你通知家人拿钱来赎。"

"总之，他们就是想尽法子弄到钱为止。而这些外地来的老百姓或商贩，却敢怒而不敢言啊！"

"你们就先回家去吧，无论如何也不能再转回街市了。我却还要返回码头，批发一些海产货去别的地方卖，就此别过了。你们千万千万小心就对了，去吧。"

经历了这件令人胆战心惊的事情，心理上受到的影响是巨大的，一堂来自现场特别的社会课题，比深入去了解农会组织，还要深刻不知多少倍。

秋实的内心，接触农会组织的思想变得更加强烈。从偶然碰到的事件中，深切体会到这种颠倒是非黑白、目无王法的国民党政府统治下的无赖行为，它真实反映了现实社会的本质问题，这样的腐败政府是必然要走向没落的，只是时间上的问题罢了。

在前往杨光家的路上，秋实和杨光仍然在讨论这件事情，两人的看法是一致的，归根结底是社会的病态所造成。

从南洋回来至今，所见所闻对他们的思想刺激真的太大了。社会有太多不公平，弱肉强食成了一种平常的社会现象。

类似今天的事情，相信以后经常都会遇到，秋实无比憎恶这个社会的这种行为，甚至有点迫不及待地渴望加入到农会组织。他有种预感，也相信自己的判断和选择，必然经得起时间和历史的检验。

在如此腐败的政府统治之下，老百姓想要过上当家作主、解决温饱的生活，简直就是一种妄想。至于社会体现的人权，更真别指望能够存在公平公正。

可以说，人们对之失去信心的政府，还怎么能获得民心所向？如果愚昧地寄望这样的政府，能为咱们劳苦大众带来好的生活吗？能让老百姓过上安生日子？

一个不能拥有民心的政府，注定是一个失败的政府，可以肯定地说，这个背离了人民意愿的政府已经走到头了，没落是它最终必然的宿命。

物极必反是一个哲理性鲜明的历史命题。这样才会有新的希望。这时，一股年轻的力量正在崛起，悄然地萌芽于中国大地，成为一种春天般的期盼。就好比是一盏照亮前路、驱逐黑暗的明灯，让人们有了方向。

正因为苦难的人民早已看出了这个黑暗的社会已经病入膏肓了，需要想办法救治，所以才会凝心聚力想尽办法寻找救治途径；才会联络一切可利用的力量去捍卫正义。

首先联络发动起来的，是那些被压迫被剥削的底层农民兄弟。确定了目标方向，以土地革命为契机，把社会上的有生力量集中、团结起来，拧成一股绳，奋勇前进。

虽然明知道前面布满了艰难险阻，偏向虎山行的正义呼声却逐渐高涨，就好像点点星火到达了燃烧的燃点，一点即燃，一旦熊熊燃烧起来，绝对是不可遏制的大面积蔓延……

杨光通过和他的上级单线联系以后，一直在等消息，总算是得到了回复。在秋实到达陆海城的第三天晚上，就提前接到了口头通知，并作了周密的安排，由杨光作为引荐人，正面接触了可能是秋实开展工作的临时上线领导，具体姓名没法知道，或者是干这种工作的保密规则吧。

后来才知道确实是这样，属于最起码的联络保密工作。但还是透露了一点信息，上线是离陆海城不远的潮紫县那一带的同志。

晚上的见面，组织代表只是作简单的个人问询交谈，算是对秋实的初步试探。秋实尽量翔实地向对方介绍了自己，也说出了自己来到陆海县前后的一些想法，他坦率地说，原来只是单纯地打算先来了解一下情况，回去慢慢权衡，再做最后的考虑。

· 第十三章

杨光引荐，秋实接触农会领导

刚到陆海城那天，码头上发生的突发事情，已经让他义无反顾地提前做出了决定。打算短时间内先不回陆江县，而是留在杨光家里，继续接触陆海县这些思想进步的青年，学习他们的经验。争取在最短时间里，把这种进步思想带回到自己的家乡，让更多的被剥削阶层接触和认识到农会组织的初衷和它的最终目的。

这是一支农民的组织，随着时间的推移，将会发展成一支强大的农民武装力量，是农民向反动派政府诉求公正、平等的资本和力量，是进步思想的雏形。

更确切地说，这种思想，最终将会成为黎民百姓的统一思想，敢于向旧世界呐喊的思想。将会为老百姓的生活带来翻天覆地的改变。

当秋实见到负责农会工作的上级同志，非常激动地表明了自己的态度，诚恳地说出了一些自己的想法。他说，首先用自己的行动，接受组织上的考验，回去以后，将会从自己家乡开始开展工作，力争在最短时间，动员思想进步、被欺压的农民兄弟。积极配合上级农会领导，一步步将工作扎实推进，把家乡第一支农运队伍建立起来，树立榜样。

然后向周围逐渐蔓延，使之变成一支有纪律、目标明确的农民武装力量。在条件的不断充实中，随时响应上级有可能进行的农民运动，包括随时可能进行的农民武装行动。

"你这个想法很好，我们也一直在慎重考虑这个问题，并一直都在物色这方面的优秀人才，必须对地方熟悉，有一定的号召力。上级向我们推荐了一个，他是负责你们那一片的主要领导人，不过现在还不能告诉你关于他的身份，时机一旦成熟了，就自然会联络你，到时也会同时下达上级交给你的任务。这几天你可以由杨光安排，先到周围各农会据点简单参观、学习一下。"

"这样跟你说吧，这个农民组织，反动派政府目前还无权干涉，加入的会员都只是我们陆江海这一带的农民兄弟，为了搞好农业生产而自发组织起来的农民集体。我们暂时也是以这个合法的组织作为掩护，秘密发展，想办法壮大我们的农民队伍。我现在只能跟你说这么多。这几天你就先住在杨光同志的家里，由他负责你的生活起居问题。上面一有进一步的工作指示，我会第一时间通知你们。"

这次的谈话虽然简短，却让秋实感觉到一下子找到了精神寄托，那种滋味就好像是一艘航行在黑夜里的船只，突然看到了灯塔，感觉踏实、有了依靠，明确了前面航行的方向，再也不怕迷失在布满了惊涛骇浪的大海之中。

规定的谈话时间在不知不觉过去，谈话结束时，已经是夜里子时，屋子外面的一阵阵狗吠声此起彼伏，听起来甚是吓人。推开窗户，遥望天空之上，被乌云遮住的整个宇宙苍穹，无情摁住了本该露出云层的月亮光华。

深秋的冷风，正在吹响房屋后面那一片竹林里的竹叶，发出一阵阵"嗦嗦，嗦嗦"的声音，听着好像是大地吹出的一首悲凉的葬歌，准备坚强地迎接严冬到来时萧索的一步步逼近。

在陆海县杨光家逗留的几天时间里，是秋实第一次真正接触关于共产党组织内部的一些摘录文字资料，杨光不知道从哪里弄来的几本笔记本的手抄本，秋实有幸全部一一拜读，一字不落地看了整整一个晚上，直看得他心潮澎湃，热血沸腾。

秋实还赶了个通宵，将这些手抄资料又从头到尾抄了一份。对他来说，这是进步思想体现出来的精髓，是极为宝贵的精神食粮。

向往幸福生活的灯芯，在短短的时间就被信仰点燃，秋实自己也觉得非常奇怪，不知道是一种什么样的信仰，能够令他在短短几天，思想上就发生如此巨大的变化。并且有一种哪怕为之付出生命也无所畏惧的激情萌生了出来。

算起来是来到杨光家的第六个晚上，那一次在码头和秋实碰过一次面，还没有来得及详细交谈的杨光的本家同乡杨先生终于来了。杨先生见到秋实之后，并没有过多地闲聊家常，只是礼仪性地与秋实握了握手，就直奔主题，作了自我介绍。

杨先生作为秋实的第一联络人，晚上安排与秋实见面，传达农会组织的一些纪律问题。杨光也没想到，自己的同乡本家会是秋实的临时联络人，心里一高兴起来，甚至连开水都还没来得及为他们倒上。

等得心里焦急的秋实，更是迫不及待地希望杨先生尽快谈起关于农会的事，哪里还顾得上喝水的事。

"杨光兄弟，拜托你先出去回避一下，顺便帮我警惕一下外面的动静，一旦有陌生人进来的话，立刻发出通知提醒，我需要一些时间来和这位同志谈一些事情。"杨先生吩咐杨光的同时，自己先坐在桌子前面，也挥手示意秋实放松坐下。

杨先生与秋实面对面，坐在凳子上说："我们就不再花时间说那些客套话了，直接说正事，相信你现在也是这种心情。

几天前和你谈过话的那个同志，转达了你对组织的信任，也谈到了你提出的一些好的设想。通过及时向上级反映，得到了上级领导的高度重视，经过上级集体讨论，决定吸收你为陆江海东部地区的农会骨干人员。近期开始启动，重点发展你家乡所在南河周边地区的农会武装力量。由你负责联络附近几个地方骨干人员，具体联络方式到时会一一告知。"

"希望你们能够争取在最短的时间内做到，可以形成四面联络呼应的发展局面。为日后陆江海，乃至整个广粤的农民武装起义打下扎实的群众基础。详细的工作部署将在近日由你的新上线和你细谈。"

"具体需要怎么样才能合理开展工作，你回去以后尽快拿出一个方案。务必做到万无一失。如果没有其他事情，明后天你就先动身回陆江去，与你联系的上级同志也会随后就到，现在就把你的联系地址先告诉我，上级派去的人员对陆江县耀阳村那一带是挺熟悉的，他会很轻易地就找到你。你自己还有什么问题或顾忌没有？可以提出来我们共同探讨学习。"杨同志思路非常清晰，交代好了秋实回去之后主要的工作方向，缓了缓，喝了一口开水，谨慎地站到门边，向外面瞅了瞅，看见杨光正左右环顾着，杨先生才又重新坐下。

"问题倒是没有什么大的问题，本来我是想先跟着你们学习一段时间，多了解一下，说真的，虽然心里也是挺挠爪焦急。还真没想到组织上这么快就决定下来了，非常感谢组织对本人的信任。其实我自己家乡那边的情况，对地方的熟悉肯定不是问题，只是除了知道自己村庄的乡亲对这个社会的深恶痛绝，加入农会组织的人数肯定是占有一定比例的，其他村庄的情况就还是个未知之数。毕竟其他村庄的情况还没有作试探性摸底，如果我们的领导同志，在民意还不是十分明朗的情况下就急着上去开展工作，是不是有点贸然和操之过急？"坦率的秋实，心里想到什么就说什么，也不想有那么多顾忌。

"不错，你能考虑到这点，说明你已经认真思考过。不过，请你放心。不瞒你说，我们在更早之前，就已经派人暗中做了大量的前期宣传渗透工作，整个发展势头是良好的，得到了很多贫苦大众的拥护支持，已经是民心所向喽。说不定此次派去的上级同志，还有可能与你是互相认识的哦。好了，不再多说了，时间有限，话就到此。"说完话，把秋实刚才写给他的地址再次认真看了一遍，就放近油灯点燃销毁，之后走了出去，走到围墙边，小声跟杨光打了声招呼，一瞬间便消失在黑暗的小路尽头。

任务已然在身，秋实忽然觉得有了一种责任。他与杨光十几天的朝夕相处是因为信念，分别也是因为有了共同的信念。不舍的离别，再次成为杨光和秋实期待再次见面的开始。

虽然是仅仅相隔几十公里的路程，由于世道不太平和交通落后的原因，从陆海县杨光家返回陆江县耀阳村，要走的路基本上是山路，而且大多数路段都是翻山越岭的崎岖难走之路，就是一个单程，走路的话最少都要八个小时。

当然，也可以雇用当地的牛车，只是需要多一些银票，牲口脚力好，赶得也快，牲口脚力不好，速度也快不到哪里，只是人就轻松多了。平常也只有商贾人家才舍得花那个钱，秋实肯定不会选择坐牛车回去，而是选择不用掏钱的步行。

回去的时候也还是像来时一样，只是来时是凌晨时分，回去时是傍晚罢了。赶上三天一墟的墟日，在回去时必须经过的路口，等候那些来往此地贩卖咸杂的商贩，跟着他们走，结伴而行，路上才相对安全。

所以以现在来回一次需要的时间来说，想要与杨光他们再见一次面，真的不是那么容易的事。

秋实看见时间尚早，便叫了杨光一起，来到杨光父母亲的住处，跟他们提前作了告别。感谢他们几天以来对自己生活上的费心照顾。虽然无以为报，尽点晚辈礼数还是应该的。也不至于匆匆一别，连一句告别话也不说上，那样就成了一个忘恩负义之人了。

两位六十多岁的老人都是好客的长辈，再三挽留秋实多住些日子。当儿子杨光跟他们解释说，秋实是因为家里临时有急事，需要本人回去处理，待他办完事情以后，有时间还会再回来时，一对慈祥厚道的夫妇显得特别高兴，说："一定要回来啊，来这么几天了，都还没能吃上一顿好饭呢，有机会咱们好好聊聊。"

遗憾的是，此去匆匆一别，竟是秋实和他们夫妇的永别。老夫妇两人都在一次反动派的"围剿"战斗中，为了掩护赤卫队员撤退，不幸被反动派军阀抓捕，落入了敌人的魔掌，受到严刑拷打之后，被残酷地杀害。当然了，这是后话。

傍晚时分，杨光提前交代好，来送别的五个附近的农会会员也来了。别看杨光才二十出头，办事却是相当老成周全，他们几个人手上都拿上木棍，是用来预备防身用的工具，一齐站在路口，等着那些返程的商贩。也许是世道不太平，生意人少，等来的商贩才只有三个人。

杨光生怕路上会有什么闪失，几个青年人结伴，干脆把杨光送出了足足四十里地之外。

秋实再次停下了脚步，他已经停下来了两次，叫杨光他们可以返回去了。因为他知道，以前听说有剪径贼出没的那个地方，已经走过来了。

剩下的这一截山路相对平坦，两边的树木没那么茂密，应该不会有什么危险，况且，还有三个商贩老乡做伴呢。

　　天色已黑了下来，杨光他们返回去的路上也不太平。好在是在他们自己的地头上。这也是秋实稍微放心的原因。

　　"兄弟们，你们就请回吧，真的非常感谢你们这么远的相送。"秋实诚恳地说出了内心话，一边双手作揖再次诚挚感谢。

　　"好吧，前面的路，你也要小心点走。我们就送到这了。秋实兄，咱们后会有期。"看神情，杨光也流露出很是依依不舍的样子。这是那种逐渐成熟深厚的友谊情感，可是，为了共同的信仰，需要离别割舍的时候，两个后生哪里还会含糊而儿女情长？

　　大家都奔着一个共同的目标，接下来的日子，就是朝着这个目标迈步前进的时候！就像早晨的太阳，从大山那边升起之后所释放出来的耀眼的光和热，才是它从冉冉升起到徐徐落幕的最终目的。

·第十四章

秋实周密进行农会前期工作

从陆海县杨光家回来以后，只是简单筹备了不到三天的时间，秋实便迫不及待地投入到成立农会的摸底工作中，按照原来的构思，有序进行。

启动计划之前，他还特地登门拜访了教过学堂的恩师彭文化老师，已经接近七十岁的彭老师早已放下了手中戒尺，在家里靠着帮人代写点家书、春联等行当赖以度日。在早些时候，秋实经常一有空就到老师家里来，与老师交流写字心得，从老师身上学到了不少做人的道理。

彭老师虽然年纪稍微大了点，但是他一直都是比较开明的，思想也比较进步。他喜欢看历史书籍，对每个朝代的兴起与没落都有自己独到的见解，一旦说起朝代的更迭变迁，兴致都很高，总是说得丝丝入扣、透彻清楚，有的放矢的分析也是头头是道。

彭文化老师为人和蔼可亲，就是身上有点老学究的儒气，但却儒得愤世嫉俗，儒得康庄正义。由于两个人志趣相投，跟秋实算得上是真挚的忘年之交。一直以来，彭老师对秋实都是疼爱有加，秋实去南洋前也是老师家里无话不谈的常客，回来后依然是。他经常有事没事都去看望恩师，也算向老师表达对自己的教诲之恩吧。

在去陆海县城之前也找过彭老师，秋实将自己去陆海县的目的和想法毫无保留地和盘托出，希望老师帮忙权衡时局，分析利弊，用他进步的思想帮助自己慎重把关。

最后，老师把复杂的道理深入浅出道来，令秋实内心深处豁然一亮。彭老师时而慷慨激昂陈述，时而陷入悲愤的沉思。秋实深受启发的同时，也无比痛心。其中有几句老师所言印象犹为深刻：只要感觉前面有一片光明，那就勇往直前，那里肯定看得见更远的地方。

所有事情已经基本上按照预想中的计划进行。今天是秋实回来之后第一次探望老师，也是带着向老师汇报此行的收获而来。还有一个目的，他带来了一份工作方案的构思，希望能够及时得到老师的把关指点。

这个构思是利用行之有效的方法，把周围各个乡里志同道合的乡亲们团结起来，汇集在一起，学习进步的思想，凝心聚力成立农会，掀起一股减租减息的声援运动，为以后发展农民武装打下坚实基础。

彭老师听了秋实的想法，觉得基本上已经相对成熟，也富有激情，对他赞誉有加。从整体计划步骤来看，说明秋实的思想又进步了一层。

彭老师经过深思熟虑，在秋实原有方案的基础上，作出了几个更好的补充。这更加完善的计划，让秋实的眼前无形中增加了一片心灵上的光明，个人也变得更有信心。

一切按计划正常进行，上面组织安排的工作也有条不紊地悄悄拉开了序幕。刚开始列入发展的农会会员，首先是选择思想觉悟比较高、有沟通能力的可靠农户，发展方式也倾向秘密和保守。

至于工作效率，原则上是稳中求进。先将以前经常交往、知根知底的外乡里的同学和熟识的朋友，在脑子里连成一张联络网，然后寻找突破口逐一突破。

　　开始是一对一接触闲谈，步步深入，拉家常，谈国家大事，逐渐谈到社会焦点问题，谈一些社会中存在的不公平现实。在交流中，让他们主动把自己对当下社会的不同看法，发表一些个人意见。再由秋实本人提出某些见解，重点阐述为什么要搞农会运动。

　　通过坦诚的交流，让这些经过思想斗争的农民兄弟，从本质上认清农会组织和它将来发展农民武装的深远意义，宣传农会运动实现减息减租的目的，做到家喻户晓，从而让更多有共同信仰的人参与进来，发展成一股力量。

　　初始阶段，碰到有些年纪稍微大点，而且是有了家庭牵挂的农民兄弟，他们一听到这些涉及农会运动的宣传，就使劲摇头，存在着很大的排斥思想，直接就表示了保持观望的态度，说支持这些想法，但是这个运动想要造成大的影响，就绝非易事。

　　有些思想消极、怕事的农民兄弟，干脆就不想了解，明确表态，自己忧愁的是一日三餐的肚子问题，哪有时间和精力去参与这种无法预知结果的事情。

　　只有几个与秋实年纪不相上下的后生，经过秋实反复针砭时弊的沟通之后，表现出知之恨晚的意思，表达了个人对这个社会的绝望和憎恶，一直以来，打心里盼望能有个好的世道，老百姓有好日子过，实现没有剥削和压迫、人人有田耕的日子。

　　他们还说，多年前的那个辛亥革命可把他们高兴了好一阵子，后来听说革命最终还是失败了，心里那个遗憾的滋味啊，可以用伤心来形容，而且在若有所失中悲观了好长时间。

　　经过多方的了解打听，这几个思想进步、迫切加入农会组织的后生，都是经历过苦难煎熬的农民兄弟，确实是秋实心目中理想的发展目标。初步的人员物色基本达到预期，这也给秋实接下来的工作开展增加了一定的信心。

· 第十五章

争取农民利益，农会是民心所向

这里先简单介绍一下几个刚发展的会员情况。第一个是被人称为"喜鹊"的彭杰，二十六岁，已经成了家，而且有了个儿子。二十岁之前，为了生活，在外地一个大地主家里做过短工和长工，后来被大地主安排做了看家护院的家丁。

有那么一次，彭杰由于晚上肚子饿得难受，到伙房里找一些地主的剩饭吃，被地主管家发现，硬说他偷了厨房里面的贵重东西，向地主告发，地主叫来其他几个家丁，用木板狠狠地把彭杰屁股重重打了一顿，然后关进柴房惩罚他两天不准吃饭。

彭杰饿了足足一天，身子骨也疼，实在忍不住，想办法偷偷跑回了家，这也是地主设下的套，制造了让他轻而易举可以逃跑的环境，就省去了该给他的差不多半年的工钱。

虽然说在主人不知情的情况下，拿别人东西吃总让人觉得是一件不太光彩的事，可是人们都理解吃不饱、挨饿的那种滋味，所以当彭杰在闲谈时，干脆毫不隐瞒地说，是他偷吃东西被打的遭遇，竟然也没有谁会认为那是一种耻辱。

相反，大家伙都还挺善意地同情他的往事。没有谁会拿他偷东西吃而耻笑他的偷窃行为。

彭杰每当一想起这事，都会满怀怒火，把狠心的大地主背地里臭骂千遍，恨得牙痒痒。可以说，彭杰是一个典型的被压迫过的农民百姓。

另一个，是被叫做花名"鸦片广"的丘广，二十五岁，自己十几岁时父母双亡，兄弟姐妹当中排行老二，十几岁就跟家中大哥到四十里地远的地主家做了长年工，地主东家是个穷凶极恶之人，是当地有名的恶霸，动不动就对长工拳脚相向。在地主家当牛做马，受尽了恶霸地主的百般欺凌。

那时候的丘广，正是长身体的时候，但是每顿吃的都是地主家里劣质的糟糠之类的食物，连肚子都无法填饱，更别说指望什么酒肉荤腥了。

一天一天的繁重体力活，把他累得喘不过气来，饿得整个人骨瘦如柴，说夸张点，外面一阵大风刮来，都能把他刮得老远。

说来还有些只能是苦笑的片段。有一个夏天的晚上，劳累一天的丘广，强忍住饥饿，早早就上床睡觉，刚开始还能昏昏欲睡，处于半睡半醒状态。

可是睡到了大半夜，突然有股特别的香味钻进鼻子，仿如做梦般，自己不由得猛吸着这难得的香喷喷的味，不由自主地猛咽着口水。他一骨碌翻身坐了起来，闻到的是大地主家隔壁伙房飘出来的鸡肉香味，丘广知道，地主家里又在炖鸡肉，做晚上的宵夜点心了。

随风飘来的一阵阵越来越浓的香味，扑鼻而来，把本来就饿得特别难受的肚子，搅弄得越发痛苦。丘广真想马上能够沉睡过去，那样的话，也就不会闻到这股让人嘴馋的油香味了，现在可是越闻越香，越香越难受，搅得他再也难以入眠，睡意全无。他躺倒在床上，翻来覆去，满脑子里都是香喷喷、嫩滑可口的鸡肉。

那种味道，自己很小的时候闻过，那时母亲尚在人世，奶奶生日，母亲炖过一回。是只不知什么原因死掉的鸡，那味道，连梦里都是香的，只是还记得，那时母亲是流着泪吃的鸡肉。

还有一次，是这个地主佬的母亲去世，地主佬不知道发了什么善心，打发了长工们一只拜过棺神的雄鸡。后来才知道，地主佬这里有个封建说法，说是这个出过煞的雄鸡不能够拿来吃，否则会招来霉运，于是才将这个雄鸡施舍给了几个长工加餐。

几个久未沾荤的长工们哪管三七二十一，说什么也没有比饿肚子更霉的运了，马上就把雄鸡宰了，从总管那里借了点大米，熬了足足一大锅鸡粥，几个长工终于饱餐了一顿，把一大锅粥喝了个精光。那种狼吞虎咽的样子既可怜又滑稽。鸡粥的美味，至今想起来都还是回味无穷。

现在似曾熟悉的诱人的香味，突然间又在这夜深人静的时候飘来，正干瘪打鼓的肚子，在此深夜受此诱惑，那种难受的滋味可想而知。满脑子全是流油的鸡皮，炖得滑嫩的鸡肉，越想越是饥肠辘辘。鸡肉啊，鸡肉，哪里能有鸡肉？也让我美美地饱餐一顿？鸡的影子，一下子飘忽在丘广眼前，变成了难抵的诱惑。

因为受到饥饿的折磨，丘广才猛然地想起与鸡有关的事来，今天傍晚时分，他曾经看见了几只公鸡被关在了鸡栅里。突然间想起这件好事，丘广因为心里激动，心脏不禁怦怦直跳起来，说不出是高兴，还是因为心里衍生了那股邪恶的贼念，当然，除了莫名的激动，也感到了心生贼念的害怕。

可是，终究还是饥饿难耐，贼心战胜了害怕。也不管是出于哪种原因，肚子因饥饿而引起的咕噜咕噜的打鼓声，掩盖了内心担心、害怕被发现之类的想法。抱着"不成功便成仁"的决心，丘广打定主意，准备放手一搏，冒险进行偷鸡行动，而且还把跟他一样，也被鸡肉香味搅得翻来覆去睡不着觉的同乡长工陈章，从床上拉了起来参加行动。

俩人蹑手蹑脚，偷偷躲到阴暗的墙角处，嘀嘀咕咕了好一阵。然后才轻轻地走出房子，低声商量着，接下来该如何向鸡栅里的鸡群下手。

只要能够悄无声息把公鸡偷出来，就算是成功了。至于怎么吃鸡就好办了，心里也盘算好了，只要拿到外面偏僻的空旷地里，鸡脖子一拧，一宰，毛一褪，烧起火来一烤一煨，半个多时辰后，那就是十足十的"叫花鸡"，那美味嫩滑香脆，撮上一顿美美的，慰劳一下跟着自己受苦受难的干瘪肚子，就光是这样干想着，两个人都已不禁心头一喜。

这几天，地主家干活的这些长工，都想把这几个公鸡想法给收拾了，因为这些禽畜每天晚上还不到子时，就开始一轮轮的鸣晓啼叫，长工们白天干活干得够累的了，干的时间又长，每天吃完晚饭，轮流冲洗完毕，已经到了酉时末，忙这忙那，忙完自己的琐事，已经接近戌时。

好不容易才睡着了一会，还没来得及发梦呢，这时候突然间便传来一阵阵刺耳的鸡啼，指望一晚上的好觉就白白地被搅黄了。

鸡舍本来就紧紧挨着长工们睡觉的柴房，哪怕有一点动静都听得清清楚楚。更别说那一声声催魂似的鸡鸣声，听在这些严重缺乏睡眠时间的长工们耳朵里，简直就是招人魂魄的信号。

虽然长工们跟地主管家也反映过好多次这个问题，希望能够将鸡舍移到别处，只要求迁移到另外离睡房稍微远一点的地方就行，他奶奶的地主佬，却全当长工们说的话是在放屁。

长工们正积攒着一肚子火，暗地里希望能够来一场鸡瘟，把地主佬这些扰人清梦的鸡全部放倒，一夜间肃静下来，还长工们夜夜安睡的休息。

丘广和陈章，两个人轻手轻脚，走到黑咕隆咚的鸡舍外面，观察一阵四周动静以后，"鸦片广"丘广负责进鸡舍里面，陈章则负责盯住地主的房间动静，放哨望风。

鸦片广小心翼翼地打开鸡栅门，一只手伸了进去，摸索着，想先抓住一只公鸡，却摸不出哪一只是公鸡，哪一只又是母鸡，没想到摸来摸去时间一长，一鸡栅子的鸡受到外来惊吓，都"咕……咕……噼噼啪啪"地惊叫起来，吓得两个人马上退了回来。

连续几次都出现这样的情形，鸦片广心里窝火了，最后下了狠手，生生抓住鸡脖子，捏死了两只，正准备从鸡栅里拿出来，也许是因为鸡栅里多次产生的动静，惊扰到了地主佬屋里住的人，屋子里的灯火瞬间点亮了，随后"咣啷"一声，大门打开了。

借着房子里透出昏暗的灯光，可以清晰地看到，从里屋走出来的，是地主佬三十多岁的小儿子，因为听到了外面发出的鸡叫响声，出来以后，手提着马灯，晃在周围看了又看，还假装发现蛛丝马迹似的，装模作样对着鸡舍大声呵斥了几句，只逗留了一小会，便进屋关上了大门。

这样一阵瞎折腾，时间来到了寅时，马上就要天亮。两个人知道当晚的红烧鸡肉肯定是没戏了，捏死的两只鸡，天亮被发现后就让地主佬认为是遭了瘟疫吧。

难受的是饥饿，肯定是无法再睡觉了，两人不由得又动起坏心思，打起了其他东西的主意，最后在别无选择的情况下，选择了偷地主佬的烟叶。晚上睡觉前，他们看见了挂在正屋屋檐下晾晒的烟叶，应该是负责烟叶的长工忘记了将它收进里屋。鸦片广偷偷进入长工房里拿了一竿竹丫，还是陈章负责盯着四周动静，主要是害怕睡在正屋的地主佬的小儿子再走出来。

鸦片广三下五除二，挑下来了两串烟叶，又乘着些许依稀的月色，把竹竿上晾晒着的烟叶间的空隙移匀，才轻手轻脚地回到了柴房。两个人把烟叶一片片撕碎后，用大烟叶卷着碎烟叶，报复性地一口一口吞云吐雾，暂时转移了肚子饥肠辘辘带来的难受。

可惜的是，抽起了烟叶，觉也没法再睡了，公鸡再次打完鸣之后，天就要放亮了。有了这第一次抽烟叶恶作剧的"充饥"，就会有其他围绕饥饿而衍生的节目，再次持续发生。

在后来的晚上，每当肚子饿得难受了，就偷一些能够充饥的食物，最经常偷吃的就是生啃红薯，或者还是偷地主家的烟草，以抽烟来消除无奈的饥饿，打发漫漫长夜。

年长日久的抽烟，两个人的烟瘾也变大了起来，抽烟抽得像中了鸦片的毒似的。鸦片广抽得凶，身子瘦得好像剩下了一把骨头似的，当然了，更重要的原因还是饥饿造成的。这也是丘广被叫做"鸦片广"的主要原因。

彭云，也叫"过水云"，是秋实去南洋时才认识的外村来的老乡，年纪比秋实应该大了五六岁，他去南洋却比秋实去得早，秋实去南洋不到半年的时候，"过水云"就回来了，是回来娶老婆的，娶完老婆以后就再没回去。

现在的"过水云"也是两个孩子的父亲，跟兄弟分家后，南洋打工带回来的积蓄早已用完，日子过得紧巴紧巴的，租来的田地，每年虽然有收成，但是交完地主田租后所剩无几。平时还得依赖他的父亲，空闲时上山挖点山货，售卖后补贴家里一些吃的。

虽然在兄弟分家时说好了父母亲由兄弟俩共同照顾，可是父母亲身体骨尚属硬朗。做父母的仍然坚持劳作，还在想方设法帮着儿子，尽力照看着一家人。

作为儿子，虽然心里想让父母亲能够轻松点过日子，却越过感觉越是吃力。所以天天盼星星，盼月亮，甚至做梦都想着，一家人有田耕，有余粮，能吃上饱饭，过上温饱的安生日子。

彭云老早就打心里一直念叨着，救苦救难的观世音菩萨能救人于水火。甚至盼望着老天开眼，转世一个具备文韬武略的高人，带领着广大农民百姓，去砸破旧的世界，奔向新生活，过上想要的幸福日子。寻求翻身做主人的机会，哪怕再艰难，也会义无反顾。要不然的话，以后子孙后代还是照样会像自己这一代人一样，摆脱不了被剥削压迫的命运。

自秋实从南洋回来，彭云就经常利用晚上的时间来到老屋大厅，听大家伙说起国家时事，"过水云"一天天听着听着，听得入了迷，越听却越想听，也来得更勤。他也知道跟人家说，耀阳村人讨论的新鲜事都说到点子上了。他这样评价耀阳村人民的思想觉悟，也的确是大实话，当时，敢于公开议论时事就不简单。

就这样，"过水云"在秋实面前拍着胸脯说，不管任何时候，有需要他的话，随时恭候着，说到加入农会的事，也比谁都踊跃积极。秋实第一个考虑的人也正是他。因为他跟自己一样，也去过南洋，相对来说思想上比较进步，嫉恶如仇，这是一个有优势的地方。

·第十六章

彭团结妻子遭凌辱，自尽身亡

秋实跟往常一样，有目的地兜转在附近的村庄，那天刚巧碰见一个熟人，是罗和村的一位青年，人们称呼"雕弹"的彭团结，他跟"过水云"是远亲，三十多岁。"过水云"以前带他去过耀阳村，也在老屋大厅听秋实讲过三国和水浒等故事。

秋实一看见雕弹，就觉得他是挺厚道老实的一个人，既然有缘碰见了，何不跟他聊聊家常。所以带着试探性的口吻跟他聊了起来，直截了当，向他说起了农会，阐明了农会的组织和纪律，以及发展农会的最终目的。

没想到的是，雕弹的表现异常特别，态度直接，毫不遮掩地表达了个人对当下社会的深恶痛绝，话语间所流露的憎恨程度，可以说，简直有点不共戴天的意思。他眼神里流露出来的表情，仿佛就是只要一点火，就会马上燃烧起来的满腔怒火。他带着非同一般的情绪，越说越激动，一副水火不容的姿态，恨不得马上就能够将反动派政府一举推翻。

从他那恨之入骨的表情，可以看出来，雕弹肯定经历过一件令他痛彻心扉的大事，才会暴露出怒火中烧的神情，将一切看在眼里的秋实也实在不忍心深问。

经过了一段时间，一个偶然的场合，与"过水云"聊天时说到雕弹，"过水云"才把关于雕弹的事情一五一十告诉了秋实，秋实才明白了"雕弹"当时的态度为什么这么坚决果断。

话题说开以后，"过水云"才从起因到结果，把彭团结家庭发生的惨烈往事，慢慢地说了出来。

那是几年前，雕弹的人生所经历的一个黑暗厄难，也是一件令雕弹永远也无法忘记的伤痛，内心深处永远充满着仇恨的一段不忍提及的往事。

那个时候，雕弹刚娶了媳妇没多久。雕弹的媳妇是位于罗和村后面那座大山下面的百姓人家，与罗和村是相邻的一个县辖区山村，雕弹媳妇也是一户穷苦人家的女儿。

每次回娘家，雕弹媳妇都要经过山脚的一条上山砍柴的小径，然后从山顶翻越过去，而后再走一段丛林间的羊肠小路。每一次去娘家，为了安全起见，几乎都是雕弹自己陪着媳妇，从上山小径翻山越岭一路走过去。

事情往往就是这样不可想象，怕什么他就来什么。碰巧就是那一次，因为雕弹在外地做零工，而雕弹媳妇的娘家姐姐托人捎来口信说，她的母亲不幸患了重病，随时有生命危险，希望她能于近日抽空过去看看自己的老母亲，也可以说是为了以防不测去见上最后一面。

雕弹的媳妇本来就是孝顺女，乍一听到口信，就焦急得不行。不但伤心难过，心里也忐忑不安起来，还打算当天晚上就动身，从那条比较宽敞、路程比较远的大路过去，只是绕行的时间要长很多，但是，对于一个妇道人家来说，这条路虽然好走，晚上也不太适合。

世道不太平，晚上肯定不安全。最后经过与亲人等斟酌商量，只好等到第二天一大早，从后山上面那条捷径小路翻越过去，可以节省时间。

因为是夏季的时节，天亮得也比较早，干农活的村里人老早就起床了。雕弹媳妇天刚蒙蒙亮就吃完了早饭，按正常情况来说，走路中午时分就能到达娘家，甚至还可以赶上娘家人的中午饭。

令人始料不及的是，竟然在属于娘家所在县管辖的地头上，不幸遇上了歹徒，真是防不胜防就突然飞来了横祸。

那段小山路相对来说是直线距离，也基本上还算好走，却甚是狭小，山路的左右两边，都长满了一人多高的茂密的杂草，路旁里边林子，就是一片阴翳的大松木林。

如果是在晚间，行走于这一片荒郊野外，没有胆子大的几个人结伴前行，是断然不敢经过那里的，且不说经常有闹鬼的事情传出，单是那种万籁寂静，就够吓人的了。

老一辈相传，很久以前，曾经有老虎出没过这一大片松木林子。这就是为什么老人们会说那句"太阳落山，老虎出冈"农谚的原因了，只有太阳还没落山，人们才会大胆地选择来往于这些地方的，到了太阳落山时分，就算是没有凶猛的老虎出现，其他带有攻击性的各种野兽也足以吓你半死。

这一次，雕弹媳妇倒不是遇上老虎这种山林野兽而发生的不幸，而是碰到了比老虎还没人性的畜牲。本来以为，已经走过了那一段最危险、最需要小心提防的林间小路，也就算到了安全地带了。因为剩下的那些路程，都是要经过处处有人间烟火的小村庄，再走一个钟的话，就可以安全到达娘家了。

事情就是那么不可想象，在这一段本以为是完全安全的路上，偏偏就遇上了以前的冤家对头，被当地老百姓称作"西门庆"的地主崽王安。

这个地主崽无赖王安，是雕弹媳妇娘家附近的一个大地主的小儿子，平时无恶不作，骄横惯了，仗着地主家里家大业大，以及他县衙里有个当官的叔叔手握大权，有权有势，王安兄弟几人便独霸一方，作威作福，到处鱼肉乡邻百姓。

地主崽风流成性，经常都做那些强暴民女的害人勾当，当地老百姓对他的恶行敢怒而不敢言，只有默默忍耐，丝毫也奈何他不得。王安平日里带着一帮地痞流氓，到处强抢民女、拈花惹草，只要她看见哪家姑娘，就想方设法达到目的，可以说没有坏事是他不做的。

在这样的时间段，在这人迹罕至的荒郊野外，雕弹媳妇哪里会想到遇上这个曾经垂涎过自己的地主崽王安？你说这个地主崽又怎么可能放过这求之不得的机会？

雕弹媳妇早先在娘家的时候，有个媒婆前来说过一门亲事，说的就是这个地主崽王安，就是他垂涎于美色，想纳雕弹媳妇为妾，自己三番四次纠缠还不算，还叫媒婆多次上门软硬兼施游说，可是雕弹媳妇家人知道地主崽王安不安好心，也不敢得罪他，只好每次都把媒婆礼貌地"请"出去。

没想到此事被媒婆添油加醋了一番，向地主报告，说了些雕弹媳妇没有说过的坏话挑拨，地主崽王安知道了这事，如何能忍，借机上门骚扰。并叫雕弹媳妇必须亲自上门道歉才能作罢。雕弹媳妇一家人想了想，只要能一家平安，道歉又有什么所谓呢？

于是叫雕弹媳妇前往，不安好心的王安假装喝醉了酒，借机拉着雕弹媳妇不让她走，装着耍起了酒疯，关上了房门，强行推搡搂抱，对她百般欺辱，又摸又捏，放开了手脚调戏。

幸亏雕弹媳妇生得机灵，身上提前准备了一根扁竹枝，朝地主崽王安的一只手用力扎了下去，抓住他喊疼的瞬间，拼了命挣脱，夺门而出，在危急时刻反抗，总算逃过了地主崽王安的魔掌。

经过了这次惊吓，父母亲为了让女儿能够摆脱王安的纠缠，赶紧托付自己的亲人朋友，帮忙为女儿物色对象。雕弹在亲人的介绍下，与女子见了一面，觉得俩人甚是投缘，女子的父母亲看见雕弹时，那实诚厚道的样子也正合了他们心意。

两地处于两个不同的县辖，路程不会太远也不会太近，可以尽快、更好地避开地主崽王安可能的骚扰。所以两家正式做出谈婚论嫁的决定。娶的感到高兴，嫁的也觉得安心，女方家就去繁就简，把女子许给了雕弹，男方择了个就近吉日，偷偷把女子迎娶到了彭家做了雕弹的媳妇，如此总算逃离了地主崽，踏踏实实与雕弹过起了安生日子。

嫁过来的时间，其实也还不到一年，上个月，雕弹才知道媳妇有了身孕，可把他高兴坏了，为了攒点余钱让媳妇坐月子凑用，趁着媳妇怀孕还不是很久，跟着哥哥出外抢一些日子的小工贴补家用。

没想到这才出去不到十天的时间，就碰上丈母娘病重，媳妇作为女儿前往，尽一下孝道自是十分应该。不成想在这去的路上，可怜的雕弹媳妇会在这个鬼地方，再次遇上这个地主崽来山上狩猎的日子，这个天杀的混蛋，而且这个混蛋王安的身边还带着两个小混蛋狗腿子。

急于探望母亲的雕弹媳妇一心只顾着赶路，哪里会想到在这偏僻的小路上遇上曾经对自己不安好心的恶魔。当突然相遇，发现情况不对，想要逃走时，已是面对面的距离。

你说，此时的地主崽王安还会放过眼前良机吗？强行拉过雕弹媳妇的手，摸摸捏捏，搂搂抱抱，百般放肆。

雕弹媳妇虽然拼命挣扎，向周围大声地呼叫求救，寻找机会择路逃跑，可是山路上一个鬼影也没有看见，就算是有人经过，谁还敢去招惹这个当地人尽皆知、无恶不作的恶霸地主崽，况且，他们手上还带着几条猎枪。

有那么一个瞬间，雕弹媳妇用力咬伤了王安抱着她的双手，抓住他松手的机会，挣脱以后狂奔而去，可是一个妇道人家，哪里跑得过王安长年雇佣的年轻狗腿子？没一会功夫，体力不支，就被两个小混混追上，抓了回来，带到王安面前，王安的脸上再次露出野兽般淫邪的狞笑。

落入了王安魔爪的雕弹媳妇，此时仍然不断痛苦地挣扎反抗着，嘴里被小混蛋用树叶塞住，手和脚被藤条捆住，绑得结结实实，一双眼睛也被布条严实地蒙住。

在王安的安排下，其中一个小混蛋，扛着雕弹媳妇，一个在后面跟着，走一段路就换另一个狗腿子扛，轮换扛着，王安则一脸淫笑在后面唱着曲子。

被强行带了回去的雕弹媳妇，被王安手下锁进了房间里面，此时正是午饭时间，王安见识过雕弹媳妇的刚烈性子，想要她心甘情愿迎合自己，那是绝无可能的事。所以在午饭酒足饭饱之后，竟然对雕弹媳妇百般凌辱，丧尽天良地强暴了手脚被捆、已毫无反抗之力，而且还正怀着几个月身孕的雕弹媳妇。

完事之后，还威胁雕弹媳妇，说只要她留下，还可以做他的姜。否则以后还会照样找她。遭此玷污后的雕弹媳妇，从被他们抓住时开始，心里就有了死的念头。

此时，虽然被解除了束缚，整个人看上去却已经面无表情，她衣衫不整、头发蓬松从王安家中跟跟跄跄走出来，手里提着布包，目光呆滞来到了娘家。

哥哥乍一看到神情呆板迟钝的妹妹，而且憔悴中衣衫也不整，心里不禁激灵灵打了个寒颤，此时的妹妹与平时的妹妹判若两人，他已约莫知道，在妹妹的身上，可能已经发生了自己不敢想象的事情，只是自己不知道该从何问起，只是在暗中观察着。

雕弹媳妇还在尽量表现得没事人似的，在娘家安安静静地住了两个晚上，一天两夜的时间，一直守着病床上病重的母亲，准备离开的那天，还把母亲房子里该洗涮的都洗涮了。

这两天，雕弹媳妇跟嫂子唠嗑的家常话，也比往常多了许多，她还特别地交代了一些母亲日常生活中的小事情，说得最多的，就是希望兄嫂以后多多费心照顾老人。

那天一大早，哥嫂下地干活的时候，雕弹媳妇就急匆匆拜别了父母，沿着来时的原路匆忙而去，在依依不舍中回头，深情远望母亲住的屋子。

哥哥自从看到妹妹的异样神情之后，心里边一直就堵着。特别是这两天下地干活时，脑子里更是觉得有什么地方不对劲，反复回想着妹妹来到这里以后的反常举止，越想越觉得妹妹可能要出事，一个令人不寒而栗的严重后果带来的担忧突然闪现在他脑子里，致使他心里直冒寒气。

他一想到这里，意识到要出事，马上丢下手上的锄头，急匆匆往家里边赶。

回到家里问起妹妹，母亲告诉他，妹妹已经告别回家，走了多时，心里暗道一声"不好"，也顾不上吃点东西，顺手从院子里操起一把带把的长镰刀，沿着雕弹媳妇回去的小山路，一路小跑，追寻而去，越往前走，心里越是感到焦急害怕。

当哥哥走至两个县交界的一处茂林，就是雕弹媳妇前几天经过时被地主崽他们拦截的地方。眼尖的哥哥突然发现，远处林子里好像有一条类似毛巾的布条，满身顿时惊起了鸡皮疙瘩，知道大事可能不好！

雕弹媳妇哥哥迅速顺着草丛里走过的痕迹，左右环顾着，前往类似有毛巾的地方走了过去。走近了一看，心里又是陡然一紧，怦怦直跳。

　　这条正是雕弹媳妇用过的手帕，这两天，雕弹媳妇还用它帮母亲擦了眼角的泪水呢，绝对错不了。哥哥心里在不安地想着，眼睛也同时在四处搜索。

　　天啊，不到百步远的一棵歪脖子树上，雕弹媳妇已经自缢于树上，跑过去一看，挂着的布带正缠在脖子上，看情形已经气绝。受到刺激差点背过气的哥哥，好久才回过神来。

　　当他含着满眼热泪，急急解下绳索放下妹妹时，可怜的雕弹媳妇此时已经接近冰冷，显然已气绝多时，哥哥悲从中来，不禁号啕大哭起来。

·第十七章

报官缉凶无望，心怀怒火

　　谁也没有想到，好端端的人儿，灾难竟然会从天而降，雕弹媳妇哥哥，一个老实巴交的百姓人家，在这突如其来的横祸面前，惊吓得完全没了主意，只是意识到，必须马上派人通知到雕弹家里，等待他们前来，然后一起应对后面的事情。

　　哥哥强忍着悲痛和恐惧，跑回村里，热心的乡亲们听到这个情况，连夜聚集，打着火把，一边将雕弹媳妇的遗体抬回到村子外面，放置在离村子不远的山冈上（当地有种规矩，已外嫁的女子，或者在外面遭到不测而去世的男女，无论是谁，一概不能进入村子里面。只能在外面搭一个临时的茅草房，由家属按风俗合理安排处理。据说是为了避免带来晦气）。

　　况且，非正常的死亡更有讲究，理论上，首先得报官，查出死亡原因，才可以再做处理。

　　雕弹媳妇哥哥也不懂这些报官程序，只知道先把妹妹的遗体弄回去再说。所以也没顾及其他的东西。同时安排了几个人，连夜到罗和村通知雕弹方面，只是雕弹兄弟都外出做工。

　　碰到现在这种情况，按道理必须告知女子的男人或亲属，再由他们通知在外做短工的雕弹。幸好雕弹做散工的地方离家不远，雕弹亲属当天就将此不幸消息送达。

　　雕弹听到这个消息，可谓是一个晴天霹雳。刚开始的时候，因为太突然的原因，一直傻笑着，说这是不可能的事，而后便由笑转哭，进而捶胸顿足，接着便突然背过气去。经过他几个工友的按捏急救，才慢慢缓过气来。隔了片刻，他便号啕大哭。再接着整个人又如同傻了一般，喃喃自语道："怎么会这样？怎么会这样？谁干的？谁干的？……"最后整个人一下子瘫倒在地上，目光呆滞，精神已濒临崩溃了。

雕弹做短工时还满怀希望计划着，设想着该怎么样地初为人父，每想到不久自己将会是个父亲，心里兴奋啊，连干起累活脏活来，也是精神百倍。还经常炫耀性地向工友们谈起妻子的产期。没想到这美好的一切，随着妻子遭遇厄运的离去，而留下永远的心痛和遗憾了。

幸亏有雕弹的哥哥在，由他一路上陪着回家，在他身边无微不至地开导、安慰着他，雕弹才在极度悲哀中，慢慢平息了濒临崩溃的情绪。他强忍住内心撕裂般的悲痛，赶到了停放媳妇遗体的地方，刚见到临时搭起的茅棚下，躺平在草席上面、盖着被单的媳妇遗体，雕弹悲痛欲绝，一下子不顾一切扑了上去，继而仰面倒在地上，泪流满面，嘴里不断地发出喃喃自语的声音。

雕弹始终不相信媳妇会自缢身亡，从媳妇哥哥说起她当时的异常情况分析，媳妇的死肯定是有隐情的。所以决定循着这些不寻常的线索作为突破口，从中寻找一些蛛丝马迹。据多方的暗中了解，终于知道了发生这起悲剧大概的前因后果。

村中有几个在地里干活的乡亲，几天前都亲眼目睹了那一幕，当时一个妇女模样的人，被人堵住嘴巴，捆着手脚，被地主崽王安家的两个小混蛋狗腿子，抬进了地主家里。

整个经过时间不长，当时凭借因为挣扎而发出的女人声音，完全可以断定，被扛进屋的肯定是个女人家。

数小时后，又有另外的几个乡亲，看见了一个衣衫不整的女子，蓬头垢面、哭哭啼啼地从地主家里跑了出来。

在女子出来之前，其中有一个地主的家丁（后来这个家丁偷偷出来透露）还清楚听到了地主崽王安的房间里面，传出砸敲门窗、噼噼啪啪，喊着救命的嘶叫声。这个家丁本来还想去看个究竟，却被那俩小混蛋威胁着，赶了出来。

根据这些搜集到的明显而充足的证据，基本可以肯定，这件惨剧的始作俑者就是地主崽王安。事实也已经十分清楚。证明雕弹媳妇是被他们控制身子自由以后，强行带进了地主崽王安家里。

后来王安意图将之松绑，意欲施暴于雕弹媳妇，却遭到雕弹媳妇的拼死反抗。当时已经兽性大发的王安，最后只好重新更残暴地控制住贞烈的雕弹媳妇，而且肆无忌惮地对雕弹媳妇实施了强暴，事后还恐吓她不准声张，否则就要一个个对付他们的娘家人。

雕弹媳妇被王安强暴后，因羞辱已导致她神智有所不清，由于心里受打击惊吓过度，越想越觉得自己已无脸见人，心里想过报官，却更怕因为报官而害了自己的娘家人，因为地主崽王安家大业大，想将他告倒，简直难于上天。

无奈之下，只好用懦弱的方式，选择了寻求自己解脱，用愚昧的无声去抗议黑暗，抗议禽兽不如的地主崽对她的强暴，带着肚子里才几个月大的可怜的孩子寻了短见。

刚从极度悲伤中稍微缓过神来的雕弹，了解到了事情真相，知道了事情的前因后果，整个人逐渐由巨大的悲痛中醒悟，转化为满腔仇恨的怒火。

已经两眼发红的雕弹，不顾媳妇一家及乡人的阻拦，拿着砍柴用的一把长柄板斧和一把砍刀，发疯似的嘶吼着"我要你狗日的王安拿狗命来偿"，快速往地主家的方向冲杀而去。从他不顾一切、怒火中烧的架势，可以看出，雕弹已经不在乎自己的生死了，完全豁了出去，目的就是要找到地主崽王安，向他报仇索命。

可惜，刚走出村口，雕弹就被他媳妇堂哥和几个乡亲摁倒在地上，夺了板斧和砍刀，强行给拖了回来绑住，他媳妇堂哥在地主家里干过一段时间的短工，而且又是同村，对地主家的恶势力十分了解。

他想得也比较周全，依现在这种情况，虽然雕弹媳妇当时是从王安家里跑出来，可是人并不是当场死在王安家里，哪怕有证据证明了王安对雕弹媳妇实施了强暴，而且由于他的强暴才酿下最后的惨剧，但是，依自己的个人能力和社会势力而言，你能杀得了他吗？或者说，能置之于死地吗？你还没能杀死他，他倒把你先解决了。再说了，你又能斗得过他家的权势吗？

"你这样不顾后果，盲目地冲过去，只有白白送命的份，你还想去他家里跟他斗？他们这些人的家里，无论什么时候都是要枪有枪，要人有人。还没到你冲进他家里，说不定就让他先把你给干掉了。我们必须先忍着一阵，周全地想个法子从长计议才是。"逆来顺受惯了的雕弹媳妇哥虽然也伤心悲愤，却也只能实话实说了。

"放开我，放开我！我要去宰了他狗日的，宰了他给我媳妇陪葬，大不了我自己也不活了，与那狗日的王安同归于尽！"被绑住手脚的雕弹，眼睛里仍然冒着熊熊的怒火，好像随时可以燃烧人世间的一切，包括他自己。

"时至如此境地，我看还是试着走一下报官的路子吧，除此之外，别无他策，看看能否讨得回一些公道。说白了，我们这些老百姓都不是这些地主家的对手，唯有期望，真能有个良心发现的青天老爷来主持一下人间公道吧。"老丈人的一位亲人站出来说了实话。

"谁叫我们这些老百姓生活在这样的世道，官府黑白不分，官官相护，暗无天日。古人说，有钱能使鬼推磨，就是这么回事！我们这些穷苦人家真的好难伸冤呐！"

官虽然是报了，但是，反动派政府只是形式性地派了两个警察过来，象征性问了几句无关痛痒的屁话，连尸体都没看，然后就没了下文。雕弹这边派人去警察局问询，警察局的人爱理不理，回复也是含含糊糊，让人根本摸不着边，无法知道究竟是怎么回事。

在外面已经放了好些天的尸体，都已经发出臭味了，警局那边还是没有一点动静，仍然没说要进行实质性的证据采集。本来，如果是强奸案，就以简单的精液提取，化验这一项做个比对，就什么都一清二楚了，地主崽最起码的暴力强奸之罪也是必治不可的。

警察局却照样拖着不办，非要让它错过了最基本的证据取证机会，眼看这样也不是个事，只好托族人老大再找到警局询问，问这事究竟办得咋样了，证据怎么还不提取，怎么还让王安逍遥法外？

警局的最终回复竟然是建议先把尸体掩埋了，之后再作进一步的调查，等一切查到水落石出了再作判定，警局是不能凭单方面的一己之词，而冤枉了好人。最后把雕弹气得浑身哆嗦着，当场呕出了好几口鲜血，差点就又背过气去。

这样又过了好些天，通过一个乡亲，从地主管家口里获得了内幕消息，该消息再次证实了原来的推测，地主崽王安的父亲，早已暗中叫他在县里当官的弟弟，把一切都提前打点好了。县里的警察局长因为从中得了好处，安排手下故意让这件事儿一直拖着，悬着，目的是将它拖成既简单又复杂的案件，直到最后，其结果必然就是不了了之。

听了这些内幕消息之后，雕弹除了满腔怒火，竟然想不出还能找到谁能为他伸冤讨个公道。束手无策的雕弹，这时候早已心力交瘁，真的不知道自己除了拼命，还能怎样。媳妇的遗体正在腐烂发臭，放在外面始终不是个办法，经过商议，百般无奈之下，只好先考虑把雕弹媳妇入土为安。

料理完媳妇后事以后的有些日子里，雕弹都还是处于极度的悲伤之中。心里一直反问，在这黑暗的社会，真的有理都找不到说话的地儿了吗？有朝一日，老子非叫你们血债血偿！

这种仇恨的种子，雕弹自己也无法说清从什么时候已经种下了，发芽了，力量溢满了全身，只是还没有找到合适时机实施报复而已。所以无论这件事情的最终结果如何，雕弹的内心已经隐藏着复仇的计划。

那天，秋实是在无意间知道雕弹的这些悲惨往事的，当时只是试探性地，跟他有意无意中说起农会运动和农民武装力量的事情，秋实好像看见雕弹眼睛里跳动着的一簇火苗，就要燃烧起来的样子。

雕弹等待已久的一刻终于来临，终于有机会与黑暗对抗了。雕弹反复问起了农会的详细情况。这些信息对于雕弹而言，无疑是让他看到了自己反抗黑暗的资本，那就是人们需要的光明！

秋实也根本想不到，一番关于农会的说话，会令雕弹有这么大反应。秋实与雕弹道别时，雕弹还再三请求秋实，要确定这个农会是一个的确存在的组织，可别欺骗了他，泯灭了他的希望。弄得秋实不知道该怎么跟他解释。

总之，雕弹表现出来的那种坚定，让秋实实实在在感觉到了雕弹憎恨这个社会的本质，这才是千真万确的事实。

"这事儿不是一时半会就能够取得成功的，需要的是我们凝聚起团结的力量，进行长期艰苦的斗争坚持，是一个布满了艰难险阻的革命武装事业。首先，必须具备坚定的信念，怀揣为之付出一切的思想准备，当然也包括个人宝贵的生命。"秋实的目光中透着刚毅、严肃，果断地说。

"所以我们大家都要有共同的目标，为自由、争取农民利益。与其在被压迫中生不如死、毫无尊严地活着，还不如团结起来，置之死地而后生，不成功便成仁，为子孙后代，劈斩旧社会的蒺藜，踏出一条走向光明的血路，也算没有白白地来到人世间走这么一遭，你说是不？"这是秋实在很多场合对很多人说过的话，包括雕弹和过水云。每当说这些话的时候，期间都会响起一阵经久的掌声。

· 第十八章

请教老师，信心坚如磐石

秋实家离彭老师家不远，为了能够得到老师的细心指点，秋实一般会选择在晚上，及时地把自己工作中碰到的一些基本问题，逐一地向彭老师作简单汇报，希望老师加以把关和补充。每一次的汇报，彭老师都会进行综合分析、预判，给出一个比较合理的建议。

今天晚上，秋实还是像以往一样，早早就来到了老师家里，与老师说起这段时间活动中的所见所闻，并发表了一些自己的看法。听完秋实带着个人感情的一番感慨，彭老师似乎也是深有同感。

特别是说到雕弹媳妇被地主崽凌辱导致的死亡事件，既然成了有冤无处申的无头案，更加说明社会的病态。也可以更加肯定一个问题，所有劳苦大众，对这个社会已经彻底失去了信心，完全可以用"深恶痛绝"来形容。

综合起来可以判断，每个人的心里都在默默地等待，等待着可以推翻黑暗旧社会的力量来主宰。只是他们苦于找不到这股力量的方向何在，尽管每个人身上都具备了义无反顾的决心。

秋实跟老师的看法也是不谋而合，每次得到老师的指点，他都觉得信心满满。并且，在老师的不断鼓励下，反而更觉得有了种责任，那种责任感甚至越来越强烈。

秋实是耀阳村第一个敢于说起农会运动和革命武装这个话题的人，以前从来没有哪个人说过类似的话题。这些穷苦乡亲听了之后，都纷纷表现出知之恨晚的那层意思，而且有点热血沸腾。

大家纷纷主动表态自己的坚定选择，还说要把这个信号积极地传播出去，让更多的穷苦百姓接触到这种积极的思想，也能够尽快地自愿加入进来，壮大农运队伍。事实上他们一直都是这样做着传递工作。

所以整体的农会进展情况，要比预想中来得更加迅速和顺利。这是个很好的开始，也说明底层被压迫的民众，已经意识到解放思想、反抗压迫的重要性。

另一方面，从农民踊跃加入的会员发展情况看，他们渴望光明的愿望，竟然是如此迫切和激情澎湃！这是秋实所始料不及的，亲爱的各位农民兄弟啊，原来我们真的如此地需要，那一束因为燃烧理想而带来的光明了。

秋实的工作依然暗中进行，他和他刚发展起来的会员们，分头行动在陆江海一带，利用一切可利用的时间，默默地在暗中做着前期筹备工作，一方面也在等待着，上级组织通知上说的，近期委派下来的农会联络人。前期的发展工作取得了可喜的回报，那份对组织的迫切盼望，激励着每一个正在努力着的会员。

一股新生的农民力量，正悄悄地酝酿在这片沿海的山区各地，它将会是旧社会上空的一声炸雷，仿如春天惊蛰的雷声，万物应时苏醒之后，诞生一个崭新的世界，农会会员们的心中，都有一股无比坚定的信念。这也是最最珍贵的东西，是精神世界从麻木逐渐觉醒之后的升华。

发展工作在循序渐进中一步步推进，秋实和几个志同道合的同志在发展会员的策略上，制定的目标打破了常规的先易后难，而是先难后易，逐个击破。

在最初的计划中，其他没有经常走动的乡村，虽然不乏大量青年后生，但要想在短时间得到他们的拥护，觉得不太容易做到，如果他们不排斥就是成功的第一步。

可没想到的是，当农会骨干人员利用晚间人齐的时间，分头到这些村庄作试探性宣传的时候，一个个都被他们视为家人，深受这些青年后生的欢迎。

乡亲们脸上表现出来的振奋劲头，让人感到甚是亲切。昂扬的激情，强烈而坚定。几个主要农会骨干人员受此影响，在信心上受到了极大鼓舞。秋实做好农会通信员的决心和信心坚如磐石，已经可以说"撼山易，撼决心难"。

耀阳村宗亲中的几个长辈，因为接触外面的思想比较早。传说，辛亥革命时期有几个义士参加了辛亥革命，由于革命失败，为了避免株连，只好隐姓埋名他乡。但是，早期的进步思想却得到了传承，思想活跃程度、对世道的认知范围比较开阔。

这些思想上的东西，在平时的言谈举止中都看得出来，每次积极的话语，关于朝代，关于世态，关于反抗……所以除了日常生活中完成正常的苦力活之外，耀阳村的乡亲，平时并没有什么大动静，还是原来那个与世无争的样子。

每到晚上，男女老幼聚在村里的祖屋大厅，或者院子里，谈论着听到的和看到的那些不平的家事、丑陋的国事，只是比以前多了一份充满激情的期望。

经常都是谈着谈着，老少人们先行散去，留下了那些积极于农会工作的会员和骨干人员，继续进行内部工作讨论，而且通常都是在意犹未尽中就已经来到了深夜。秋实和杠子、范相、诸葛亮、矮宾、高脚丰和大炮坤等，加起来十几个人，每隔几个晚上，等大家伙散去之后，都会继续探讨一些更深入、更敏感的革命话题。

很多时候，外乡里的一些思想比较进步活跃的后生也参加，雕弹和过水云是外乡当中的农会典范，更加积极地参与其中。每隔两三天就要到村子里来转悠一次，再问上一次，现在情况咋啦？目的都是为了从中打听，秋实跟陆江海那边农会运动组织的联系情况。

一看到他们焦急的样子，就知道他们是多么的迫不及待，等得显然有点急躁。偶尔碰上刮风下雨回不去，或者是夜深了，雕弹和过水云他们几个，就分别在几个单身后生的床铺上，将就着睡上一晚，这是这些单身汉们生活中常有的事。

也难怪他们等消息等到心烦意乱，其实，日子一长，就连秋实也不禁着急起来，等着等着，感到了心里边茫然一片。

可喜的是，总算皇天不负有心人啊，经过了无数煎熬后的这一天，终于如期到来，上级暗中派出的领导人有消息了，好消息终于来到了耀阳村。

· 第十九章

上级明确任务，为信仰和追求勇往直前

冬月里的某个晚上，外面月黑星稀，呼呼的北风凌厉凶猛，啸声仿如夜里听见的一声声吓人的狼嚎。那时，秋实一家人刚吃完晚饭不久，警惕性养成了习惯的秋实突然看见，有一个人影出现在正屋门口。

秋实的吆喝声还没出口，外面的人已在小声喊着秋实的乳名——"秋仔"，秋实开始还以为是雕弹他们，心中暗道，你们这些家伙也太急躁了吧，怎么这么早就来了。直到开了门才发现不对头，那人一闪，已进了门，是一个挺面善的高大男人，三十岁上下，秋实以前见过，只是忘了在哪见的。

"您就是秋仔吧？"对方打量着秋实问道。"我就是秋实。您是？我们是不是在哪见过？"秋实还是带着养成的警惕。

借着点燃的竹子发出的闪闪烁烁的火光，秋实看见了对方，身上穿着厚实的带补丁的大衣，脖子上围着毛巾代替的围巾。对方边说话，边搓着双手，说："我是受人所托，杨光这个名字您听过吗？哦，我给您看样东西或许就知道了。"说着话，他就从裤兜里拿出一个小小的米白色海螺。

秋实一看到海螺，就什么都明白了。只是还不知道对方的真实身份，心里揣测着他是不是上级刚派来的联络员。正想委婉地作进一步的试探，对方已然明了秋实的心思，从棉袄大衣里面掏出一个信封，交到了秋实手上，信封封面皱巴巴的。同时嘱咐秋实，看完之后必须将整封信马上销毁，然后就匆忙告辞而去。

秋实将他送出大门外，目送着他顶着呼呼啸叫的北风，消失在黑暗的尽头，知道他一定还有其他的任务，或许他真的只是个被委托办事的当地村民。

在没确定对方身份之前，秋实惭愧自己是不是有点冷漠和过于小心了。再想了想，如果对方是农民运动组织方面派来的同志，这样小心应对就属于再正常不过的方式了。

其实，虽然他说的那些话，并没代表什么，看见他拿出了海螺，这个东西才是重点的开始，这才是他跟杨光之间约定的私人秘密。杨光是一个人的名字，海螺却是一件信物，必须同时出现在同一个场合才是绝对可信的，反过来也是一样。这是他们两个人在陆海县的时候，两人在海边，为了以后联络方便和安全，为了共同的信仰而定下的彼此之间的联络暗号，今天是第一次派上用场了。

秋实回到屋里，随手关上大门，在房间昏暗的煤油灯下，小心翼翼地，心里满怀着激动的心情，打开信封，轻轻地抹平，准备一字一行地品味、寻找着每一个可能带来希望的这些文字。可是信中只是简短的寥寥几行字，只简单交代了，在什么时间、什么地点，将会有人接待你的到来。信末还特别注明，看完信之后必须立刻销毁。

以秋实超强的记忆力，早已一字不落地记下了文字内容，遂立刻用灯火烧掉信纸。信中所说的时间，是第二天的晚上八点，地点是本地乡上某村的某个祠堂，联络方式以敲门声的三长两短作为接头信号，如果重复三次敲门仍然没有人出来开门的话，说明情况有变，就要立即离开。

接到联络信后的整个晚上，秋实压抑着紧张兴奋的心情，还是跟往常一样，来到老屋大厅，跟众乡亲聚在一起，若有所指地讲了梁山聚义的几节故事。由于天气实在太过寒冷，大家伙听完之后也就各自散了，比天气暖和时早了很多。

秋实回到自己房间后，又重新开始慢慢地厘清头绪，在昏暗的煤油灯下，比比划划筹备着，预判明天有可能会出现的一些突发状况。最主要的还是接下来的工作开展问题，要怎么样向上级有目的地作简短报告。

自己的经验尚有诸多不足，特别是下一步农运武装队伍的建立，担心这些本来高涨起来的积极性会发生变化。当务之急，急切需要一个正确的工作方法来指导思想，把一切尚属于零散的力量，引导到一个有团结精神的队伍中来，而不是没有纪律性的一盘散沙。

凝聚力才是重中之重。正确的引导，发动群众，争取这些农民兄弟成为持续资源，力量才将会是不可估量的。

赴约当晚，秋实遵照信里的指示，一个人在来的路上特别小心地迂回了几处地方，按时来到指定的祠堂门前，敲了三长两短的敲门声，并发出暗号，不一会，祠堂门"嘎"的一声打开了一扇。

开门的是一个年纪稍大的长者，示意秋实马上进去，然后自己迅速关上大门，拴牢，转身紧握着秋实的手说："先生你好，欢迎你前来！"他带着秋实，介绍了里面另外一个三十岁上下的男士，叫秋实继续跟在他的后头往前走。

所经过的巷道都没有灯光，只有那位男同志手里提着的一盏煤油马灯，秋实紧紧地跟在他后面，兜兜转转中，穿堂过室，凭感觉，已经不再是身处祠堂里面，而是离开了祠堂，来到了祠堂外面的某个地方。

　　朦朦胧胧中，走了约莫有一卷烟的工夫，终于，眼前忽然一亮，进入了一个亮着灯光，从布置上看，像是私人住户的小客厅。屋子里面摆着的几张长凳子上，挺随意地坐着五个三十岁上下的男同志。当看见秋实从外面进来，他们都纷纷站起身来，互相问好，打了招呼，并做了比较简单的自我介绍。

　　这些人当中，其中一个是秋实已经认识的杨光的同乡商人，就是杨光和秋实相约陆海县城码头，遇上官差刁难时，伸手为他们帮忙解围的那位杨先生，杨先生还是一身长衫的行头。其他在场的人都是第一次见面。

　　据主持人介绍，这次会议，也是由杨先生和另外一个看似是他的上级领导主持的，秋实已经算是最后一个到会的，秋实因为迟到这事觉得自己忽略了纪律，还郑重地向他们做了诚挚的道歉。

　　会议从秋实进入大厅坐定之后就马上开始。出于时间和安全的考虑，领导人说，会议不做无用赘述，只抓重点，他从国际上的形势讲到国内的形势，做了系统的分析和阐述。结合各地方真实存在的问题，以后该如何更好开展工作的问题等等。

　　最后把时间交给前来参加会议的几位联络员代表。鼓励大家民主发言，农会的目的就是畅所欲言，与会的来自各地的代表，也打破了拘束，纷纷踊跃发言，发表个人对当下时局的看法，以及需要严密对待的诸多问题。

　　代表们综合的分析，得到了两位主要领导的高度认同，他们频频点头，从精神上已给予了几个同志莫大的鼓舞。

　　整个会议，与会人员各抒己见，有的放矢，都尽量把工作中碰到的和有可能碰到的问题提了出来，希望得到及时而具有借鉴的解答，秋实从中受益匪浅。

　　一个晚上的时间，在特定的环境中过得却是如此短暂，难怪领导人一再强调要简洁。秋实觉得自己心里准备的很多东西，都还没有跟两位领导人详细反映、沟通和交流，心里不免有些焦急起来。

两位细心的领导把秋实的这些个人表情一一看在眼里了，在会议结束时，特地叮嘱他留了下来，说是另有任务安排，这样一来，令秋实又惊又喜。

事实上，组织上已经考虑到了，秋实刚加入农会不久，作为新的骨干人员，对工作方面的各种程序，肯定还不太熟悉，虽然是这样，由于会议上允许发言的时间有限，只好趁此散会之后，抽出不多的时间，有针对性地，就如何成为一个优秀的通信联络员，作了简单却实用的速成指导。

这次会议，也正式确定了秋实与杨光的同乡杨先生，建立单线的上下级关系。所有关于农会联络信息方面的事情，秋实只接受杨先生和他负责陆江海一带的上级领导的指令安排。如果遇到特殊情况，则以他们的特别手谕为准。

会议明确了秋实以后的任务，主要负责陆江海一带区域农会会员的发展和组织的联络通知任务，配合当地农会会长与上级组织的及时反馈。

晚上到场开会的几位同志，就是秋实以后工作中需要重点联络的对象。当领导布置完接下来的工作任务，神情变得严肃起来，着重强调了，所有骨干人员，包括农会会员，必须具备的重要一条就是，无论遇到多大的危险威胁，都不能暴露自己身边的同志。

即便是生命受到了威胁，哪怕不惜牺牲自己的性命，也必须做到保守秘密，做好保护其他同志人身安全的思想准备。保护好自己的同志，就是保护组织，这是组织钢铁的纪律。

临别的时候，杨先生和上级领导李先生，再三跟秋实谈到参加这项工作的危险性，而且也坦言，这是我们老百姓自己的事业，为了共同的信仰，组织上无法提供足够的活动经费，在活动经费紧缺的情况下，务必做到信念坚定。后面的活动经费问题，基本上还是要依靠各地农会先行自筹资金，后续情况将会怎么安排，组织上会视实际情况而定。

他们希望秋实慎重考虑这个问题，如果有什么个人想法，或者思想上还没准备好接受这个联络员任务，可以暂时拒绝担任。等日后机会成熟，思想成熟了，再参与进来也未尝不可，农会组织的大门随时为他们这些勇士敞开。

"对于你的个人能力和信念问题，我们是经过深入考察，认真了解过的，我们不会贸然把这么重要的通信联络任务，随随便便就交给一个还不知道根底的人，正因为组织上的信任，我们才更有必要予你以提醒。当然了，我们都非常希望，也完全相信，你能够成为一个出色的通信联络员。"杨先生表达了个人和组织的看法，用肯定的语气带着赞扬和鼓励，脸带微笑，友好地拍了拍秋实结实的肩膀。

对于组织上表示的关心，提醒自己必须考虑好负责农会后续联络的问题，这也正是曾经困扰了秋实很久的问题，以前反反复复想了无数次，特别是在晚上夜深人静的时候，他曾一遍又一遍默默地问过自己，自己选择的这条道路，值不值得为之奋斗和付出？甚至有可能是自己年轻的生命。

每次问完了自己，都会有非常激烈的思想斗争，然后进入内心澎湃之后的一番沉思。

每次的答案都是肯定的。包括去南洋之前，又何尝不是希望有那么一天，能够有机会提高思想，跟着进步人士长长见识，为社会做点分内的事情。从南洋回来以后，看到家乡生灵涂炭的现象，那种愿望变得更加强烈。所以在杨先生提出让秋实慎重考虑时，秋实已经是义无反顾的坚决态度。

他用无比坚定的信念，很真诚对杨先生和另外一位领导说："我虽然不敢说有什么远大的抱负和崇高的理想，却知道自己该选择怎样的路，自己决定走的这条路，从一开始，我是充满了信心，会一直坚定地走下去，哪怕前面困难重重，荆棘丛生，也永不后悔！请领导们相信，我也接受组织上的严峻考验。"

"果然是性情中人，难怪杨光同志多次向我们极力推荐，由你负责你所在家乡一带的联络工作。对于你的个人能力，他可是在我们面前经常提及，你大可以放心，他没有一次说过你的坏话哦。"杨先生也像是放松了一点，竟然破例地开起了一句玩笑。

"酒逢知己千杯少，话不投机半句多"，这句话说得真是没错，虽然是相识、相交在没有酒的场合之中，只是在淡淡的茶水互敬的伴随下，他们都怀着一种相识恨晚的感觉。

杨先生和李先生，两位领导人所说的每一句话，都像是一曲动听的美妙音乐袅娜回荡耳边，撞击着自己的内心，泛起了一圈圈思索过后的涟漪。

可惜，时间匆匆而去，各自只能在互道珍重的祝福中依依惜别。怀揣着共同的信念，以不同的方式继续前进，路上有艰难，有险阻，那也不足为惧，因为我们有共同的信仰和追求，奔着这个目标，勇往直前，必然可以战胜一切……

· 第二十章

扩大农运武装，反动派惶惶不可终日

正式加入农会组织，成为联络通信员以后，让秋实更加深刻地意识到，要想把一件事情做好，有多么的不容易。自己本身家里世代都是农民，大白天的时间主要是分配在田间地头，要发展农会，只能将有限的晚间时间合理安排。

一方面尽量多花时间为家里分担部分的农活，然后才能利用晚上不多的时间做自己的事。活动范围也首先从邻村一步步拓展，蔓延到附近的一些乡村百姓，并逐渐扩大队伍。

不同区域的通信联络员，通常会在每十天左右，就会与地方农会骨干约定在不同的地点碰头，交流工作进展情况，然后再向上级反映总体的情况，由上级做出新的任务安排，农会骨干的每次碰头会议地点，都会提前通知变换，提前几天先联络好，确定下次的碰头地点。

每次在完成上级交代的联络任务之后。还要利用一切可利用的时间，积极地向老百姓传递进步的思想，争取更多附近村庄的乡亲，成为农运队伍中的一员。

只有这样，才能把更多人的力量都凝聚起来，聚沙成塔，再将它转化成一支农民武装力量，成为陆江海地区共产党领导下的一支中坚力量。然后等待一个成熟的时机，把农民革命的火把彻底点燃，照亮每个黑暗的角落。

在还没有真正成为农民武装力量之前，强调的是纪律上的绝对保密的。骨干会员发展工作的前提，首先要让会员们意识到工作上保密的重要性。至于未来的结果，是无法预测的大势问题，信心和保密才是关键。但无奈的是，有时候很难跟这些农民兄弟们一下子就解释清楚。

后来，各地的农会骨干，干脆就拿当时辛亥革命为什么失败的案例，作为反面教材生动阐述，从辛亥革命武装起义的时间为什么突然变动举例，阐明它就是因为原定时间出现了泄密情况，才不得不有些匆忙地提前起义时间。在某种程度上说，正是因为这样才导致了起义的最终失败，这就是很好的说明。最后，会员们总算是领会了保守秘密工作，在现实革命中是多么的重要。

尽管我们的农会组织和农民武装力量，后来发展为农民赤卫队，都是在秘密中发展起来的，由于队伍不断壮大，队伍中也出现了某些信念摇摆的队员，经不起反动派的各种诱惑，暗中把农会和赤卫队组织的信息泄露出去，背叛组织。

原来就已经嗅出了陆江海地区农民武装味道的反动派军阀政府，为了保住他们的统治地位，进一步提高了警惕。从他们的警惕程度，足以看出反动派军阀政府已经感到了恐慌。

为了巩固他们江山，反动派各级政府纷纷层层加码向上汇报。其目的是为了引起上头的加倍重视，多拨军费粮饷，既可以拉拢地方势力为己所用，又能够借机中饱私囊，一举多得。

有了大量军费作为动力的反动军阀，做足了各种有针对性的军力部署，同时也对农会和赤卫队组织发展迅猛的地方，即将实施有效的打击计划。

陆江海地区的很多地方，都是与革命生死攸关的地方，自然首当其冲成为了反动派实行军事打击的主要目标。陆江县虽然处在偏僻的山区，却因为新兴的农民力量逐渐发展壮大而受到关注，农民赤卫队人员逐渐增加，而成为一支让反动派政权视为肉中之刺，也是让他们寝食难安的武装力量。

这股力量，就是以彭湃为主要领导人的农民运动力量，刚开始由农民组织的农会演变而来，初级阶段属于合法的当地农耕组织。随着其具有前瞻目的地不断壮大，拥有的武装力量可容不得国民党小觑，便成为反动派当权政府的一块大心病，他们正在想方设法意欲把这支农民队伍除之而后快，阴谋也在暗中酝酿。

农会组织在上级部门的领导下，已经正式发展为农民自卫军、农民赤卫队，由中国共产党坚强领导，短时间里迅猛发展，队伍强大，对国民党构成了强有力的威胁。

反动派政府不得不采取各种方式，密谋各种毒辣的手段，对我共产党领导下的农民武装力量，实施武力镇压、"围剿"，图谋着从根本上瓦解这个由彭湃领导、发展壮大起来的农民组织。

为了尽早实现剿灭农民武装力量的阴谋，反动派当局行动迅速，几天以来暗中调兵遣将，终于把他们一个旅的驻军，驻扎在陆海县与陆江县交界山区一带的咽喉位置，也就是陆江县的其水乡。

据我方获取的内部情报透露，反动派正规部队配备了大量的马匹和精良的武器装备。其水乡是陆江整个县城的商贸中心，交通位置十分重要，周围毗邻普丁县、洞西县、河金县，是几个县之间商贸交易往来的必经之地。这些反动派驻军与其他县的保安团形成掎角之势，互相呼应。同时，又可以控制三个相邻县之间的交通和商贸，辐射县内各乡，最远控制距离不会少于五十公里的半径区域。

反动派军队依靠位置上的优势，由各小分队分别紧紧地盯着相邻的各个地方，一旦发现哪里有一丁点的风吹草动，就会先派出一个连的兵力第一时间前去巡查。这些兵痞一旦出动进入乡村，地方上的老百姓准会遭殃，抢掠是种常态。

反动军阀的小分队每到一个地方，除了铁定地从地方乡绅土豪那里搜刮多少不等的金银财物之外，其他生活开销也是由地方政府负责解决，每到一处，都是胡吃海喝，没有过上几天吃喝自在的无赖日子，是断然不会考虑转移巡查地点的。

在这件事情上，地方政府也没有办法，又不敢得罪了他们，只能像个孙子一样憋着讨好他们，由着这帮狗日的军队，自由泛滥，到处去胡作非为，却也无可奈何。

反动派地方政府的这帮家伙也知道，后面的日子里，一旦共产党领导下的农民武装力量爆发，肯定是一场腥风血雨的国内战争，唯有指望这些所谓的正规军阀队伍，能够保护他们家宅平安无事呢。

面对反动军阀的横行霸道，当地政府也是敢怒而不敢言，只有通过从其他乡绅的身上，压榨多一些膏脂来作为弥补了。

在现在这个节骨眼上，这样乱七八糟的世道，注定不会有太平日子，所以无论是反动派政府官员，还是当地的土豪乡绅，都在想法子巴结这些所谓的为他们保家打仗的兵痞，巴结这些吃人不吐骨头的军爷，都害怕有朝一日，如果自己的身家性命受到了威胁，能多少指望上这层通过吃喝建立的关系，兴许有种侥幸，能早一点得到他们施予的援手呢。

连反动派政府都这样了，其他土豪乡绅还有谁敢有什么二话。就拿该乡上住着的一位孙大地主来说吧，家底儿可算是家财万贯，租出去的田亩不计其数，家产也算是够显赫的了。如果不是因为他自己太过高调纵容，奴才般盲目巴结这帮所谓的国民党军爷，非要尽力讨好他们，也不至于落得个人财两空的下场。

· 第二十一章

孙地主巴结官差，赔了夫人又埋祸根

那是在一次反动军阀队伍巡查的时候，为了表示自己的诚意，孙地主用家里的好酒好肉兼美色，招待服侍这帮家伙，奢侈过了头，到头来赔了夫人三姨太不说，甚至还白白地丢了自家狗命，可算是"自作孽不可活"，简直是倒霉透顶，冤枉死了。

这该死的孙大地主也是个蠢才，自己家大业大，田盈地足，有足够殷实的家业，可惜啊，就是因为心怀不轨，不安好心，树大招了不该招惹的邪风。

这帮反动派军阀部队领头的军爷是一个团长，从他刚刚踏上这陆江地区管辖地开始，就已经设法从当地几个当官的口中，掌握到了本地这些油水充足的地主老财们的名单。

领头团长来陆江一带巡视的第二天下午，就第一时间遣派了他手底下的一个连长，招呼了几个本地警察，并由该连长带队来到这个孙大地主家里。名义上说得十分好听，说部队是初来乍到，提前拜访一下当地的一些名望商贾，其实也就是拜会地头蛇的意思，但真正意图无非就是想提前找个有油水的敲诈对象罢了。

这些被列进了要拜访名单的家伙，只要成为了他们的注意对象，被踏进去了门槛，破一笔大小不等的钱财，就断断是少不了的。

特别是这个孙大地主，平日里就喜欢巴结在县里、乡上那些当官的家伙，他自己昧着良心赚来的家财，可以用富得流油来形容，乡上墟里的店铺整街整街地出租。

孙地主家中这一座上五下五的豪宅，占地足有三四千平方米，外面是独立豪华的门楼，雕梁画栋，刷得黑紫色的两扇大门，据说是用几百年的紫檀木做成的，名匠做出来的手工艺，光是看上去就能感觉得到精美，绝对出自木匠名师之手。手一摸上去，更是光滑而又溜手，手工的精湛程度，已经找不出木板与木板之间的合缝，桐油刷得均匀，油光铮亮，单是两个青铜打造出来的门环，据说就能值不少银子。

门楼四周是石砖砌起来的围墙，墙身厚度起码有一尺半，四周围墙的石砖与石砖之间，每隔几条，便预留了刚好用来搁枪杆的长方形扫描眼，高度大概也是成人肩膀高的样子，明眼人只要一看就知道，这就是为了对付外敌侵犯而设计搁枪扫描用的洞口。

踏过门楼，进去是个大院子，地面是用平整的花岗岩石砖铺就。抬头一看，进入视野的，是四根雕磨得非常精细的大理石方柱，边长足有四十厘米的样子，上头顶墩和下头基墩是方形罗马状的结合体，支撑着屋檐上面的大木桁。大木桁和木桷上，都是雕刻人物花草图案，或画山水和古人的肖像。

连续踏上三级台阶，依然是粗糙的本地花岗岩石的地面，进入正屋必须跨过一道尺来高的门槛，屋子里的地面，是经过深度碾轧过的石灰与黄泥夯实的地面。里面的整体装修，除了屋顶木桁的雕花让人感觉富丽堂皇，有一定的气派之外，其他倒不觉得有什么特别的高雅，体会不出建筑上的奢华。

那些不知道什么木材做成的家具，倒是好像出自名匠之手，无论是木质还是手艺，抑或是设计图案，都达到了超前的水准。

每一处的卯榫吻合，每一块木头的表面刨工、油漆工艺，都可以说无可挑剔，工艺上的精致，肯定是在房主的监督下，下了一番功夫的，据说干这些活的工匠，都是请的附近最有名气的几个匠头。

孙大地主的这个家，只有他和三姨太才是这里的真正主人，其他人员是家丁和长工。还有一部分家丁、长工和大姨太、二姨太住着另外一个地方的房屋，自从孙大地主纳了三姨太为妾之后，三姨太与大姨太、二姨太她们争风吃醋，整天搞得鸡犬不宁。

孙大地主为了讨三姨太的欢心，干脆直接搬到此处，与三姨太过起俩人日子来了。

孙大地主这个家宅，在这个时候，突然有几个当官的前来拜访，他当真还以为是自己显赫的地主身份挣来的脸面，显得特别开心。家里有军爷屈驾拜候，这不是他们仰慕自己身份高贵么？因此他心里头暗暗为这些军爷的到来，高兴得不得了，可以说风光满面。

从下午这几个官兵家伙进来屋里，孙地主就吩咐下去，对这些官爷要好茶好酒招待，下人们当然照做了。一晃天就黑了，时间来到了晚上，这帮兵痞，也不见要告辞的意思。按孙大地主自己的想法，即使他们假装着说要离去，孙大地主也要表现出自己对他们的敬意，盛情地留下他们。现在既然他们没有要走的意思，那就更加无须再去言语了，拿出热情招待就是。

接着便开始铺排设宴，为前来拜访自己的这位反动军阀连长和他的手下一行，再进行一次隆重的巴结式的接风洗尘，整座大屋里里外外，皆掌起了蜡烛和油灯，也点起了室内的全部玻璃灯，每个角落都灯火通明。

如果从外面看到这个架势，仿佛就是正在进行着一场大喜之事，孙大地主的招待筹备，委实准备得足够充分，厅里有几张饭桌，摆在上面的食物，尽是珍馐玉盘、浓酒佳肴。

孙地主为了奉承巴结，自是倾心倾力，而且一晚上满脸堆着笑。宴席上，老家伙带着管家，左右逢源招呼，口里边唯唯诺诺，唯恐招待上稍有怠慢，而失去这难得的结识、攀附机会。

晚上开宴不久，孙地主还特地叫来自己年轻貌美、骚性迷人的三姨太，热情地为这些兵痞们斟酒作陪。打扮得浓妆艳抹的三姨太，在这秋初的天气，穿着一身开衩的旗袍，高挑的身段，浑圆的珠肌，发髻盘头，脸色光润，时髦奔放，加上那几分诱人的姿色，为晚上的宴席倒是增添了一道美色大餐。

三姨太走起路来扭扭捏捏，一举手一投足，皆有股子骚味入眼入鼻。把这些跟着他们长官，美其名曰是拜候，实则是混吃混喝的国民党的猪猡们，看得眼光发直，色眯眯地淫火外泄。

反动派军阀的这些家伙，个个吃得满嘴油腻，嘴里还喷着戏里唱的那些荤腥骚调调，一双双似醉非醉的眼珠子，直勾勾地盯着打扮得性感暴露、裸露妖娆的三姨太，已经将她意淫了无数次。那每一颗淫邪之心都野了起来，迈着不怀好意的醉步，向三姨太的身子靠近，甚至有些连口水也流了下来。

本来，这个孙大地主的三姨太，就属于姿色上乘的骚货，是孙大地主半强半买，从一个小地主家里偷偷迎娶过来的。这三姨太原本是附近一个小地主的女儿，由于该户小地主家道中落，急需钱银支撑日常的安逸生活，以维持他已经膨胀起来的地主身份。小地主向孙大地主高利周转银票时，一不小心入了孙大地主设下的圈套，万万没想到，这个孙地主见过他的女儿，垂涎女子美色，早已对他的女儿不怀好意，所以通过以高利借银票给小地主，之后再逼迫小地主短期内还清所借本利，小地主唯有依靠拆东墙补西墙拼命维持，没想到越补窟窿越大，被孙地主的高利滚得更加穷困落魄。

最后，小地主穷途末路，孙地主胁迫以银两作为交换条件，要交换小地主的女儿做妾。绝境中的小地主别无他法，只好同意，前提是必须用足够的银票，才能交换到自己的女儿。

小地主的女儿嫁到孙大地主家做妾时，只不过十八芳龄，直至今天，算来过门也还不到十年时间，也没有生育过，那一身风韵，堪比熟透了的柿子，水汪汪的，让人忍不住想嘬上一口。

女人家在这个年纪，本来就是生理上的虎狼之年，巴不得夜夜洞房花烛，常有阴阳之和。而三姨太偏偏命里不旺桃花，时运不济，嫁给了这个老家伙孙地主。

暂且不说老家伙已经古稀将至，伴随病弱老残之身，无尽悲凉，平时还依靠抽大烟提点精气神，哪里会有男女媾和之事，哪里还有身强力壮的阳刚之气？

而此时生理上正值干柴等待烈火焚烧般的三姨太，无论是生理还是感情上都强烈地需要阳刚之气的抚慰，当初嫁过来的时候也知道这个现实，但是那几年的孙地主在她百般挑逗之下，还能勉强应付寂寞的需求。

现在，时过境迁，盯着死猪般的孙地主，只能是青灯相伴着度过漫漫长夜。

之所以有如此结局，一方面是家道破落的滥赌父亲欠下了一屁股的债务，债主们限时清算，家财散尽。二来是这个三姨太本人就是个贪图安逸的女子，骨子里有种对金钱贪婪、无休止的稀罕，看在孙地主财大业大和银票的分上，自己也乐意享受那种衣来伸手饭来张口的生活，才毫不犹豫地同意嫁了过来。

原来指望能用自己的骚性，笼住老地主的老花心，心里暗地里打着如意算盘，一旦孙老鬼有朝一日突然蹬脚归西，总会分得好些细软金银、田亩和银票的家当。到那时，自己尚是年轻貌美之身，手上有了大把钱银，还愁没有那些荡气回肠的男女之欢？三姨太想到这些，就会压抑着自己，不敢让自己放荡起来。

平日里，如果有谁胆敢去挑起她这个等待燃烧的灯芯的话，给她一簇火苗，她肯定就会是一点就燃，欲火焚身。

无奈的是，自己一天到晚孤独地关在房子里孤芳自赏，不但得不到孙地主的一点点温存爱抚，还被已经变态的孙地主紧紧地盯着，已经毫无自由可言。

三姨太何尝不想红杏出墙，奈何她也飞不出去，就算你春心再如何荡漾、情感缺失的需要煎熬得再难受，却也没敢越过雷池半步，原因其实很简单，她也害怕自己一旦骚性起来，将会一发而不可收拾。

所以她要寻找发骚的机会，寻找发骚的对象和目标，她自信具备了做另一种富太太的美色，那是她骨子里存在风骚浪荡的资本！

现在总算等到孙地主自己主动放出声来，叫她出来应酬晚宴。有了这个和男人接触的机会，招呼这一帮血气方刚、五大三粗的饥饿爷们，她可真是如鱼得水。下午在里面屋子的时候，经过暗中观察，她就知道了有官兵拜访孙地主，已经有点难以把持，现在可好，终于可以来到大厅敞开手段释放一下自己。可以说，这时候的三姨太早已心花怒放而有点不能自持了。

带队前来的这个家伙，是姓黄的连长，外面人称黄麻子。四十岁上下的年纪，生的是牛高马大，脸上肌肉横生，一脸凶相。头尖、下巴也尖，脸型有点像橄榄核的形状，脸上长满了麻子，估计这就是他被叫做黄麻子的原因。他还有半秃的头顶，一双三角眼带着十足的兽性，一看就知道是个好色的家伙。

这个家伙打一看见前来招待的三姨太，眼睛就好像移不开了。这黄麻子被眼皮包住半边的瞳仁里边，早已释放出一股就要燃烧的邪火。几杯酒下肚以后，那一双猪手也借着酒意，在众目睽睽之下，明目张胆地伸向三姨太的屁股，噼噼啪啪，又摸又捏，连续摸捏了好几次，三姨太故意把丰满的屁股翘起老高，每被黄麻子摸捏一次，三姨太的嘴里便发出放浪骚淫的荡笑。

当她探知黄麻子是带队的最高指挥连长后，马上不失时机地抛了几个令黄麻子无法把持的媚眼，并且故意解开旗袍上面颈脖的布扣，露出白白嫩嫩、深深的乳沟，手掌一扇一扇说起热来，手上还拿着装满酒的酒杯，穿梭在这帮醉眼迷离的兵痞中间，对黄麻子和他的狗腿子们百般挑逗、眉目传情。

如此一来，招致了这帮狗腿子互相之间不能自持的嫉妒和扰乱。有几个贼胆子大点的狗腿子，看见三姨太这副媚态，哪里还能控制自己？纷纷借机吃起了三姨太的豆腐，竟然拉拉扯扯地对她强行动手动脚，甚至搂抱起来。

此时的三姨太，干脆也借着那股子醉意，摸摸这个兵蛋的屁股脸蛋，拍拍那个人的肩膀手臂，看着她好像对谁都一样、一副不在乎的样子，其实她可精明着呢，她的目标，就是那个唯一有希望给她带来荣华富贵的黄麻子连长，只有他才算是官，才能压得住孙地主。

三姨太很清楚，她要制造一场妒火中烧的场面，以此来诱惑黄麻子。她一边表露出醉眼迷离起来的样子，假装有意无意风情万种地瞟一眼黄麻子，这一瞟，可要了黄麻子的命了，浑身发热，淫色相暴露无遗。三姨太一边还在不断地迎合那帮兵痞。把身子紧紧地贴近了他们，试图引起黄麻子的注意，她看见黄麻子的脸色变化，知道后面有戏了。

三姨太那种表情，仿如历经了久旱的田亩，需要一场大暴雨浇灌似的。她总是大方地满足着兵痞们每一双手、每一双带着淫火的眼神调戏，甚至将手和嘴，乃至全身都对他们派上了用场。

忽然间，这帮猪猡都看到了他们的连长——黄麻子，黄麻子正在满怀醋意、恶毒地盯着他们，看得出那暗藏高度冰冷的带醋的寒光，一个瞬间的对视，足以令人毛骨悚然！

黄麻子的眼神里，正在迸发出一种欲火焚身的兽味，而且还夹杂着浓浓的火药味，他的眼神里，放射出来的是一个带着命令的信息，就是利用他的长官身份，在告诉他的这些沉浸于女色、目无长官的家伙，好像在恶狠狠地说，眼前的这个娘们，是属于我黄麻子一个人的！我倒要看看你们这些狗日的，谁还敢当着我的面动起属于我的东西？

他还将一双贼眼盯着孙地主，意思是说，包括你这个地主佬。这时候的孙大地主，已经不再是他们心中的什么主人，倒成了一个任他使唤、无关紧要的下人。

这个黄麻子可是出了名的阴险毒辣，如果谁没能乖乖地顺了他意的话，随时随地都有可能把人给就地枪毙了。哪个家伙会不怕死，蠢到跟黄麻子对着干？为了吃上一点这个骚娘们的一些臭豆腐，可能还要把命也给搭上了，不值！

于是乎，这些狗腿子们也识趣地借着醉意，假装要起了酒疯，将这些能与三姨太亲近、发泄兽性的机会，统统都留给了黄麻子一个人。黄麻子脸上终于露出满意的狰狞笑脸，再次将充满邪性的目光投向了三姨太。

三姨太早有觉察，心里暗喜，自己的目的已经成功在望。嘴里发出的浪荡笑声，在黄麻子越来越粗鲁的动作中，一阵骚过一阵，这样一来，更引起了黄麻子强烈的占有欲。

那些兵痞们失去了三姨太带来的挑逗，心里无比烦闷，酒也喝得更多。喝酒的吆喝声，直到子夜才逐渐消停，兵痞们喝得乱醉如泥，睡的睡，醉的醉，整座屋子里一塌糊涂，在厅子里睡得东倒西歪，并未能离开了去。一帮龟孙子，纷纷趴在杯盘狼藉的一张张八仙桌上，丑态百出，鼾声大作。

黄麻子也醉得有点厉害，只是还没有喝到倒下而已，也许是色心未解，似醉非醉，非要逼着孙地主答应，让三姨太服侍到他去睡觉。孙大地主虽然害怕黄麻子借醉翻脸，肯定也不会愿意让自己的三姨太陪他睡觉，口里边支支吾吾、吞吞吐吐，表露出来的意思无疑就是拒绝了黄麻子逼迫，只是不敢强硬表态而已。

这个时候的黄麻子可不比以往，他已经欲火攻心多时，需要发泄兽性，哪里还会放过这等大好机会？他继续借着几分醉意，从腰里拿出了手枪，左右比划起来，也不知道是真醉还是假醉。

只见他用手枪顶着孙地主的半边脑壳说："别……别不……识抬举，你他妈的再……再敢说一句不行的话……老子就马上毙……毙了你……"吓得孙大地主身子像筛糠似的，酒也彻底醒了。

满头大汗的孙地主，哪里还敢说半句多余的话，立即吩咐下人，将正在暗自高兴、假装醉酒的三姨太和已经欲火难耐的黄麻子扶着，前往他家里的客房而去。

此时半醉的三姨太，桃花粉面上泛着骚妖的春潮，人醉了，但心还清醒着呢，刚才听见黄麻子强硬地对孙老鬼说叫她作陪睡觉，心里高兴啊，那可是憋了好久的需求了。况且觉得自己的计划又离成功进了一步，春心荡漾兴奋着呢，已经迫不及待。

三姨太如饥似渴地紧紧挨着黄麻子，身子也软绵绵的，全身滚烫，两个狗男女互相之间早已经达成了默契，三步并做两步，赶紧进去客房，荒淫无度去了。

· 第二十二章

黄麻子得寸进尺，孙地主休妻遭敲诈

从此以后，这个黄麻子可是喧宾夺主，竟然无所顾忌，隔三差五地就会来孙地主家里，找个堂而皇之执行任务路过的借口，然后住个一两晚上，明目张胆地跟三姨太在孙地主的眼皮子底下，做起鸡鸣狗盗的露水夫妻。黄麻子有时候竟然还光明正大地把三姨太带出去，到其所在的军营驻地过夜不回，三姨太过得可是自在逍遥。

对于黄麻子的得寸进尺，孙大地主刚开始时还只是敢怒而不敢言，怕三姨太暗中向黄麻子告自己的状。没想到一对狗男女发展到后来如此恬不知耻，就让孙地主觉得太没脸面了。

自己的婆娘整日里总是被别人带着，想什么时候来就什么时候来，想什么时候带走就什么时候带走，这狗娘养的三姨太还几天几夜在外面借口说是被黄麻子拉去应酬，呸，简直就是不知廉耻撕了自家脸皮，孙地主心里骂道。就算孙地主再窝囊，也终于忍不了她这种淫荡风流的嘴脸。

有一次中午时分，打扮得妖娆骚性的三姨太，正在门前从一辆马车上下来，由黄麻子的随从手下护送着，一看就知道是刚从黄麻子那里回来。当孙地主看见随从走了以后，三姨太正要进屋，老地主气呼呼地坐在了太师椅上，将拐棍狠狠地击打地面，手指着正翘着屁股往里走的三姨太，先是不留情面地奚落了她一顿，接着对她就是一阵破口大骂。

骂得性起时，被三姨太回了他一句"没用的老家伙"！这一下就戳到了孙地主的痛处，他拿起了拐杖，使劲往三姨太身上连续几杖下去，把三姨太打得嗷嗷直叫，并且还威胁着说要用一纸休书，把这个骚娘们休掉，将她赶出屋去。

这个婊子三姨太也是尿性东西，仗着黄麻子睡了她那么些日子，觉得有了倚仗，也冒起火来，露出了泼辣刁蛮本性，跳将起来，反身叉着腰，手指着孙地主说，不用他死老家伙赶，自己这就出去，到时候可别要他老家伙跪着求她，把她八抬大轿给抬回来不可，否则还就真不回来，等着他的休书，分他的家产了。

接着又说了一大堆狠毒的话，带着一副胜利者的表情，自己走了出去，雇了一辆马车，径直又去投奔黄麻子了。在黄麻子面前又不怀好意添油加醋说了一顿，告了孙地主一状，而且还捕风捉影说孙地主在辛亥革命那阵子，曾经帮助过当时闹革命的革命党，还瞒过国民党救过伤员。

这个黄麻子当然也不可能真是傻瓜，什么话都信，假如连这个简单的事都信的话，他也不可能会是现在反动军阀部队的连长了。只不过三姨太这娘们的几句关于革命党的话，倒是真正点醒了他恶毒的神经，他要借机好好敲打一下孙地主。

还别说，这些乌七八糟的陈年乱账，倒是可以重新好好地算算的。想着想着，黄麻子满是麻子印的脸上露出了狞笑。这简直就是天上掉馅饼，一个可以人财可得的事情。他暗自里高兴起来，但高兴归高兴，表面上当然还是要装作一副好心模样，做出当官的样子，去孙地主家里说道说道，让人家看起来像是真来调解的意思。

第二天中午时分，黄麻子便骑着高头大马，腰里别着驳壳枪，吆喝上了几个肩背长枪的随从，护送着马车上的三姨太回到了孙地主家门口。表面上看着，是为了当他们夫妾之间的和事佬。实际上，黄麻子的目的很明显，完全就是奔着敲诈孙地主来的。

孙地主家门户紧闭，经过随从们的几次大声叫喊，用力敲打门环，家丁才慢慢打开大门。进去以后，厅里的上位坐着孙地主，正吧唧吧唧抽着烟杆，脸色铁青，其他几个家丁站立两旁。

黄麻子进来尚未就坐呢，后面刚踏进门的三姨太便开始嚣张了起来，嘴里絮絮叨叨。明显是仗着有黄麻子帮她在后面撑腰，即使动静再咋样弄大了，也会有人帮她出头。只看她径直往孙地主坐的旁边座位走去。

孙地主从下人的禀报中知道黄麻子也来了，所以早已等候着，神情严肃，居然没有了以前看见黄麻子时的那种唯唯诺诺的奴才相，这倒是令黄麻子始料不及，莫非孙地主突然有了靠山不成？黄麻子不禁心思一闪。

其实并不是有了靠山，而是这个孙地主决心已下，已经做出决定要休了三姨太，所以也就无所谓怕他黄麻子了，反正你不就是要这个骚娘们吗？但他哪里会想到黄麻子真正的目标可不止这个狐狸精呢，他打的可还有他孙地主钱财的主意呢。

孙地主决定要休三姨太的休书，自从三姨太上次踏出家门离开，他就已经写好。今天暗中请来村里孙姓的宗族老大作为证人。按礼节上完茶，黄麻子也落了座，遂叫宗族老大将写好的休书，交到了正在叽叽呱呱的三姨太手上。三姨太的脸上显出陡然一惊的样子，那表情，显然是有点惊愕，不过只是稍纵即逝的瞬间，接着就发出一连串脏话连篇的口头抗议。

这三姨太肯定不会甘心容忍，况且还是在黄麻子亲眼目睹之下，一个她认为是救星在场的情况之下，而被孙地主白白地一休了之，那颜面何存？

只见三姨太一下抢过了休书，看也没看，当着众人的面撕成了一堆碎片，抛向屋子上空。然后双手叉腰，拿出了泼妇骂街母老虎式的架势，嘴里唾沫横飞，眼睛恶狠狠盯着孙地主和那个宗族老大，耍起了一哭二闹三上吊的把戏，还真的装着受了天大委屈的样子，可怜兮兮地哭闹吼叫，又不忘戏台表演似的闹腾。甚至连孙地主无能的房第之事，导致自己守着活寡的床头话，都被她拿出来赤裸裸地骂了起来。这时，大姨太和二姨太突然里面走了出来。

大姨太和二姨太为何会来到这里？皆因孙地主下了决心要休了三姨太，所以昨晚连夜求得俩姨太前来帮忙压阵，让她们先在里面待着，万一场面需要露脸再出来也不迟。

本来俩姨太就气不过孙地主花重金再次纳妾，后来又听说了三姨太水性杨花的事情，正苦于没机会教训这个骚货，现在眼见可以得偿所愿，发泄自己心中积攒已久的怒火，也趁机除掉一个共同的对手，大姨太和二姨太哪有不联手之理？所以连夜双双赶了过来，就等着成为主角演这场好戏。

没想到休书一拿出来，竟让三姨太撕了个粉碎，大姨太早已怒火中烧，哪里还能容得了这个已被休的婆娘撒野，以前对她长期占有孙地主已有诸多积怨，只是为了顾全自身，敢怒而不敢言。眼下这无耻的娘们，已经像是孙地主泼出去的一盆脏水，孙地主指定都不会再要回来的了，现在正是当着孙地主的面好好表现自己的机会，哪里还会给三姨太留什么面子！

大姨太第一个怒气冲冲快步走来，对着三姨太就左右噼噼啪啪扇了几个耳光："我叫你胡说八道，你疯婆子乱吠什么？我家的儿子和女儿是从哪里来的？你竟敢说我家老爷房事不中用？莫非你想说是我们偷了人不成，才会生下儿女？你这个该死的放荡骚货！老爷都已经休了你，你再也不是什么孙家姨太了，谁还能受得了你的窝囊气，我们老爷叫你滚就乖乖地滚出去，滚出孙家管你是死是活！呸！死骚货。"

黄麻子倒是挺淡定自若，整个人的表情像是个没事人似的，稳稳当当地坐在客厅的椅子上，看他那神情，就好像正在观看戏台上演的一出赏心悦目的好戏。

黄麻子从刚进来跟孙地主打了声招呼后，就开始规规矩矩地坐着，一言未发，一手拿着旱烟杆，吧唧吧唧抽着旱烟，另一只手则自顾把玩着他的驳壳手枪，连眼皮都像不曾睁开似的。

这时猛然听到吵吵之后几个响亮的好像是打耳光的声音，才睁开了惺忪睡眼，坐直了身子，吐了口长长的烟雾，慢吞吞地咳嗽了一声，才丢出了一句话："你们当我是件死了的物品是不？打人可就不对了哈。你想休了人家就休了人家嘛，那不就可以好好说的事吗？反正我这妹子也不怕饿着冻着。可是这休妻的事，总该说得过去吧，比如给点适当的补偿啥的。孙先生您说是吗？"不痛不痒的几句话，听着感觉好像什么都无所谓的样子，其实暗藏着厉害的招数呢。什么是适当补偿？多少又是适当补偿？最后还不是他黄麻子的枪杆子说了算。

说完这话，黄麻子又从口袋里拿出手巾，往手枪上连呵了几口热气，开始慢条斯理地抹起了手枪，还像是故意地"咔咔"拉了几下枪栓，眼睛对着手枪的准星，扫描着大门外的那只大黑狗，作出射杀状，嘴里还发出"砰"的一声枪响的样子。

三姨太听见黄麻子说了这些看似轻描淡写的一番话，神情猛然为之一振，抬头挺胸。哪怕刚刚才吃了几记响亮巴实的耳光，听出了这些明显是为她撑腰的话，立马就恢复了刚才蛮横撒野的夜叉气势，继续用不一样的神气，将孙地主一家人通通骂了个遍，甚至连宗族老大也没放过。

三姨太骂累了，走到黄麻子身旁，嗲声嗲气地说："我的哥哥啊，你可要为妹子我做主啊，这死孙老财一家人都在欺负我呢，欺负我娘家没个有能耐的人，认为这时候奈何他不了呢，小妹我可就指着哥哥您能帮我讨个公道了，要不然，我就撞死在这里算了，我的命真的好苦哩啊！"

十足就跟戏里的演员上戏台表演似的，发出震耳的哭喊声，也不知是真哭还是假喊，弄得整座屋子都好像要坍塌下来。

黄麻子频繁地对三姨太使着眼色，示意她继续大声地哭、喊、闹，同时也及时接住了话题，说："孙先生，看你把这事弄的，这样子多不像话哦，您说，我是不是应该给我妹子作这个主吧，您也总该给个合理的方式，把事情给圆满解决了才行啊，要不我这做兄长的可就没法当喽，既然要当就得有合格的兄长样，你说是吧，要不我就没有啥威信了。这还怎么带兵打仗，会让这帮手下笑话的。"

孙地主听了黄麻子像是自言自语的这些话，有点反胃，这对狗男女，还敢他奶奶的兄长妹短地套上亲戚呢。

可是，这只会欺压厚道老百姓的孙地主，哪有真正的熊心豹胆去得罪黄麻子！心里边只能是强忍住满腔怒火，还要假装知道了是自己理亏，尽量表现出和气的样子，把黄麻子叫到了里间去偷偷说话，也是希望作最后的和平谈判。

黄麻子算盘早已打好，断定这孙地主不敢得罪了他，得罪他也就是得罪了他手上的枪，那可不是小事！现在好了，机会终于摆在自己眼前，好像是一匹狼叼住了羊肉，不好好地享用，更待何时？所以干脆就来了个狮子大开口，坐地敲诈，让孙地主哑巴吃黄连。

在黄麻子的淫威之下，孙地主不得不以多得让人难以相信的银票和珠宝，暂时性地摆平了这段休妻之事，自认为算是了却了这桩憋屈的心头大事。

· 第二十三章

黄麻子钓大鱼，设计勒索孙地主

令人奇怪的是，关于三姨太诬陷孙地主，说他在大革命时期私通革命党的事，黄麻子却好像完全不当有这回事，只字未提。

尊敬的各位看官，你说依黄麻子的品性，会轻易放过这么重要的事情吗？这也就是黄麻子阴险毒辣的地方，他自以为高明之处。这就好比放长线钓大鱼。他放的是长线，还要保证长期有鱼可钓。后面他要借助这件无中生有的革命党线索，持续地敲诈孙地主的家财，到了一定时候，再神不知鬼不觉地置他于死地。

这是斩草除根的把戏，好狠毒的杀手锏啊。他要慢慢地榨取孙地主的万贯家财，而不是一锤定音，到此为止。如果孙地主胆敢不从，或者想做反抗的话，到时就联合反动派当局，定他个私通革命党的死罪！自己还可以因为知情告发，立个大功，一举多得，简直就是天上掉馅饼的大好事。

三姨太终于在"心满意足"中被正式休掉，虽说是被赶出了孙家大门，事实上是她自己早已离开了孙家，只是以前还有个孙地主三姨太的名分而已。现在既然被休掉了，对她而言，心里反而落得一身轻松自在，以后可以自由地放任自己的浪荡行为。

最重要的一点是，在黄麻子枪杆子的淫威下，三姨太如愿从孙地主那里拿到了一笔可观的钱财，并拿出大头倒贴给黄麻子，同时也顺理成章成了黄麻子的长期姘妇。黄麻子还算有点良心，用敲来的竹杠分出了部分给三姨太的滥赌父亲，其余的，除了部分贿赂他的上级周团长之外，剩下的一大笔，全都进了自己腰包。

听说除了挥霍于酒色，在老家也置田买地了。当然也拿出了一点鸡碎那么多的油水，分给下面的狗腿子们，让他们去打打牙祭，逛逛窑子，看不出来，这个家伙还懂得笼络人心呢。

用来挥霍的钱财本来就不经用，更何况这不费吹飞之力得来的"横财"？花起来也容易啊。过了没有多久的花天酒地日子，剩下的钱财就被挥霍得差不多了。

黄麻子心里又重新痒痒了起来，算盘开始上下拨动了。对他来说，只要他的摇钱树还在，财源就会滚滚而来。而这个孙地主，就是他心中念念不忘的摇钱树。

黄麻子的摇钱计划又开始了，他还特意挑了一个黄道吉日，带着手下随从，骑着那头大马，像是探望一个久未见面的老朋友，大张旗鼓地再次来到孙地主家，见到孙地主以后，礼节性寒暄了几句，当是表演的序幕，便再次开始了他准备好的敲诈表演。

这次是直截了当地吓唬孙地主，说是有人举报了他，是关于他早期辛亥革命那会，私通革命党的事情，那意思也明说了，本来这些是已经过去的事情，反动派政府无故不会重提，可是偏偏有人举报了这件事情。

既然是有人捅了出来，要想压下来吧，需要动用很多官场上的关系，不将它压下来吧，又觉得对不起孙地主，而且是关系到是否进班房的事。

黄麻子还煞有其事地说道，上面一直都还保留着他们这些参与过革命运动的积极分子的名单，他孙地主可是榜上有名啊。

还装模作样地边说边将一张红头纸片在手里扇动着，说得还挺悬乎、关切似的，说什么他是看在妹子与孙地主曾经是夫妻这个人情的分上，才冒着泄密的危险前来告知。

其实黄麻子所说的这些逻辑性不强的话，都是他自己胡乱编造出来的。抓在手上那张一扇一扇摇曳着的红头纸片，也是他自己随便手写的一张假材料，还说备案呢，瞎编的。

只不过是将上次三姨太随口胡说他孙地主"通匪"的事情，再加以借题发挥罢了。目的当然是为了敲诈孙地主。黄麻子也够狠的，竟然还敢如此嚣张地明确告诉孙地主，要想洗脱掉这个私通革命党的罪名，就需要找关系，用一定的钱财开路，才能够彻底解决。他吓唬孙地主要相信他的关系，可以通过上层帮忙疏通，再往上打点，否则，规定的时间一过，那就不是金钱能够摆平的事了，说得再严重点的话，那都是可以定为杀头的死罪啊。

说句实在话，在私通革命党的这件事情上，孙地主确实是冤，以前就是因为他的一个远房女亲戚，曾经在一个革命党领导人的家里待过，只是做过一些家务事而已，说到底纯属一个有着雇佣关系的普通老百姓。在大革命事件还没开始的时候，就已经离开了这个革命党人的家。她也完全不知道雇佣自己的这家主人竟然是后来的革命党，只是偶然听别人说起的。没想到她在某个场合口无遮拦说起了这事，把自己在这个革命党家里待过的事也说了。这样子传来传去变了味，有人就把这个女人也说成了参加过革命党。

再后来，由于这个女人的家里生活碰到困难，想起孙地主是她家远房亲戚，就去了孙地主家里求他，希望能够借点吃的度日，那次借了孙地主家二十斤谷子。

在彻底清查大革命漏网人员时，因为孙地主的这个远方亲戚曾经做过佣人的大革命领导人也不幸被抓捕，让反动派当局抓进了监狱，后来也不明不白地就被枪毙了。

现在突然说，他孙地主有帮过革命党的把柄被抓住，孙地主本人也感到莫名其妙，根本搞不清楚，这种事情又怎么会跟他沾上边？说他以前帮过革命党这种事，难道线索是从他远房亲戚借米被发现的？以前也只是耳闻他的那个亲戚在革命党家里做过事。

这个问题一直困扰着孙地主，而且已经好长时间了，虽然是陈谷子乱芝麻的旧事，也不免一直提心吊胆地担着心。

眼下又被黄麻子突然拿出来说事，心里也的确惊慌得七上八下，心里还在暗骂自己，当时为什么就非得借粮食给那个穷鬼亲戚，不借的话不就什么事都没有了吗。其实他哪里知道，所有的一切都是由三姨太的一句话引起的，说者无心听者却有意。

他又哪里知道，这些可都是黄麻子借机随便找的借口。你想它有，它也有；你想它没有，它也会变成有的事。

现在摆在孙地主面前的，可是一件可大可小的麻烦事哩，连自己的小狗命都攥在这个阴险毒辣的黄麻子手上。这次他一开口就是五十根金条，还摆明了不得讨价还价。简直就是吃定他孙地主的意思了！他真把孙地主当成他要摇就摇的摇钱树了。

可是谁叫他孙地主偏偏摊上了这个比土匪还狠的军阀流氓呢，怪来怪去还不是自己，为了巴结他们而埋下的祸根！现在就算哭破了天也没用啊。

权衡再三以后，老奸巨猾的孙地主口头上勉强答应，说好在两天后的晚上，尽量筹够需要的金条，等黄麻子亲自过来取。

黄麻子走后，吃完晚饭喝茶的时候，孙地主再次跟管家讨论起这事，俩人都突然清醒了，越想越觉得哪里有什么不对劲的地方。

脑子一清醒下来，不禁重新梳理了一下关于革命党的事件，过去也有那么些年了，翻篇已经老久老久了。更何况自己压根就没有跟革命党沾过边，他黄麻子也不敢直接说出自己有啥证据在他手上啊，这不是自己瞎猜呢吗？凭她三姨太这个骚货一句话说是就是啦？奶奶的，他黄麻子手上怎么会有案卷呢，有案卷也是警局里面才会有的啊。

这一连贯起来，孙地主突然想起自己的远房表侄就在县警局做了个小官，反正明天不管事情真假，照样去县里银号准备一点金条。顺便也拜访一下这个远房表侄，打听打听关于碰到类似情况，警察局要走哪些程序，也叫这个远方表侄说道说道，看看能不能帮忙弄明白这件事情的虚实。

第二天一大早，孙地主便带着一些现成的礼物，叫上管家和赶车的下人，坐上自己家的骡马车，直接就到了县上警局。没想到警局开门时间推迟了很多，转悠了好一阵回到警局，好不容易才找到他的远房表侄。私底下，他也毫无保留地将事情经过和盘托出，送上备好的礼物钱银，叫表侄帮忙打点，去问了个详细。

这个孙地主的表侄还算厚道，只收了孙地主的那些古玩手信，银票也没有收他的。只吩咐孙地主在小房间等着，自己去去就来。

大约一个时辰的样子，他表侄回来了，偷偷告诉孙地主，所说跟孙地主来之前估计的也基本一致，局子里根本上没有什么关于革命党的卷宗，那些都是黄麻子设的圈套，欲加之罪罢了，摆明了想找个软柿子捏捏而已，吓一吓榨点油水。

黄麻子精明着呢，非要抓住这个与革命党关联的罪名，也奈他不何，毕竟他是反动派军阀部队上的人，办的也算是他们部队上的事。孙地主的表侄还问他是不是得罪了什么人。

要怪也怪孙地主自己倒霉，当初非要设宴讨好黄麻子他们，招惹上这么个兵痞无赖角色。看来不破些大财是没办法过黄麻子这一关的了。

远房表侄还告诉孙地主，他也暗中问了警局局长，连警局局长都偷偷地跟他说了，除非孙地主有更硬的关系，找到黄麻子的上级，依靠上面的关系往下面压下来，黄麻子设计好的这个阴谋就会不攻自破。

可是，还有另外一点，谁又能担保他们不是一丘之貉，甚至他的上级有可能比黄麻子更黑呢。更有可能的是，他们也可以狼狈为奸啊。那个局长还坦白说了，连他们警察局，也不敢随便去招惹这帮吃人不吐骨头的王八龟孙子，那都是一帮土匪强盗，好好的说翻脸就翻脸。说白了，要比他们警察局黑了不知多少倍。

从警局回来的路上，孙地主可把头都想疼了，最后还是决定了采用破财消灾的方法解决问题。但是必须要求黄麻子，立一条收取了他多少金条的字据才会给他黄金交换。

到了第二天晚上，黄麻子果然带着三四个随从如约而至，早早地就来到孙地主家里，他们是心急地奔着金条而来。黄麻子开口要的五十根金条，孙地主倒也是已经筹集了有二三十根。

但是，孙地主的心里也打定主意，最多以十根金条打发掉黄麻子，而且还必须先叫他附加立个字据，注明是最后一次，一手交字据，一手交金条。以后假如黄麻子失信再次上门，他孙地主也不是吃素的，大不了鱼死网破，以自己的老命家产与他作最后博弈，大不了同归于尽。

有了这种不要命的孤注一掷的想法，还有什么好怕的？如果孙地主早有这种豁出去的亡命徒的狠劲，还会有这事发生吗？

　　其实内心究竟怕不怕，就只有孙地主自己知道了。孙地主晚上的说话，听起来倒是有了些底气："黄连长啊，我的金条是指定筹不了那么多了，你看该怎么处理才觉得是最妥当？"

　　"嘿嘿，这样就不太好办事喽，跟上头说好的事，咋能说变就变得了的，要不你看这样，老实说，你手上有多少？可以先拿出来给我，我用它帮你先打点一下上面那些官，也让他们缓缓时间。啥时候凑够数了，就把案卷文书上面，涉及你的那些资料去掉，文书底儿也顺带捎上给你，由你看清楚亲自销毁，你不就照样可以放一百个心了。"这个黄麻子也不是省油的灯，帮孙地主想得倒是挺周全的。

　　"老实跟你说吧，我家里的那一点家业，也就剩下看得见的这几间房子和几亩租地了，实在也没办法筹到更多金条和银票，这年头去哪弄这么些值钱的东西，要不我给了你多少，你就立个拿了我多少的字据，并说明这些金条的用途所在。"

　　"反正就是这么多了，您能不能够帮忙，或者是要杀要剐，也只好由着黄连长您了，只是还求您高抬贵手放我一马，有劳后谢，你看行不行？"孙地主也不傻，说起话来软硬兼施，把要说的表面好话说得圆圆的，装好了布袋，想让孙连长先入了自己设的局，看他怎么个写法，说明收到这个金条的用途，反正必须得写上：收到的金条，是为了打点涉嫌私通革命党的案子。

　　孙地主思想上做了两手准备，首先想到的是，如果能够找对路子，打通军界或更高层的关系，然后依靠自己手上掌握黄麻子勒索敲诈的这些证据，拿出来随时翻盘，置黄麻子于死地，可一举报了夺妾和勒索敲诈之仇，岂不快哉！

　　即便不是这样，到时候真的要捅开了公开说事的话，假如的确是他黄麻子在诬赖自己与革命党交集的事，而无中生有，说不出个所以然来，就肯定再也不敢前来敲诈勒索了，毕竟黄麻子也是有自知之明的。

可让孙地主觉得意外的是，这个狗日的黄麻子，还真的假装犹豫了那么一会，就答应了，也许他真的太需要钱用了。最后双方按原来谈好的条件，先立一张黄麻子拿了孙地主十根金条和金条用途的字据，再说后面的事。

在孙地主叫管家准备笔墨侍候的同时，黄麻子也在一边催促孙地主快点拿出金条，这边是孙地主和他的管家及几个家丁，那头是黄麻子和他带来的三个随从，分别各忙各的事情准备着。

其实孙地主手上的那张字据是他交代管家早已拟好的，如果黄麻子看了觉得没有意见，只要在字据上面签个名、摁个手印就完事。

急着拿到金条的黄麻子，想到自己又一次达到了目的，心里边早已喜出望外，肯定会图个省事，巴不得快点结束这本来就是无中生有的诬陷之事。金条正在孙地主手上闪着金光呢，所以他只是稍微象征性地瞄了瞄字据上写好的内容，随即就签上了名字，摁下手印，各拿了一份存档保管。

黄麻子自己心知肚明这事的真假，即便是他孙地主今天晚上只拿出五根金条，这事也照样可以顺利成交。而且是只要拿到金条，他也绝对不会再提这子虚乌有革命党的事情了，一切东西只不过是自己借题发挥，编出来吓唬讹诈这个孙地主罢了，碰巧孙地主心中的确有鬼。

黄麻子的手上压根就没有什么案卷，上面军营不可能会有他孙地主与革命党关联的材料，再说了这跟军营也是不着边的事，军营只是一支行军打仗的队伍。这也是黄麻子顺着上次那个骚娘们三姨太的话，想再从孙地主身上敲点钱财罢了。

从孙地主家拿到了得来全不费工夫的金条，黄麻子别提有多高兴了，回来的路上，嘴上一直唱着戏文里的荤曲，偷着乐呢。

他奶奶的，活在这个世道，只要身上穿了这一身黄皮，手上有枪就是不同，吃香的喝辣的，想干什么随手就可以拿来。

三个随从狗腿子也沾了点贼光，从黄麻子手上接过打发给他们的几张银票，没到驻地马上就分头潇洒去了。黄麻子自己，则前往已经成为他妌妇的三姨太的住所，唱着一口的荤曲儿，继续他的风流快活，调情作乐逍遥春宵。

· 第二十四章

孙地主举动反常，黄麻子起杀心

本来吧，这事就算是平安无事过去了，他黄麻子就算再怎么是强盗土匪出身，再怎么贪得无厌，也知道"适可而止"的道上规矩。平白无故夺了人家三姨太尚且罢了，还心狠手辣地一次次下了狠手，敲了他孙地主两次竹杠。

上次从孙地主家拿金条时，他也看出了，孙地主的眼里透出来的是带着压抑着的反叛怒火的，从他对自己不再友善的态度，就可以看得出来。孙地主的报复能量只是还没有爆发出来而已。

这是非常正确的推理，他黄麻子是断然不会再从孙地主身上，拿革命党说事的了。可是事情坏就坏在孙地主被黄麻子敲诈以后，有了一些在黄麻子看来不太正常的举动，因为孙地主在间隔不是很长的时间里，竟然连续去了县警局多次。

小地方的消息由于地方小，不传还好，一传开很快就传远了，孙地主连续去了几次警察局的消息，不知怎么那么快就传到了黄麻子的耳朵里，做贼心虚的黄麻子，以为孙地主是在告发他，为了报夺妾之仇，雪敲诈之恨，暗中将他上门敲诈勒索他孙地主的事，往衙门里找他们告状去了。

孙地主私通革命党的事情，本来就是自己为了敲诈而瞎编出来的，黄麻子虽然心狠手辣，却也怕这事真的闹开、搞砸了，自己到时肯定收不了场，况且自己是瞒着上面，私底下搞的事情，好处也是一个人独吞了。一旦被上头查出来，是自己背着上面当官的到处乱搞，必然会吃不了兜着走。

所以想到这层利害以后，越想越怕丢了自己的差事，暗地里不禁对孙地主动了杀心，黄麻子决定先下手为强，先将孙地主定个辛亥革命时私通革命党的罪名，把他做实为革命党的余孽，以此作为借口，向当地政府举报。

黄麻子赶紧行动起来，开始实施除掉孙地主的计划。他花了一点小钱进贡，恶意制造了孙地主当年参加革命党谋反的消息和一些假证据，上级部门马上受理了他的告发。

黄麻子所在的部队，最后也没有经过县警察局，就直接派人将孙地主秘密抓走，又过了没多久，再次传来孙地主早期私通革命党的小道消息，还说他当年与革命党谋反的证据确凿，最终神不知鬼不觉枪毙了事。孙地主居然因为这莫须有的罪名，就这样见了阎王，这事是冤还是不冤？

各位看官，其实孙地主去警察局，跟告发黄麻子的事情一点关联都没有，而是因为黄麻子心里有鬼，自己做了太多缺德事，所谓做贼心虚，整天疑神疑鬼，特别害怕孙地主举报他敲诈勒索。

孙地主因为听到了附近有风声说，当地有很多农民参加了一个叫做农会组织的事，那个农会组织要他们这些地主减租减息。他所在村庄和附近的一些地方，也在暗中发展农民运动，纪律十分严明，目的就是与他们这些地主老财们作土地斗争，孙地主向官府报告所猜测的附近，就是指耀阳村周围这些地方，只是他不知道农运据点设在哪里罢了。

孙地主怀疑的这个地方，正是秋实他们开始发展会员，也是上级组织建立农民自卫军的地方。也不知道消息怎么就会泄露出去的，居然让孙地主这些家伙也闻出了味道。

孙地主这些地主老财，为了达到反动派政府保障他们的剥削利益能够长久稳定的目的，特派孙地主作为地主代表，偷偷地将这个消息报告给了警署。警署方面，也从其他渠道得知了这个重要消息，为了取得军方武器、人力上的支援，也向军方做了汇报。

反动军阀暗中将耀阳村附近的几个村庄，还有陆江县以西的几处偏僻山村，列入了对反动派政府构成巨大威胁的赤色区域。关于这些内部信息，是孙地主被他们暗中枪毙之后，一位潜伏在警察局的地下党人士透露出来的。

可以说，黄麻子的心狠手辣，倒是间接、鬼使神差帮了共产党组织一个大忙，除掉了向反动派告密的孙地主，也让孙地主为他的行为付出了代价，得到了应有的报应惩罚。如此一来，多少也让耀阳村一带早期的农民武装，对反动军阀的军力部署有所关注，并提前有了思想和行动上的准备。

无论怎么说，也是孙地主该死，假如不是他频繁地来往于警署，多次举报关于农民运动和农民自卫军的事，也就不会引起黄麻子怀疑他举报，而且还误以为他举报的就是敲诈勒索的事。黄麻子坏事做尽，也怕上头追问起来，所以也真的非常害怕孙地主去官府告发，干脆把心一横，一不做二不休，以私通乱党的余孽置孙地主于死地。

孙地主的原意，除了告发农民武装，也为了巴结一下警署那帮当官的，还打着他的如意算盘，认为这些农民运动队伍逐渐发展壮大、赤色政权也相继建立起来的话，首先被拿来开刀的，必然是他们这些压榨农民百姓的地主老财。将来不管是警局自己出动，还是通过当地驻军出兵，总之只要能够一举消灭掉这些威胁到他们利益的农民队伍，那才是地主老财们的最终目的。

這個孫地主為自己所作所為付出的代價，可不止是他自己一個人的狗命，甚至連累了整個家宅的人，大宅裡全部值錢的東西，都被國民黨軍閥給端了，連亂七八糟的小物件，都被那幫當兵的洗劫一空。

正屋被反動派軍閥部隊徵用，只留下空蕩蕩的側房和不知何去何從的十幾口人，暫時安身在一個空空的側房家院裡頭，真是應了那句"天作孽猶可恕，自作孽不可活"的老話。

孫地主家裡幸好還有些許偏僻的田畝可以收租，勉強還可以給他不成器的倆兒子和姨太們湊合著生活。

家道瞬間敗落的根本原因，竟然是由自己盲目巴結官府而起。而黃麻子卻因此走了狗屎運，因為這次黑心舉報孫地主是革命黨餘孽的事，而且還把抄家所得的財物全部孝敬了上司團長，團長上報了他所立下的功勞，得到上級嘉獎，定為立大功一件，沒多久便官升營長。

· 第二十五章

因为孙地主告发，陆江多地成巡查目标

这些详细的消息，都是过水云的一个远亲说出来的，过水云的这个远亲在县里边一个商号做杂工，那家商号跟当地的反动军阀部队有生意上的往来，经常送些厨房需要的生活用品进军营，一来二去地送货，跟那个煮饭的伙房头目混得挺熟的，每次送完货回来，都会透露反动军阀队伍里的一些最新消息。

这些消息也是那几个当小头目的反动派军官，在伙房开小灶喝酒时，喝着喝着，酒醉一迷糊，就不知不觉讲了出来的。所以可以断定，是一些非常准确的新闻，可信度极高！

秋实所在的家乡——陆江县耀阳村，属于当前农会活动最为活跃，也是主要的农民运动发展区域之一，被孙地主这疯狗到警局胡乱告发，虽然反动派没掌握什么具体证据能够证明这些地方的农民兄弟参与了农会运动组织，也无法确定有农民武装力量的存在。但是这样一搅和，却影响了本来正常的工作开展，致使他们每走一步，都必须更加小心谨慎，整个农会发展的工作环境被动了很多。

特别是每次从陆海县城开会带回来的重要书面材料，还有藏在家里方便联系的花名册，都需要找到一个安全隐秘的地方，藏匿起来严加保管。这些关系到组织生死存亡的文件，一旦保管不当，落入反动派手里，后果将是不堪设想的。

在最近的一次通信联络员会议上，上级对于耀阳村一带的工作指示，也明确了必须暂停一切人数比较多的聚会活动。特别强调了一点，各地联络员抓紧时间把原来保留的一切旧的档案材料，详细整理后，就地销毁。

如果发现有不允许销毁的材料，要找到绝对稳妥的地方做记号封存，务必做到万无一失。

据我们的内线人员在国民党政府窃取的情报说，近期将会有反动军阀调遣军队下乡巡查，还出了高价悬赏告示，诱惑民众举报农会和赤卫队骨干。并实行逐个村庄的彻底排查，重点区域将放在陆江县东片区耀阳村一带的十几个村庄。

清查一切人员众多的非正常聚会，清查所有祠堂庙宇的外来容留人员。其目的很明显，是为了搜查关于农民运动的相关证据和材料，意图通过顺藤摸瓜的方式，一举揪出参与农民运动的人员。一旦发现，对相关人员从严从重发落，不惜错杀，也要做到杀一儆百的作用，打压农会士气，争取彻底瓦解这些意图反抗国民党政府的农民运动组织。

因此，上级考虑到，下面的各通信联络员，可能会忽视这个情报的重要性，才会不惜冒着巨大的风险，临时召开了这个会议，及时传达了这个最新、最重要的消息，提前让大家有一个心理和思想上的准备，争取做到全体人员能够顺利、安全地躲过巡查。

只要不给反动派军阀队伍逮住相关证据，就应该不会出现什么大的问题，但是也绝不能存在一丁点的麻痹大意，以免节外生枝。

当然，反动派军阀的意图是非常明显的，指望能从他们巡查的地方，发现他们需要获得的、关于农会运动的实物材料或参与人员。一旦掌握了人证和物证，就用更凶狠的手段，对付这些农民运动和农民武装，动用大部队到地方实施"围剿"和抓捕。

这个残酷的局面，也是我们共产党组织最不想看到的结果，所以唯有未雨绸缪，通过暗中召开会议，敦促骨干人员严肃对待，提醒各村庄小心行事。

果然，跟上级获得的消息基本一致，农会通知会议召开后，没有几天的一个清早，黄麻子升任营长的反动派军阀部队其中一个小分队，联合当地警察一干人等，加起来足有两百多人的队伍，从陆江县城出发，下乡巡查。

官兵们扛着长枪，没有辎重。这个小分队带队的头目，就是刚升了官、当了营长没多久的黄麻子，黄麻子全身军官服，皮靴擦得锃亮，腰里别着一把驳壳枪，骑着赤褐色的高头大马，队伍浩浩荡荡直奔陆江县东北边方向而来，看样子，目的地应该就是耀阳村一带的村庄。

升为营长的黄麻子，神气活现，由于以前与三姨太来往的亲密关系，对这一带各村、各寨的环境已经非常熟悉，仗着这一点，希望能有所收获。

这一次奔着陆江县的东部地方巡查，也是他自己主动在上司面前请缨前来的。黄麻子此行，大有新官上任三把火的土匪架势，急于表现他的带兵能力，也证明他对付农会的手段。

黄麻子所带队伍走的是一条小路，一路上走走停停，这个时候正是仲冬时节，天空阴沉沉的，云层也好像被冻僵了一样，没有移动，没透露过一丝阳光，倒是像要下雨的样子，阵阵北风有点疯劲，铺天盖地呼啸而来，吹向田野上那些在枯黄中悲凉的过冬植物。

这些平时自由惯了的家伙，刚刚从陡峭的山岭上步行过来，正在排着一队长长的队伍，缓慢地穿过只容一人通过的田埂小路。行走中的每个人，看上去很冷的样子，都把双手对插进衣袖里面藏着，肩膀上挽着长枪，一路走，一路不停地骂骂咧咧，基本上全部家伙都哈欠连天。

看军阀兵的那个样子，可以感觉得到，身上穿的不是厚衣裳，一副冻得没精打采的狼狈样。黄麻子和那几个当官的坐在马上，脚上穿着的是皮鞋，身上穿的可都是长棉袄，脖子至鼻子部分还围着围巾，手上戴着灰白色的手套，简直就是一副游山玩水的派头。

黄麻子骑在马上正眯着双眼呢，偶尔睁开眼看看，任由座下马匹由一个家伙牵着，自由往前，嘴上还咿咿呀呀哼着戏文里的荤段子，时不时地"驾驾"两声。

走在最前头领路的是几个乡里的警察，也是骑在马背上，"嘚嘚"前行。黄麻子的耳朵里，显然是听见了前后传来属下的骂骂咧咧声，也知道这是随从狗腿子们的牢骚话，因为平时听惯了，权当没听见似的。

反动派军阀的这支小分队，为了能早点赶到巡查目的地，六点钟被叫起集合赶路，他们几个当官的悠哉惯了，哪里能适应这么早赶路？此时都在眯着眼骑马，又不敢真睡着了，心里也正不耐烦着呢。

在前面很远的路口，这时正有两个家伙站在稍微宽敞点的路边，嘴里头呵着白气，跺着脚，冻得鼻涕都快流了出来，应该是在等着谁吧。

两个人的手上各提着两个老母鸡，鸡脚和鸡翅都绑得结结实实，走在最前面与他们相遇的几个警察先看见他们，半开玩笑地说："这是哪个大善人这么早就把它拿来孝敬你们哟？"

这两个家伙嘿嘿笑着说："去你的，俺们刚刚在路上捡的，路上捡的，老子晚上也打打牙祭，走了好运嘞，正好有现成的。"

说着话就往回走，来到一个领头的身旁，问："晚上买壶酒乐呵乐呵咋样？"领头的是个长龅牙的家伙，看他那个样子，并没有骑马，估计顶多就是个排长。

"去，滚一边去，老子让你们先走了这么长时间，才弄这么几只，都不够你们自己生吃塞牙缝，奶奶的，咋够分嘛？快点回去，给老子多弄几只回来，你没长眼还是瞎了？后面马背上的可是俺黄营长呢，他就不用孝敬了？"说完马上将几只鸡接了过来拎着，到黄麻子的马头前，小声叫唤。

黄麻子还在眯着眼哼着莘曲呢，忽然听见一个声音在耳边传来，睁开眯着的三角眼，看见是龅牙排长，喝问道："是你个龟孙子，叫啥子哦叫，前面就到了村子了吗？"

"还没有呢，我先给您抓回来了几只鸡，您看这是给您的，到了村里再帮您弄好了吃？"

"龟儿子，这还能咋地，把它先交给副官就行了，给老子抓紧点，继续往前面开路，如果耽误了正事，回去看老子怎么收拾你这个混蛋排长！"果然，被黄麻子呵斥得唯唯诺诺的家伙正是个排长。

说话间便看见副官随手把几只母鸡，装进了驮在自己马背上的一个布包里，鸡头露出外面，手上挥起马鞭啪一下，继续往前赶。

这个龅牙排长拍完了马屁，自己也在计划着吩咐几个手下，中午进村后必须想办法再找几只鸡，然后找个地方把鸡宰了用火炉窑烧，再到村里搞一点小酒，美美地搓上一顿，料想他黄麻子肯定也不会吭声。一想到吃的，肚子竟是饿得咕咕叫了起来。他们就这样不紧不慢地进入了有零落房舍的村庄。只要看见了房屋，不管里面有没有人，就进去翻箱倒柜乱查一通。一路走，一路查，碰上行人也拦住盘问一遍。

路上经过了几处小神庙，查得更是详细，香炉墩、案桌抽屉、神像底座，逐一搜查，里里外外一个地方都没漏掉。

大概到了中午时，反动派的巡查队伍来到了接近耀阳村五里地左右的一个村子，这个村子与耀阳村相对，中间相隔着一条比较宽敞的河流。村子里面，有一座历史悠久、占地面积也算比较大的祠堂，是祭拜祖宗的场所，平时都是锁着大木门。祠堂旁边住着的人家是一户小地主，跟带队的那个丘姓警察队长是老相识，小地主也是他的本家房亲。

这个时间点，差不多就是午饭时间，来到这个地方，也是黄麻子已经算好的时间。熟悉位置和地方环境的黄麻子早打好了主意，要在这个小地主的家中解决队伍中午吃饭的问题，午饭后再继续进行后面的巡查行动。

那个姓丘的警察一直在强调说，怕耽误了此行的巡查任务，建议黄麻子过了河对面再考虑在哪里吃午饭的问题。被丘姓队长这么一说，黄麻子不禁也有点犹豫起来，考虑再三以后，同意先派出一队人马继续前往探路后再做决定。

不一会，探子回来报告说，发现河道的水面比原来宽了很多，估计跟近日一直下雨有关。石板桥桥面略显窄小，队伍肯定是不能骑着马从桥上过去，否则不摔河里才怪。必须先下了马，人走桥上，马涉水过河。目测河水较深的地方，估计会漫上马背，而且像现在这样的天气，马是不会听吆喝就过河的，惧怕深水是很多牲畜的天性。

由于河流中间石头零散分布，就算是有船只也容易撞到密布的石头，是没办法轻松渡河上岸的。想要互通两岸，靠的是几个方形石墩上面架上石砖条的窄小石桥，石桥分成四段连通到对面。那架好之后呈凳子状的石板桥，只能容单人慢慢通过。

石板桥的上游处有一段比较窄的河面，河面上密集分布着浮凸出来的固定大块头麻黄石，像一只特大的石棋子似的，一大截沉在河里，一小截露出在水面，可以落脚。春夏时节经常有滂沱大雨，洪水一来便造成交通中断。遇上汛期的时候，一旦发起大水，水位上涨厉害，把这几节石板桥冲垮的话，来往的乡亲便只能选择在这段位置，依靠凸起水面的大石头，腾挪跳踏，往来于各村落。

露出水面的大石头虽然凹凸不平，却足可以提供让人双脚同时站立的地方，只要一个石面接着一个石面跨过去，靠着一跳一踩的接力就可过河。

至于座下马匹，由于桥面窄，指定是不可能像人一样从上面跨步过去的，必须另外想个可行的办法。只要能够顺利过了这条河，剩下的就是小田埂路。不过，距离有人烟的地方，也还有挺长的一段路程。

·第二十六章

反动军阀队伍吃饱喝足，过河巡查

所以说这石板桥，确实是连通耀阳村和其他十几二十个村庄的重要交通要道。看这个样子是没办法马上过河了，午饭时间已到，这帮兵痞子早已饿得牢骚满天，怨声一片。

从一大早就出发，走路到现在，这些家伙的肚子早已饿得咕噜咕噜直叫，都着急着想要找个地方休息，想办法搞顿午饭打发了肚子再说。

所以当那前面探路的几个人回来后，将探知的实际情况向黄麻子汇报时，熟悉这一带环境的黄麻子自己也心知肚明，想要连人带马过河，还要花点时间想些辙才行，午饭是不可能拖到过了河才想办法的，那是需要好些时间的，这帮饿鬼家伙准会提出抗议。于是，黄麻子下命令，就在路边那个丘姓地主家准备午饭，而且必须马上安排执行！知道情况的警察局丘队长，只能苦笑着从中协调安排，将午饭地点定在丘氏祠堂里面。

这个姓丘的警察队长，早已从警局同事的口里，知道了这个黄麻子所干的那些恶毒之事，心里明白，黄麻子他们肯定不是那么好对付的，也就不敢往他的本家小地主家里带，没想到却让过河这事难住了，最后只好无可奈何地接受黄麻子的决定，选择由丘姓地主家里招呼队伍的午饭。

既然无法避开这伙反动派队伍，丘姓警察队长只能偷偷地告诉了他的本家地主，嘱咐他，家里如果有其他女性和丫环帮忙做事的，一定要远远地躲开点，小心回避，尽量不要露面，可千万别招惹了这帮龟孙子。只要叫厨房把煮好后的饭菜，由男人端到祠堂门口就行。

祠堂里面平时也办红白喜事宴，有凳有桌。黄麻子要喝的酒，是指定少不了要准备的，没有酒的话估计也很难应付得了。丘姓地主知道大白天遇上了瘟神，反正就当是喂了一屋子王八了，只要能够相安无事就好。

这个丘姓小地主也听说过关于早些时候传闻的，姓黄的连长与那个孙地主的纠葛和被定为革命党余孽罪名的事，只是不知道这个黄麻子就是那个黄连长而已。所以还是觉得哪怕硬着头皮，咬着牙破点财，也要招呼他们一顿，但是，要保持一点距离，别引火烧身。

丘姓小地主交代厨房，做出来的酒菜绝对不能随便对付，丝毫也不得马虎，山珍海味虽然没有，但是家里现成的鸡、鸭、鹅、鱼、兔子等荤腥和自己家酿的白酒，还是必须足量供应的，否则也怕因为招待不到位的原因，而让这帮杂碎刁难，无故生出事端来。

小地主心里同样也在抚慰着自己，这顿饭就权当是自己倒霉，被狗抢了，破财消灾了，这酒也最好能够喝醉了他们，下午的巡查走走过场就更好了。小地主心里也是这样想的，只是未敢说出来而已，但是丘队长能够看得出来。

丘地主家供应了二十几桌的饭菜，全部家伙都是饭饱而酒不敢足，可能是为了下午的任务，酒只是适量地喝了一点，好像都没有醉倒的迹象。

原来是这个黄麻子下了命令，小兔崽子们可以喝酒，但是不得醉酒，否则重者军法从事。难怪丘队长向他们几个小头目敬酒时，这些家伙都好像有所顾虑，只稍微应付了一下而已。

谁不知道反动派的这一队人马，这个带队的营长黄麻子，是出名的心狠手辣，他说出的话，如果有谁胆敢违抗，绝对就是不用任何理由，直接就当逃兵，一枪就把他给毙了。倒是黄麻子自己喝得迷迷糊糊，脚步不稳，吆五喝六的声音在祠堂里频频而起。

一顿午饭吃下来，时间也到了未时末，即使从这里过了河，到前头的村庄，也就是河对面的那一片山后村庄，还有一些路程要走。冬天的太阳下山下得特别快，天黑得也快，如果再不动身的话可就真的有点晚了。于是乎，反动派军阀部队赶紧急急忙忙列了队，仓促着往小石板桥那边赶去。当来到河边，准备过河的时候，本来是计划得好好的，所有的人员从石板桥上面走过去，马匹留在最后面，由站在桥上的人牵着，从河里涉着水过去。没想到这些马害怕起深水来，踏进河里没走几步就停下了，然后往后倒退，不再往水深的地方去，任国民党兵用长竹条鞭子怎么抽，缰绳怎么使力往前扯，马还是继续往后退，完全是害怕河水的意思。

马匹其实也挺通人性，虽然这里地处南方，冬天也不见有银装素裹、雪花满天的彻骨景象，而河水也不结冰块，却一样是刺骨冰冷的。尤其那刚刚踏进了河水的马匹，嘴里不断发出自然反抗般的嘶鸣，那意思，好像就是在向它的同伴发出警示，"这水趟不得"，其他马匹还没踏进水里，就站在河岸上嘶鸣了起来，样子惊惶，看起来甚是让人害怕。

黄麻子看见这种情况，马上意识到马匹是不可能过河去的了，只好又下命令，将所有马匹留在桥头岸边，再另外安排一班人留了下来，在岸边的桥头负责看住这些马匹，其他人从石板桥上过去，继续前行。

一伙扛着长枪的家伙，看起来人数众多，浩浩荡荡沿着前面田埂前进，刚踏进村庄，就把路边的、山冈上的正在干农活的农民兄弟们，吓得惊慌失措，四处慌乱地躲避。

幸好这帮狗腿子是由于赶时间的关系，也没有功夫去理会这些四下逃窜的老百姓。不用说，他们是将主要目标放在了耀阳村附近的几个村子。

耀阳村附近，互相连接又偶有隔断的几个村子，从总体的地形地貌上来看，属于三面环山。这里老百姓的房舍，基本上是傍溪而修建起来的，几座房屋就是一个村庄。从耀阳村的正面方向，进入村子只有两条小路可以通行。

现在反动派巡查队伍走过来的这条路道，正是比较宽敞、也略微平坦的山路和田埂路组成。另外的一条小路，可以说，完全是属于蜿蜒曲折的小山路，狭窄、崎岖，路的两边是茂密的杂树林。

与村子后面连接的就是原始的深山老林，左右方向都各有一条唯一的山路。左边进入山林的小路很少人愿意走，十分陡峭难行，走的人基本上是附近砍柴火的樵夫，也只有他们才会选择走这条路。

到了山脚以后，上个坡，再翻过几座高高低低的山脉，接着再走一段山路后，就属于另外一个县管辖的地头了，当然也可以选择从邻县走别的山路进入耀阳村，只是这样的话，路程就太远了。

右边那条路，一直翻山越岭过去，也有一条县与县之间相连通的山路，平日里都是做生意的商贾们走得比较多，当地人相传，那里之前经常会有剪径贼出没，不论是来往商家的钱财，还是从这里经过的村姑美色，都劫。

一般情况下，要走右边这条小路的话，一起结伴走的伙伴如果少了，也是不敢贸然走的，除非是自己拳脚功夫的确了得，哪怕遇上十个八个的劫匪，也不会将他们放在眼里，照样可以将其击退或撂倒。

听说方圆百十里的地头里，好久以来，只出过一个这样功夫了得的人，是一个专业教拳术的老拳师，因教的拳馆多，到处走，有一次在此地经过时，被一伙蒙面歹徒拦劫，幸好当时有准备，有拳棍随身。

面对围拢而来的贼匪，硬是用一条棒棍，将前来行劫的十几个劫贼放倒在地嗷嗷直叫，而且自己还毫发无损，全身而退。打那以后，那个偏僻的地方，也风平浪静了很长一段时间。

前面提到的过水云的亲戚，花名叫"雕弹"的彭团结的媳妇，那年去娘家不幸遭难时，走的就是这条小山路，这段路是属于典型的荒郊野岭之地。

所以说，黄麻子不傻，不走远路、山路，而是选择从现在这条路进村，也是最明智的选择，这条小路虽然狭窄，却是最好走的路。只是石板桥那一段桥面小了点，马匹无法从上面通过而已。

当然，如果部队带有辎重武器的话，就必须要从上游浮出水面的石头上跳过去，只是辎重也需要几个人抬着接力传递才行，也不是那么容易的事，一不小心就会连人带物掉进水里。

由于事先组织上通信掌握得迅捷，再说联络员负责传达到耀阳村的消息也及时，所以耀阳村和其他几个村庄，都做好了应对巡查的准备，也提高了警惕，提前为反动派军阀部队可能进村搜查做好了应对方案，当兵的和几个警察、保安团组成的队伍，如果想要从中找到跟农民运动组织有关的证据，哪怕是有关联的一丁点蛛丝马迹，都是不太可能的。

但是，不知道内情的黄麻子，心里满以为一定会有所发现，硬是把耀阳村里面的祠堂，里里外外、仔仔细细地翻查了一遍，而且还把当地的一个老保长传唤了过来，带着恐吓的语气，措辞严厉地进行了一番盘问，近期有什么人来过，现在还有什么人在这里暂住，他们所指的是所有到过这里的陌生人。

这个老保长，是被逼迫、无可奈何之下才做的保长，暗地里却是当地的一名农会骨干，当他接受黄麻子下属盘问的时候，只是按照农会组织已经统一的口径复述了一次而已，拿一些简单的人口介绍，搪塞了事。

其实哪些该说，哪些不该说，组织上都有了准备，老保长分寸把控得很好，反动队伍也找不出有什么破绽，更别说发现什么有关于农民运动方面的人员。耀阳村是附近所有乡村中比较大的村庄，占地面积大，村里居住的人口和房舍也明显多于其他村庄，农会运动也是最活跃的地方。如果在这个村庄都没能有什么发现，其他村就更不用说了。

到了最后，这些反动派的队伍也只是循例做了个样子，在几个小村庄里面转了一个圈，碰见确实有男丁在家的，就胡乱进去家宅里，翻箱倒柜一番，其目的也是为了弄些吃的。

·第二十七章

秋实试探巡查队，担忧反动派去而复来

秋实一家人住着的那栋上五下五的祖屋，当兵的家伙也进去了，秋实哥秋明和另外几个没出工的乡亲也都在屋里，秋实是特意留在家里，就等这帮人进来的，他们来势汹汹，还真的怕吓着这些老实本分的老人和稚嫩的小孩。

秋实觉得有必要试探一下反动派队伍的来意，所以有意从正面接触一下他们。他心想，能够与黄麻子唠上几句更好，凭自己的套话方法，自信可以套出一些口风，再加以察言观色，心里面会更加明了。

还有一个原因，情报上说，前来巡查的队伍人数众多，如果是这样的话，肯定要正面应对，起码能够为乡亲们壮一下胆子。

对于反动派当局方面，究竟掌握了多少这一片农民运动的情况，秋实作为联络员的耀阳村方面，却是一无所知的，上级组织也没有明确指示。

没想到秋实期待的机会还真来了。只见那个龅牙排长带着几个家伙，凶神恶煞般冲进了宅子，当时他们只有三四个人，秋实断定这个龅牙的家伙一定是其中的小头目，他抓住机会，赶紧把准备好的茶水端了上去，接着递上香烟。

秋实把在南洋时招揽客人的招数悉数用上，满脸带笑跟在他们的后头，果然，听见了几个家伙称呼龅牙为"排长"。

秋实见缝插针，想方设法跟他唠起嗑来，用话语缠住了他，然后不失时机地送上了早已准备好的一瓶白酒和一大包鸡蛋，还加上了两包香烟，制造着自己和众多乡亲都害怕被他们骚扰的假象。

龅牙排长也不多说，只瞪着眼看了看秋实，便喝退了其他几个人，准备退出屋子。秋实心里知道，这些"鱼饵"已经产生了效力。几句看似有意无意、无关痛痒的问询，便轻轻松松地从那个龅牙排长的嘴里，钓出了一些对判断当前形势非常有用的信息。

秋实在他们的话语里头，了解到了他们为什么会选择耀阳村一带作为巡查的目的地，据他们透露，最大的原因就是受到死鬼孙地主几次去警察局的举报，完全是因为他那添油加醋的一番话，才让反动派当局有了一些疑心，当然也仅仅是起了疑心而已，当时并没有实质性的证据，能够证明耀阳村在暗中搞农会运动。只是迫于上级施加的压力，先来走走过场而已。

姓丘的那个警察队长，还好像是在有意无意中偷偷跟秋实说了，叫他嘱咐乡亲们千万别害怕，先别自己慌了手脚，说他们只是循例巡查，做做样子而已，没什么事的话，很快就会带队离开的。

在当时那种特殊的情况之下，秋实还纳闷了，难道这反动派队伍当中还有心地善良的好人暗中帮助？不过，那也只是一刹那间闪过的念头，当时也没时间往更深的方面想。反正就确定知道了他们来耀阳村的目的，只是为了吓唬吓唬一下村里的这些老百姓。

反动派队伍临走时还故意散播消息，说什么他们的军队随时就会再来巡查，可别让他们发现有什么异常动作，否则就别指望能够逃脱，抓住了就是死路一条。

　　冬天的气候，日短夜长，太阳下山时间特别早，整个天空上面，早早地就被漫天的暮色笼罩着。眼看过一会天就要黑了，国民党队伍也进村转悠了整整一天的工夫，这帮家伙走路串乡过寨，人早已又困又乏，此时显得甚是烦躁，纷纷在骂娘了，嘟囔着，吵闹着要打道回府。

　　从耀阳村返回到乡上大部队的扎营驻地，如果是走路回去的话，还要老半天工夫，黄麻子这次亲自带队而来的目的，也就是为了对周围掌握个大概的情况，熟悉一下进入各村庄的路线。

　　同时也想借反动派军队的狐威，对这里的村民发出一种严肃的警告，希望对所有老百姓起到震慑的作用。

　　如果真的要逐个村、逐个角落都去巡查一遍的话，顺着这一条山路一直下去，从头走到尾，家家户户都走一遍，没个十天八天的时间，那是绝对无法彻底完成的。

　　别看这些村庄房舍少，但是它呈星散分布，沿线长。每个村庄，各有各的地理优势，地形都非常复杂，每个小村与小村之间可以互相连通，无论是单独哪一个村庄，都可以直接连通到后山，路上还有小路分叉，纵横交错着。

　　就拿耀阳村来说，刚踏进村头，就能够看见一大片茂密丛生的刺竹林，那些刺竹存在的时间长，现在已经长得又高又密，竹子的高矮、大小不一，一层又一层包围排列，可以说是一道具有独特防御性能的天然屏障。

　　大片的刺竹林里面就是房舍村庄，村子的后面是茂密的小树林，长满了茂盛的杂树和一人多高的灌木丛，树丛里还有迷宫似的小路穿插，左绕右拐。

　　穿过树林之后，接连的就是在前文中提到过的那条可以一直通往高山、平常多数也是樵夫上山砍柴的时候才走的崎岖难走的小山路。

现在最多也只能说，军阀部队只是站在某个村庄的一个位置里，远远地将耀阳村的一片山村粗略地看了一遍，只知道里面有不少大大小小的村庄，各个村庄里面都有老百姓在居住着罢了，一旦上头问起来，也足可以用所看见的表象交个差，起码能够大概说出，这些村庄具体在哪个方向，路程大概有多少。

再说了，当官的在马上差不多颠簸了一天，都想着回去呢。这个风流营长黄麻子的心里，早就想着回到他那个骚货三姨太身边，喝上小酒，钻进被窝享受温暖呢。

中午的时候，黄麻子喝了一些酒，觉得还好点，不觉得寒气有那么的逼人，到了后来，暖暖烫烫的酒气一过，就逐渐觉得寒意徐徐地袭上身来，不禁有点簌簌发抖而无法坚持。于是干脆就喝令，排列的队伍由头变尾，尾变头，全体向后转，掉头由原路返回到他们的驻地。

眼看着这一伙军阀兵离去时那长龙似的队伍，秋实的心里头，却涌动出莫名的担忧，突然间有种不知道要如何形容的预感，默默地问着自己，他们这帮家伙是暂时离去了，还会突然回来吗？他们下次来的时候会是个什么样子的阵势？如果不是像现在这个样子离去，那结果又将会怎样？

想到这里的那一瞬间，秋实越发感觉自己心里沉甸甸的，究竟这是怎么了？一时间，自己却又无从说起……

· 第二十八章

反动军阀队伍抢掠后，连夜返回驻地

反动派队伍在返回的途中，那个龅牙排长拿着一根长竹棍，径直走到村外的一处田野上，还在准备"俘虏"四五个尚未归笼的母鸡。他的那一双贼眼，从上午经过这里时，就已经盯上了这些"咯咯"觅食的母鸡，现在马上就要返回营地，怎么会放过？

他们是横了心要抓几只回去的了，要不然，晚上这几个家伙就打不成牙祭了。上午抓的几只，已经拿给副官孝敬了黄麻子。还有留在桥头的几只，这会估计已经让那几个留在桥头看马的龟儿子们，给做成叫花鸡吃掉了。

想到这里，不觉就抬头向石板桥头那边张望着，虽然隔着老远的距离，还是看见了对面河岸冒出的一团团滚滚浓烟，火光熊熊一片。这时候已是黄昏时分，桥头那边柴火燃烧得冲天火光，照得老远老远。不用说，肯定是那几个留下看守战马的家伙搞出来的乌烟瘴气。

还真让他给猜着了，正是这几个家伙，从上午等候到下午，等着等着，天色渐晚，又冷又饿，心里便又起了歹念，偷偷摸摸来到丘姓地主家的屋子外面，直接来到鸡舍，强行偷抓了好几只鸡，来到河边竹林的背风处，点起一堆篝火，一边烤火驱冷，一边杀鸡拔毛，然后窑了烧烤当晚餐。

此时刚吃饱，正在打嗝，剔着牙呢。那拔下的满地鸡毛都还没来得及销毁掉。

几个小头目心急着拿到吃的，急急忙忙催促着前面的队伍快点前进，因为肚子饿的原因，纷纷挤着，三步并作两步，小跑在前头，一心想赶上吃窑鸡的时间，希望能捡个烧鸡解馋，没想到来到河边，已经剩下一地鸡毛。

看到这个阵势，龅牙排长火气可不打一处来了，对着那个剔牙的家伙，恶狠狠地连踹了几脚下去，踢得这个家伙一边号叫，一边直往后退："我叫你吃，我叫你吃老子的鸡肉……老子的鸡你也敢吃掉？他娘的……"

几个家伙一听不对，原来龅牙排长是以为他们几个偷吃了送给黄麻子的鸡了，连忙说："营长的在这呢，营长的鸡我们可不敢吃，还在马背上呢。"龅牙排长抬头一看，果然，几只鸡还在马背上。

虽然鸡还在，不过火气还是没消，黄麻子又踹了另外两个家伙各一脚："他娘的，只管自己吃饱了，也不把老子的鸡给烤熟了，现在是不是吃撑了？还不快点给老子收拾东西，把马牵好咯，旁边等着，侍候本营长上马！动作麻利点！"

他们的返程路线，与出发时是一样的。经过丘姓地主家旁边祠堂时，黄麻子本来还很想进去混一顿晚饭，可是到骑马走近了才发现，地主家的居所和旁边祠堂，两个地方都关门闭户，门内门外都黑灯瞎火。

虽然此时的天色还没有完全漆黑下来，按道理说，这个时候也不应该还不见一点灯光，就连门口平时到了掌灯时分已经点着灯的灯笼，也不见有亮光。

黄麻子叫来两个狗腿子，上前拉住门环使劲地敲门，里面照样也没有一点反应，那个姓丘的警察队长看见这个情形，也跟着走上前去，拍打了几下木门的门环，并大声呼叫着丘地主，仍然是不见得里面有一丁点动静，门上的铁门环还挂上了铁锁，依理判断，应该是没人在里面。

只好回过头对黄麻子说："看来丘家的屋里实在是没人了，我好像想起来了，上午听他说过，他外乡的一个什么远亲去世，可能要去帮忙做法事来着，八成就是因为这回事了，依我看，我们还是抓点紧，别再无谓在这里耽搁了太多时间，叫大家动作都利索点，赶回驻地再吃晚饭吧。"

其实这家丘姓地主的家宅里头，是有人在家的，只是在中午的时候，这个姓丘的警察队长暗中提醒了他这个本家地主，叫他从下午傍晚时分开始，就要把家里和祠堂的大门用锁锁上，制造一出没人在家的假象，也是为了防止这帮家伙在返回去的时候，还是从在这里经过，又打起晚饭的主意。

一旦晚上这顿饭让这帮家伙缠上了的话，需要作陪的时间会更长，物质的付出也会更多，这帮土匪军阀，晚上必然会喝酒的，一旦喝起酒来，撒起酒疯，更加肆无忌惮，到时很容易就会节外生枝，真的怕会失去控制，难以应付。倒不如就干脆装成没人在家的样子，他们也不可能真把门给砸了。

中午得到了丘队长的提示后，丘姓地主在反动派队伍走后，就马上吩咐下去，提醒家里的下人，要时刻关注着周围动静。

下午的时候，打那几个在岸边看马的家伙过来鸡舍，看见他们偷抓完了鸡，当时是看见了他们强行抓的鸡，但是也不敢出声，假装没发现，任由他们把鸡抓走，然后就把门锁上了，关大门的时间比平时也就早了一点点而已。

没想到还真如丘姓警察队长估计的那样，准备在丘地主家再胡吃海喝一顿。也幸亏按照丘队长交代好的做，提前把两个大门都锁上了，装扮成没人在家的样子，避过了这帮家伙的再次骚扰。

反动派的这些人马，走出丘地主那个村子没多久，天色就完全黑了下来，寒星漫天。路上北风好像也呼啸得更加厉害了，一阵阵刺耳又有力的风啸，吹着路边光秃秃的篱笆墙，宛如狂风大作的力道，让人有点招架不住，好像要把整个人都吹走似的。

这些当兵的家伙，为了有火光照路，顺手从路边现成的篱笆墙上，拔出一些干竹枝，每间隔几个人的距离，便点燃一把竹枝，一整队人马，依靠他们手上抓着的一把把竹枝燃烧发出的火把亮光，映照着返回去的路。燃烧的竹枝，一路上发出"哔哔啵啵"的声响，所有经过的村落里面的地方百姓，没有哪一个敢出来看热闹的。

旷野上的北风、队伍里面的牢骚声和其他乱七八糟的声音互相交织着，逐渐变得微弱……

从早上看见反动军阀队伍经过这些村庄时，乡亲们都在暗骂，可能这大白天又遇着鬼了。躲避还唯恐不及，谁还敢嫌自己命长不成，这个时候出来看热闹？

· 第二十九章

山雨欲来风满楼

陆江县一带的很多区域，单从表面上看，反动派方面好像并没有什么特别的警惕动作，让人觉得还挺风平浪静的样子。其实，越是这样，越有可能就是风雨欲来的前兆。

从推理上分析，反动派政府不可能对陆江县的农民运动只停留在巡查的表面功夫，他们一定是在暗中酝酿着一场可怕的阴谋。组织上依综合信息推断，反动派政府最迟在年后，必然会有所行动。

秋实也有一种直觉，所以一直都不敢大意，多次暗中和他的上级领导杨先生联系，互相之间作了很多的及时交流，杨先生也传达了上级的声音，一再强调陆海县那边的上级指示精神，暂时停止一切农民运动的所有活动。

接下来是全面蛰伏、静默，静中守候，以不变应万变，具体的恢复时间待定。

跟往年不太一样，眼下已经是临近年关了，陆江县上的县城街道，却丝毫感觉不到一丝丝过年的那种喜庆气氛。即使是在白天的时间，整条长街上，各个店铺门前也是冷冷清清的，打烊的照样还在打烊，开门做生意的商户也没有几家。

原来有一家开门的打铁铺，却在国民党政府的器械限制巡查中被封掉了；还有一家棺材铺，白天因为有人需要买棺材，敞开着大门。其他行业虽然有些还在营业当中，但是也不敢完全敞开店门，只接个别熟客的生意，叫门了才开。

这条在明末时用青石长砖铺成的街道路面，街市曾经一度繁荣过，进入清朝政府以后，就一直再没有繁盛过，此时更是显得冰冷凄清，萧索孤寂。除了那些穿一身黄皮的反动派驻军，偶尔出现在街道上活动的影子，还有的应该就是几只在找食物的狗了，其他买卖的行人和老百姓，根本上无法看到。

凌厉凶猛的北风一阵接着一阵，呼啦呼啦地把街道吹刮得干干净净。青石砖铺成的街道上，更加显得寒意逼人。

在凄冷环境中透出来的这份萧条，倒逼着，跟现在这个灰白色的天空极是相似，带着阴暗而且是末日般的沉寂。甚至连头顶上怒放的太阳也不知道跑哪去了，只留下一片灰蒙蒙的天空混沌着，被一层不受欢迎的阴沉气氛和凄清色彩掌控着，将接触到这个环境的人们憋得胸口发闷。

被这种环境压抑得无可奈何的人们啊，也真幻想着用一包烈性的炸药，放在天空露出的缺口上面，然后不管三七二十一，马上点燃它，最好是能够一下就把这灰暗灰暗的天空全都炸开，让那些徘徊在云层上面的阳光，自由自在、一缕一缕地筛漏下来，照亮每一寸布满阴翳的地方，照在每个人的头顶上，照进每个人的心里面。

这样的话，大家就能够拥有一个明丽的心情，一抬头，可以看见湛蓝湛蓝的天空底色，放眼也全部是一个烂漫、耀眼的洁净大地，可以尽情地大口呼吸，吐纳充满自由的空气，人们尽情地欢乐，拥抱平等与和谐的民主！

这种大胆的想法，应该就是当时站在那片土地上，处于那片混沌污浊的天空之下，所有渴望见到蔚蓝天空的民众的想法。也一直是陆江县耀阳村这些厚道、勤劳朴实的劳苦大众最朴素、最接地气的想法，他们真的太需要一片自由的净土，去安放自己渴望得到光明眷顾的灵魂。

等待光明的煎熬，是令人痛苦的，尤其是身处黑暗中的那种等待，更是如此。从黑暗过渡到黎明、天亮的那个过程，有时候竟然觉得是如此漫长。

秋实和他那一些志同道合的农民兄弟们，一群无限渴望自由和光明早日到来的众多乡亲们，觉得以前所虚度过的每一天，都仿佛是一种没有信念的时间浪费。

自从秋实决定把外面进步的思想，逐渐带到这个消息闭塞的小山村的那一刻开始，人们才从思想上慢慢地解放，一致觉得只要拥有共同的信仰，不怕艰难，同心协力，生活上一定会有盼头，这是一个可以肯定的历史必然。

只有实现老百姓能够当家作主的权利，所有劳苦大众的日子才会越过越好，否则，一切都只是一句空话。

反动派军阀政府的腐败，是大家有目共睹的，唯有通过将一种积极进步的力量发展成武装力量，万众一心、有计划地推翻旧的政府，建立起新的共产党政权，才可能实现百姓的当家作主。

而所有的这一切，最重要的还是必须有个前提条件，以前大家一直都感到一片迷茫，那就是该由谁领导农民百姓？跟谁走才是正确的方向？

现在目标明确了，大家伙终于有了清晰的方向，那就是全力拥护和配合海陆丰农运的主要领导者，彭湃同志领导下的农会运动，一步步建立起属于自己的农民武装组织，然后积极开展农民武装运动，不断地壮大农民武装力量。

从眼下的态势来看，广大的农民兄弟已经具备了空前高涨的热情，这也充分说明了，农会骨干们之前付出的一切努力，带来的新思想已经深得民心。

看，现在的耀阳村，周边所有乡村的农民兄弟们，在思想上，都迫切盼望着这一场轰轰烈烈的农民运动，能早一日在中国共产党的英明领导下，迅速发展壮大起来，并带领大家进行有效的武装反抗或起义行动。

大家都期待着，农民运动一旦爆发，能够像野火燃烧原野一样，迅速蔓延，火光能够照亮每一个被压迫的角落。希望人民武装暴动革命，能够如愿一举成功夺取革命的胜利，建立起苏维埃政权。

乡亲们一想到这些激动人心的事情，每个人的心里，都会莫名地兴奋起来，而且，在个人的心理上，也都做好了随时响应武装起义的准备。

这个时间节点，全国各地也纷纷兴起了农民运动高潮，助推了农民武装的浪潮。据当时上级资料的粗略统计，全国参加农会组织人数已接近千万，时机正以喜人态势，逐渐走向成熟。这也无疑对反动派军阀政府构成了强有力的威胁，他们对逐渐壮大起来的农民武装力量，更加虎视眈眈，大有欲除之而后快的狼子野心。

反动派政府为了将农民运动的组织拔根摧毁，已经变得空前重视，暗中密谋，秘密进行着开会讨论、阴谋布局。

特别是发展比较突出的陆江海地区，因为彭湃领导下的农会组织，发展时间久于其他地方，队伍人数发展得也比较理想，被国民党反动当局定位为农民运动重点中的重点。

反动派当局，正在酝酿着一个巨大的阴谋，如果这个阴谋实施成功，对陆江海的农民武装力量的打击，将会是灾难性的重创。根据共产党组织掌握的情况，暂时还无法知道他们具体的实施时间，只能用"暴风雨随时就会来临"来作为思想警惕的准备。

这个叵测居心，就是反动派政府白色恐怖的围剿镇压。他们图谋用恐怖的毒辣手段，对陆江海地区刚刚建立起来的农民武装力量，进行彻底的粉碎性瓦解行动，实施他们蓄谋已久的围剿计划，达到斩草除根的目的。

农历1928年春天，开年后不久，南方的大部分地区，已经开始下起了淅淅沥沥的小雨，尚处在严寒之中的季节，在凄冷风雨的侵袭之下，无形中增加了更多的彻骨寒气。

白天的陆江县城里面，为数不多的几条青石板街道，笼罩在一片冰冻的寒流之中，看不见行人，到处是风声和雨水的嘀嗒声，间歇的雨，下下停停，死寂得仿如黑夜，到处一片萧索。

陆江县城、郊区和几个附近的主要乡村，跟往年相比，却好像有了一些反常。近几天以来，驻扎在这里的军阀队伍和保安团，动作突然间多了起来，一批又一批的杂牌兵，一队一队，来了又走，走了又来，三天两头频繁地进城和下乡。

稍微细心点的老百姓们都感觉到了，看在眼里，暗中纷纷议论了起来，说是这陆江县一带，马上就会有大事发生。

反动派军阀队伍在这么个小地方，这么不正常地进出行动，他们要对付的，肯定就是居住在这里的农民百姓，在反动派看来，所有生活在这里、拥护农会组织的农民，都是一帮不安分的刁民。

他们肯定不允许有反对他们统治政权的声音出现，更别说对有他们的政权产生巨大威胁的农民武装力量，他们驻军的目的，就是要彻底消灭这些妄图建立起来的农民武装。

年后的一场暴风雨，伴随着天气的极度严寒，再度无情肆虐着这片顽强的土地和居住在这里的人民百姓。

近段时间以来，反动派军阀的队伍暴露出一系列反常的举动，比如车辆增加，粮草给养的频繁运输，各部队伍的持续输入，这些都是涉及到军事上的一种异动。古人云，"兵马未动，粮草先行"，无论任何朝代，任何时候，这都是兵家行军打仗的一条铁律。

军阀队伍的这番举动，一直都在共产党组织的密切关注当中，这是党组织高度重视的大事情。打进敌军的我方内线人员，在关键的时候，也发挥了极其重要的作用，将最有价值的情报及时传递了出来，让组织上能够有足够的时间，做出妥善的应对措施。

面对近期反动派部队的大动作，我共产党农会组织，上下齐心，已经将防范等级提高。通过暗中召开临时会议的方式，做到了上级指示精神的全面覆盖，由各地方的通讯联络员负责传达到农会骨干，然后由骨干人员层层复制，通知到下面的各个区域，特别是比较偏远、信息又不容易送到的偏僻山村。

为了应付随时可能发生的武装斗争，各地的赤卫队员和农会会员也暗中分头行动，想尽办法从不同渠道筹集武器装备和弹药，然后分发派送到人员比较集中的地方秘密保管。

这样做的目的，保证了可以在必要的时候，依靠有效的武装力量与反动派军阀队伍形成抗衡之势，当然了，依现在筹集到的武器装备，相比于反动派，明显处于无法比较的劣势，加上人员方面的严重不足，这是最令人担忧的事情。

与反动派军队的武装对抗，是不到万不得已才会采取的应敌对策，上级再三严肃强调，在敌我力量处于绝对悬殊的情况下，尽量不选择与敌人发生武力冲突，以免造成暴露而发生不必要的伤亡。

当前，我们的农民武装力量只处于发展的初级阶段，根本无法抵挡敌对势力来势汹汹的围剿进攻。

退一步说，一旦真的避免不了而发生对抗，产生武力冲突，也只能以不变应万变，因为当前形势存在很大的变数，农民武装暴动的时机还未完全成熟，如果贸然采取行动，造成的后果，将会对整个农民运动的武装力量产生巨大的打击，带来的被动局面将会是无法预测的。

这是非常关键的一步，各乡村农运会员、赤卫队员务必严格遵照执行。

共产党组织和负责片区的上级领导，必须密切注意事态的发展变化，与打入国民党军阀内部的同志保持紧密联系，争取第一时间掌握国民党军阀的军事动向，在知己知彼的前提下，做到提前布控，防患于未然。

党组织也意识到了，从敌军的军事动向来看，一场无可避免的武装对抗注定已成必然，因为反动派军阀政府对于农民武装力量的存在，一直处于惧怕和虎视状态，妄图"剿灭"这股力量是反动派当局势在必行的军事计划和不良居心，从他们的军力部署和来势凶猛程度可窥一二。

共产党组织现在最大的问题是，还无法知道反动军阀会在什么时候开始对陆江县一带的"围剿"行动。据最新获得的可靠消息，仅仅透露了一点信息，耀阳村是被列为这次"围剿"计划之中的一个主要农运据点，这是千真万确的。

· 第三十章

恶劣环境中各司其职，做好应敌工作

　　为了能够在第一时间获取更准确的消息，秋实只有更加频繁地活动于陆江县一带，希望及时获取组织提供的情报，以期尽早掌握反动军阀对陆江县一带实施"围剿"计划的具体日期。

　　这样才能够有计划地快速作出反应，通知到各个村庄，再由赤卫队骨干人员，带领每个村里的农运会员，安排非战斗人员尽快转移，避其锋芒，躲开军阀部队，从而尽量化解掉这个来势汹汹的重兵"围剿"。

　　打从正月初十以后，陆江县的大部分地区，都陆续下起了大雨或小雨，淅淅沥沥的雨水一直持续到正月底。雨借风势，虽然有时雨势不大，下起来的话，却出奇的稠密，如发丝般细细的，飘飘缈缈，像是雾状，又像是一团浓烟遮住，白蒙蒙一片。

　　如果不是因为需要解决挨饿的问题，估计谁也不想冒着刺骨的寒冷出去活受累。

　　可是山乡的老百姓哪里受得了这差不多一个月的坐吃山空啊，家里能吃的都已经吃掉了。耀阳村里的十几个后生，眼看断炊在即，只好冒着冷雨天气，往深山老林里出动了一次又一次，将挖回来的一些野菜，当作食粮艰难度日，或者冒着严寒到河里捕捞一些鱼虾赖以充饥。

　　挖回来的野菜有土茯苓、金毛狗、艾草等等，如果运气好一点的话，还能弄回来几只山鸡，可是山里的野菜也不经挖呀，挖着挖着，去的次数一多，挖的人也增加，资源变得越来越少了，河里的鱼也一样，水深影响了捕捞。到了后来，只要能吃的基本上都难以看到。

春雨下得也大，实在没办法，只能挨着半饿的肚皮，选择坚守在家里，祈祷着老天一夜开眼，天气能够快点放晴，再出远门去找些活路解决吃的问题。

杠子、矮宾、雕弹、过水云以及其他几位村里的后生，在这样没完没了的雨水阻碍下，都快急得发疯了，在周围各村上蹿下跳，到处打听着哪里有生计，能够出工解决肚子的问题。

后来，听附近村子的一个老人说，他的一个远亲，在不远处的一个敌军军营队伍里当兵，也刚好就在几天前，问过他有没有木匠或者有一点木工基础的男工，招工的人还大概说了一下，是反动派的部队急着钉一些木筏，着急需要几个会木工的师傅，干工不但管吃，还能有一点点的工钱。

一听到这个消息，村里的几个人都有点欣喜若狂，抱着试试看的心理，反正死马当活马医，派了矮宾做代表，找到了那个老人打听，希望能够找到他在敌军军营里当兵的那个远亲，帮个忙将几个人弄进去干木匠活钉木筏，干其他活也行，起码也可以解决短时间的吃饭问题，顺便摸摸情况，老人答应去问问。

没想到这事经过老人去跟他亲戚一说，还真就谈成了。就这样，几个村的师傅加起来，有七八个人，结伴来到了乡上的反动军阀的队伍里，开始做起了短期钉木筏的粗活，这些个别的人终于有了活计，总算不会继续饿着肚子。

没想到的是，这一去还有了意外收获，让杠子和矮宾他们因为参与了这钉木筏的短工活，而获得了一个非常重要的消息。他们从那里面当兵的口中打听到，原来他们来这里做的这些木筏，是军阀部队为了过河做准备的，而这要过的河，说就在附近，只是没有说具体的河流名称罢了。

精明的矮宾，用了三斤白酒、三斤猪头肉、一斤花生米的代价，第一时间从一个连长的嘴里，套出了这个重要的信息，确定了消息准确无误之后，几个人凑在一起商议，找了个借口，由杠子装病，歇工半天，用最快的时间，往耀阳村打了个来回，将这个消息告诉耀阳村的农会骨干，再由他们转达至农会组织。

秋实刚好也从陆海县那边回来，得知这一非同一般的消息，赶紧将行动分为两步走，一面派人用排除法，排除国民党"围剿"的所在地，也就是说，如果不需要用铺设木筏也能过河，或者要过桥的地方，应该就不属于是反动派的"围剿"地点，不列入对象。

另一方面，他亲自将这一消息快速向组织汇报，也借此引起共产党组织的继续重视，在第一时间，分头联络行动，希望能够及时得到周边农民武装队伍的支援。

耀阳村这头，由彭亮和上级派来的赤卫队队长范相负责，对附近十公里范围内的河流两岸，进行逐一排除，通过争分夺秒的行动，最后也基本上锁定了，耀阳村一带，才是最需要借助木筏过河的区域，特别是像这次来势汹汹的敌军，他们队伍人数多，马匹数量和辎重可不是少量，单单依靠原来的石板桥是不可能运达的，况且，上次已经遇到过那种情况。

如果再与上次黄麻子巡查的事情连贯起来分析，十有八九可以确定，他们想要借助木筏跨过的河流，就是丘姓地主祠堂前面不远处到对岸的那段河流，而前面耀阳村一带那一片大小不等的村庄，恰好就是发展农会运动最活跃的据点之一。他们的目标重点，就是这里的耀阳村无疑。

好家伙，反动军阀果然是目标明确、有备而来。

时间很快来到了 1928 年的农历二月初，反动军阀对耀阳村等几个村庄筹划已久的"围剿"计划，终于在秘密中正式开始。

军阀队伍的这次武装行动，搞的是突然袭击，目标就是需要依赖木筏过河、上次黄麻子带队巡查的那些山村，如果他们过了河，队伍迎来的正面区域，首当其冲的就是耀阳村。

据最新情报得知，还是由当地驻军黄麻子作为营长指挥带队，目前的兵力部署是一个团，后面的兵力部署，则是看他们的"围剿"态势，随时准备补充兵员和武器装备。从反动派的先头部队和辎重武器来看，很明显，他们这次对活动在耀阳村一带的共产党农民武装力量的"围剿"行动，其重视程度是空前的。

再次证实这个确切消息的时候，秋实正在陆海县黄将乡一带活动，从家里出来以后，向上级汇报完情况至今，已经有两天时间。第一天在铺宁县逗留，临时在发展中的农民运动队伍中召开了一个秘密小会，通知他们必须暂停一切活动。第二天一早，就马不停蹄赶到了陆海县黄将乡继续汇报情况。

· 第三十一章

杨光被捕，敌人"围剿"，消息十万火急

没想到的是，到达黄将乡之后，就听到一个坏消息，这个坏消息简直就是一声晴天霹雳，令秋实心里担忧、痛苦万分，情绪好像一下子低落到了冰点，那是无法用言语表达出来的焦虑。

陆海县黄将乡负责跟杨光联络的同志告诉秋实，杨光在前几天执行任务的时候不幸被捕了！这是秋实所始料不及的，他说组织上正想办法全力搭线营救。这个消息，对秋实而言，简直就是无法想象的一声炸雷。

对于秋实自己来说，从一开始，便在与上级领导的多次谈话中，表达了自己的态度，义无反顾选择走上这条联络员的道路，其实内心早已将个人将来可能发生的一切，想了无数遍，心里也无比清楚，所有选择这条道路的兄弟战友，都心怀一样的坚定信念。

但是，今天听到自己的兄弟战友杨光被捕的消息，还是觉得事情来得太突然了，心里的那股难受滋味，犹如百爪挠心，好久好久无法平静下来。

秋实心急如焚啊，通过组织上的联络渠道，了解到事情经过是这样的：前几天，在一次完成任务回来的路上，杨光发现自己已被敌人跟踪，于是暗中告诉自己必须镇定应付，决不能

暴露自己后面的联络点。尔后想办法辗转了几次，摆脱了尾巴，来到了另一个联络点，以为成功摆脱了敌人的跟踪，却万万没有想到，这个联络据点，已在几天前出现了叛徒。杨光的到来，等于告诉敌人自己的身份，不知不觉泄露了自己是联络员的真实身份，正好成为叛徒出卖的其中一个对象，杨光哪里会想到，临时换了联络地点还是没能摆脱敌人的跟踪。这次暴露，为他后来被捕埋下了危机。

杨光在后面一次从该联络点往别处送情报的路上，发现后面出现尾巴，觉察到可能已被叛徒告密，才会引来敌人的跟踪，杨光表现出一个优秀联络员的素质，敏锐的警惕性，让他意识到可能带来的危险，马上以一个通讯员的职业反应，迅速做出了决定，改变前往接头的行动路线，通过多次迂回，不断转换路线，走向跟接头地点完全相反的方向。

最后，总算成功甩掉尾巴，保护了和自己接头同志的安全，接着再伴装进入联络员们开会的接头地点，当反动派认为可以如愿网住大鱼时，跟踪队伍一拥而上，对杨光实施了抓捕。当时，机警的杨光，正将手上掌握的纸质情报焚烧，制造正在销毁证据的假象。他表现出了一个优秀通信联络员所具有的敏捷反应能力。

这是发生在三天以前的事情，杨光同志被捕的地点，就是黄将乡一个废弃的红砖厂，出卖杨光同志的叛徒，在事发的第二天，就被组织派出的武装小分队暗中依法处死，减少了其他损失。现在组织上正在发动所有力量，通过各个渠道，商量营救对策和方案。

在这非常时期，估计营救难度会相当大。秋实了解到杨光被捕的整件事情经过以后，心情更加沉重起来，他知道以目前情况来看，事情的发展不容乐观。当然，他相信组织上一定会想尽一切办法营救同志。

想到杨光同志是和自己无所不谈的知己朋友和兄弟，更是自己走上革命道路的引路人，秋实的心里就感到异常难过。想起往日在漂泊南洋时，两个人互相之间的关心和帮助，那些亲如兄弟的浓情厚意历历在目。

现在，自己的兄弟战友，却在进行革命的关键时刻，出现了随时可能失去生命的危险，秋实的心里边，有太多说不出来的担忧，也无比清楚，无论是谁，在选择这条道路时，都经历过内心的彷徨和挣扎，最后却依然选择了义无反顾。

几年以来，杨光都以让组织满意的出色行动，圆满地完成了组织交代的各项任务。包括这次也不例外，在被捕之前，仍然把一个重要的联络地点需要转移的通知任务成功完成。

处在这个时候的秋实，只对杨光的个人安危担忧。其他个别联络员，还在质疑杨光是否会变节的问题，但以秋实对杨光个人品质的了解，是根本不需要担心的，这一点，与几位同样了解杨光为人品格的同志，对其人格判定是完全一致的。

他们也坚信，即使杨光没能获得组织成功的营救，而被逼走上了需要信念抉择的那一刻，他也必定会再次选择"我不入地狱谁入地狱"的那种大义凛然，当然了，这是秋实和组织都不想看见的消极结果。

事情进展果然不容乐观，组织通过内部人员，从敌军处传递出来让人揪心的消息，杨光自从被捕入狱以后，已经被反动派多次过堂提审，在监狱刽子手多次的严刑拷打之下，凛然咬牙，忍住敌军非人的酷刑，整个身子被摧残折磨得遍体鳞伤。

杨光在敌人的一顿顿毒打中，已昏死多次，然后又在辣椒水的浇淋下睁眼醒来，皮开肉绽，在寒冷中咬牙忍受彻骨冰冷和伤口的钻心刺痛，却依然坚贞不屈，没有透露一丁点关于农运和赤卫队组织方面的信息，令反动派更加恼羞成怒。

杨光自己也在想法通过监狱里面的内部人员，表达出自己的慷慨赴死之心，随时准备着舍身就义，请组织放心，自己将用顽强无畏表示对组织的绝对忠诚。

当秋实听到这个消息时，除了内心默默无言的灼灼悲痛，更多的是对杨光人格的尊敬和感动。有如此大义凛然、视死如归的知己战友兄弟，是一件多么值得骄傲和引以为荣的事情。

秋实又是多么希望，组织上能通过其他渠道，把杨光兄弟从监狱里顺利营救出来，与自己继续并肩作战！

而现在的自己，身上还肩负着其他十万火急的重要任务，必须把反动派将要随时围剿自己家乡的消息，以最快的方式送达。又正值自己亲爱的战友被捕入狱、生死未知的时刻，两件事情都是如此的让人揪心，眼下时间又如此紧迫，本来也是打算今天就要赶回去的。

秋实出来三天，已经大大超出了自己正常的逗留时间，正常来说，无论有没有新的联络信息，都是当天就要折返家乡的。

近期所有的异常，更加令秋实不放心家乡那边武装队伍的情况，现在的形势明显到了关键时期，焦灼的心啊，只能在个人感情和紧急任务之间，做出无奈的选择取舍。

为了把关乎陆江农民武装力量命运的情报尽早送达，只能强忍着自己对杨光安危的担忧，万般无奈之下，秋实只好把杨光的事暂且放下，带着随身物件，迅速动身，往家乡方向勇往直前。希望用最快的赛跑式的速度，赶在反动派还未行动之前，将他们要对陆江县耀阳村一带实施武力"围剿"的消息送达。此时秋实心里只有一个念头："快点，再快点……"因为情报上说的是"随时可能……"，还有另一层担心，那就是反动派武装会不会开始了"围剿"行动，也是有可能的……

祈祷吧，秋实一路上都对着上天虔诚祈祷，希望敌人还没行动，而自己已及时把情报送到，这样的话就能够提前做好准备。假如反动派军阀的"围剿"抓捕计划已经开始，其后果可想而知，秋实一想到这个事情就直冒冷汗。

秋实每次想到敌人的"围剿"，就不敢往下再想，只能强逼着自己，必须不顾一切，沿着最近的山路，快速奔跑，希望能在反动派军阀"围剿"之前赶到，这是唯一的目的。

其实反动派的"围剿"部队并不是从陆海县派来的队伍，而是早有预谋，就近从陆江县派的队伍，这个队伍是以团为单位、以黄麻子为营长的当地反动派驻军。他们的目的，从黄麻子还是连长的时候，就已经明确，是针对着这里的农民武装力量，现在的行动，就是为了"剿灭"这一带所有的赤色力量。

特别是被诸如孙地主这些利益受到威胁的地主乡绅，一再举报农会组织，使得反动派军阀也变得异常警惕，视刚刚建立起来的农民运动力量如眼中钉、肉中刺。加上反动派政府看到整个中国大地，只要有共产党的地方，就会民心团结、聚拢，更加担惊受怕。

逐渐蔓延开来的粤东区农民武装，已经具备了爆发的力量。宏观上，已倒逼着反动派政府必须花大力气对付这股农民武装，毕竟对反动军阀来说，这是巨大的威胁，国民党反动政府已经感到惶惶不可终日，欲剿之而后快。武力"围剿"计划在军方内部酝酿成熟，当下正是他们准备疯狂实施的时候。

耀阳村虽然地处南方，二月的天气还是寒冷透骨。加上漫天的毛毛细雨，那些被细雨淋湿的山路，多数是黄泥土路。秋实脚上穿的是硬底布鞋，踩在湿泥土上很容易就滑倒，根本无法快步行走。

眼看着宝贵的时间在一分一秒地过去，笼罩在雨雾之中的天气，也越来越让人难以捉摸。秋实急得都快哭了出来，一方面是心急火烧眉毛的情报催着，一方面是对挚友杨光被捕入狱之后，所忍受的非人折磨而痛心疾首。加之身处在这杳无人烟的大山上，孤独带来的凄楚，使秋实不由得泪水汹涌夺眶而出，继而是忍不住的一阵号啕大哭。

秋实暗中也告诫着自己，现在还不是伤心的时候，当务之急是关于反动派部队的"围剿"情报！一想到这里，整个人不由得激灵灵打了个寒战，一种不能退缩的责任感鞭打着自己，整个人一瞬间来了精神。秋实马上在路边找到几条细小的生藤条，将它结结实实地交叉着缠绑在鞋子上面，借此增加了鞋子与地面的摩擦，这样一弄，走起黄泥路来，鞋子就明显改善了很多打滑的可能，还可以择机小跑，虽然也有滑倒磕碰的时候，但是已经好了很多，脚下自然而然加快了速度。

· 第三十二章

秋实躲过敌人哨卡，到达接头地点

秋实尽找偏僻的小路兜转，从陆海县绕道铺宁县，再到陆江县。为了预防军阀队伍的临时设卡，也幸亏考虑得周全，他避开了靠近耀阳村的那一处敌军设的关卡。

但是从陆海县回来的时候，本以为越过了铺宁县的多道关卡，应该平安无事了，却在陆江县城附近的另外一处山林关卡前差点被拦截。

看到情况不对，秋实反应迅速，马上钻进林子里，选择走小路，来到去南洋之前交往过的那位女友家里，也幸亏得到了女子丈夫的热心帮助。由于时间紧迫，秋实顾不了以前曾经的男女之嫌，如实说出路上的遭遇和自己眼下的困难，以及最需要得到的帮助。

女子的丈夫被秋实的坦诚感动，二话没说，凭着对当地深山老林的熟悉，带着秋实绕过几道国民党关卡，才得以继续顺利前行，也为及时通信赢得了时间。

秋实总算赶在了天黑之前，到达往日稍作休息的那个地方对面的山冈上，此地距离寨子有五里地的样子，可以瞭望到村子外面某些绰约的影子，也可以清楚地观察到对面经常停歇的两个大石头旁的风吹草动。

那个地方的小地名叫"夹心石"，是秋实每次外出都略作停留的地方，累了可以歇歇脚，也可以通过周围情况做出正确判断。一旦村里有什么异动，细心点，远眺就能够一目了然。

对面的"夹心石"，由两个巨大石头相连在一起，俩石头下面是一个隐秘的山洞，洞口只能一人进出，里面可以同时容纳三至四人，洞里冬暖夏凉。

知道这个山洞秘密的人，在整个耀阳村也为数不多，为了利用这个隐秘的山洞，方便传递情报，也仅限于几个核心人员才能够知晓，而且都是按照族规发过毒誓，无论在任何情况之下，都不能私自将山洞的秘密告诉别人，否则必遭天打五雷轰，所以凡是知道这个秘密的人都守口如瓶。

秋实、"诸葛亮"彭亮和其他几个农会、赤卫队骨干，之前刚在这一带开展农会工作的时候，还围绕夹心石里面的秘密山洞，做出了一个应急方案，这个方案是针对村里一旦有什么特殊的情况，而私底下说好的一种约定。

如果，万一在某一天，村里发生了什么特别危急的事情，而秋实和几个主要核心人员又不在村里，这个时候，就采用写字条的方式，由还在村里而且知道山洞秘密的骨干人员负责，及时地把大约的相关情况写在纸条上面，派人送往"夹心石"的山洞里面，放到原来指定放情报的地方。这样的话，就能够起到提前防备的作用。幸好，直到目前为止，都还不需要这样做。

秋实每次从外地回到这里，都会例行检查，首先进洞，按照惯例检查香炉下面有没有异常。说实在话，秋实最担心的也是发现纸条，有纸条就说明了有危急情况，说明寨子中或其他地方已经出现了比较严重的情况，需要应对。

也许是因为敌人"围剿"的事情，这一次，秋实突然有种直觉，觉得肯定会有纸条压在那儿，而且情况肯定是危急的。

"诸葛亮"是村里农运会员当中比较成熟稳重的中年人，

虽然有时说话也会口无遮拦，做起事来还是能够把握分寸的，他也是村中读过私塾的年纪稍大的一位长辈，考虑事情比较全面、周到。

秋实前几天去陆海县搞联络工作的时候，与诸葛亮通了气，一旦发现周围乡村有什么异常动静，先把情况用纸条方式送至山洞，再联络各村骨干人员商议决策。

秋实相信诸葛亮能够做出判断。如果发现了异常，定然会派人提前按约定方式通知。

秋实最怕的就是自己不在村子里时，村里遭遇突发的情况，特别这一次是充满变数的非常时期，自己一走就是几天，心里总是忐忑不安，冒出一种莫名的担忧。

这时，天色越发地昏暗。忽然间，秋实看见了对面"夹心石"的后面，有一个人影一闪而过，起初还以为是被雨水打湿了眼睛而产生的错觉，就赶忙用衣袖擦干眼角的几点雨滴，再凝神定睛一看，没错，是杠子，村里的青年杠子。

杠子正在那边石头后面探头，警惕地前后察看，秋实站在松树后面，看得非常清楚，杠子正埋伏在石头后面，样子有些焦急。

秋实似乎突然明白了，隐隐约约知道，村子里已经有事情发生，或者正要发生。因为杠子就是负责传递危急消息的人员之一。看那个样子，杠子也是刚到不久，满身的泥泞，那种焦急的神情可以看出，他一路上急追猛赶，现在正在观察周围环境，准备离开，一定是刚送完情报从山洞出来！

秋实马上发出约定的鸟鸣声，以示问话，对面山头马上传来了安全回应。接着，回应的鸟鸣声越走越远。

秋实迅速越过小山坳，来到了"夹心石"处，赶紧进洞，上前挪开香炉，因为天太黑，看不清。又用手摸了一下，谢天谢地！竟然发现一张纸条，他不禁长长地松了一口气，也许敌人的"围剿"还没开始，自己的情报终于能及时地送到了。

秋实从杠子的纸条内容得知，村里也接到了从其他渠道送来的情报，称近日将有人数不少的反动派部队，对耀阳村一带的农运据点实施武力"围剿"。

知道消息后的共产党组织马上派出相关骨干，秘密进入耀阳村，在上级的协助部署下，应对方案正逐步进行，其中寻求周边武装力量的支援，是重中之重，是最关键的一步。诸葛亮是受党组织任务安排之后，再具体布置由杠子负责两项任务。一是前往附近的几处农运据点，请求兵力上的支援，同时还捎带了诸葛亮写的亲笔信，放到了指定地点之后，再继续赶路搬救兵，没想到正好被心急火燎往回赶的秋实发现而对了暗号。

杠子与秋实对完暗号，整个人好像一下子有了主心骨，也觉得完成了其中的一项任务，紧张的情绪得到了很大的缓解。因为他一直担心自己的这张纸条情报，秋实没能及时地看到，而错过了最佳的部署时间。

信号对照之后，两个人的心里都担心国民党部队采取了行动，一下子觉得，搬救兵的任务变得更加迫切，时间上更不允许自己有半点迟缓，便分头奔着各自的任务行动起来。

杠子沿着去往铺宁县方向的山路，继续走向周边农运据点和赤卫队组织求援，尽力完成武器和人员支援请求的任务，而秋实则以最快速度往耀阳村赶，他知道，那里还有很多事情，要等着自己回去协助处理。

以目前掌握的情报看，耀阳村和挨着的几个村庄，存在被"围剿"的危险最大。考虑到自己随身所带文件的重要性，秋实略作思索之后，提着箱子，钻进了茂密的丛林里面，找到一处绝对隐秘的洞穴，将随身的箱子连同里面装着的重要文件，全部塞了进去。

这是一个长满杂草、埋过死人的棺材洞，棺木取走之后留下的洞穴，可以防止雨水浇淋。

秋实用枝叶挡着棺材洞口，做好足够的表面掩护工作之后，便一刻也不敢耽搁，急急忙忙往村子里赶，他提醒自己务必能在反动派军阀围攻村庄之前赶到。

· 第三十三章

范相带队严阵以待，分头准备武器弹药

喜鹊彭杰、鸦片广丘广、过水云彭云、雕弹彭团结、矮宾，秋明和上级派来增援的赤卫队队长范相、打锡华，各自组织一队人员，正在严阵以待。

另外几个乡村的乡邻，基本上都是住在附近，或挨着的村庄人员，他们当中，有好几户人家，家里都保留有老一辈遗留下来叫做铳的猎枪，之前大家伙加入农会组织后，对村里存在的武器装备做过统计。

当时的村子里面，家中保留有铳枪的人家，都表态说，只要农会组织有武器需要，他们随时可以带着枪铳，提供给赤卫队使用，包括人员。没想到，还真是碰上了需要派上枪铳用场的这一天。

几天前，由赤卫队长范相负责，统一将村中的铳枪集中了起来，由矮宾负责检查维修，逐一做了维护，统一管理，随时准备。

全副武装的军阀部队来势汹汹，他们武器装备精良兵力配置多，大有斩草除根的"围剿"态势。而我方赤卫队武装，以耀阳村为主的几个村庄，总人口尚且不足两千人，而且大部分还是老少妇孺。

一旦与敌人发生武装战斗，可利用的战斗人员不足五百，武器和弹药更是杯水车薪，有限的几十条包括铳枪在内的长枪，子弹也是少得可怜。就算加上其他的诸如长矛、尖串、刀斧之类的落后家伙什，器械仍然存在着严重不足情况，人手一把都没法做到。现在面临的最大问题就是武器装备和战斗人员的严重缺少，这是最迫切需要解决的两个问题。

粮食虽然也是大问题，但是经过乡亲们的协力筹集，应付一两天反而可以做到。

所以早在几天前，赤卫队队长范相和几个赤卫队员商议后，就搬救兵和筹集武器弹药的主要事项，分成了几路人马。第一路，由矮宾负责，迅速带上两名得力的赤卫队骨干人员，将矮宾之前的东家地主高作为借枪的突破口，精准出手，快去快回。

此随行之人也是个关键人员，需要性情温和，不易发火，还必须能说会道、灵活，还需要是个会家子，以防万一。首先，先避开地主高的反动派军官儿子，等机会成熟了再试图策反他，暂时以劝说地主高借枪为主，阐明与共产党领导下的人民武装力量作对的最终下场。

对地主高动之以情，晓之以理，尽量在不适用武力的情况之下，做到使之权衡利害之后，作出明智的选择。

此行，以矮宾对地主高的了解，只要先别让地主高的军官儿子知道，十有八九能成。但是能够借得到多少枪支弹药，就不得而知了。

真乃老天开眼，他们晚上顺利来到地主高家里，他的反动派兵儿子由于军情紧急，已从家里撤离了好些日子。所以经过简单寒暄，矮宾也提醒旁边的赤卫队人员，抓紧时间直奔借枪主题。

地主高在赤卫队员兼说客的利害关系分析之下，为了避免日后被共产党依法清算总账，终于还是做出了正确选择，自愿借出十条长枪和一百发子弹作为支援。

　　由于时间关系，矮宾两人立完借枪字据，背起长枪、子弹便匆匆告辞，秘密返回到了村里。

　　第二路，由雕弹彭团结负责带路，配合两位原活动于铺宁县和陆江县的赤卫队员前往铺宁县，也就是欺辱雕弹媳妇的地主崽黄安家里，瞅准机会，用对方无法猜测到的身份出现，暗中行动，控制住地主崽黄安以后，逼迫其交出家里的长枪和子弹。

　　事情也还算顺利，他们假装柴夫的身份，当时是下午到达地主崽王安家附近。到了晚上戌时，三个人蒙着面，蹑手蹑脚地潜入地主崽黄安家里，顶着冷雨严寒，在室外坚守到半夜时分，神不知鬼不觉，撬开地主崽王安的睡房。

　　地主崽王安和他老婆睡得正欢，在毫无防备的情况下，被捂住嘴巴摁在床上，口里塞上一块乱毛巾，脖子上被其中一位赤卫队员，架着一把明晃晃的杀猪刀，另外一个赤卫队员把王安老婆塞住嘴巴之后，吊在了房间木棚的桁架上，令她动弹不得。

　　王安则被架起，放倒以后，手脚绑了个结实，捆绑在床脚上。怒火中烧的雕弹，几次想用杀猪刀结束了这个与他有着深仇大恨的家伙的狗命，都被两个赤卫队员严厉的眼神拦住了，俩赤卫队员在来这里之前，已经听说了雕弹与地主崽王安不共戴天的仇恨，也非常理解雕弹在那种情况下的想法。

　　但是组织有组织的纪律，此行的目的是逼迫地主崽交出武器弹药，还要假装同时打劫财物，制造山贼打劫的假象，绝对不能暴露赤卫队员的身份。否则一旦引起敌军的怀疑，就会节外生枝。如果真的结果了王安的性命，必然会暴露身份，招来不必要的麻烦。

　　当时的情形下，绝对不允许个人感情用事。而且不能因为随便开口说话，暴露出地方方言，泄露了身份，整件事情，从头到尾都必须保持清醒的头脑。

地主崽王安开始时还想作无谓抵抗，但最终还是怕失去自己的狗命，老老实实说出了藏枪的隐秘所在。由一个赤卫队员押着王安老婆，悄悄地进入保管枪支弹药的房间，也就是睡房的隔壁，拿了六条长枪，大概一百多发子弹，然后成功返回耀阳村。

在行动过程中，由始至终三个人皆蒙着脸，必要说一句半句话时，也特意压着舌头，瓮声瓮气，演了一出精彩的绑票大戏。每个人都成功地扛着两条长枪，连夜马不停蹄地赶了回来。

· 第三十四章

大战一触即发，乡亲转移

秋实赶回村子后山的时候，天色已漆黑一片，村子里到处黑灯瞎火，外面嘶鸣的北风丝毫还没有停歇的迹象，雨水下得虽然不大，却绵密如丝线。站在房屋后面、刺竹林里面的一处至高瞭望点，大老远就能隐约地看见，反动派军阀的先头部队驻地上的点点灯火。

那边扎营处，有几堆明亮的篝火，正在熊熊燃烧，发出的一片火光照得老远。这些火光，等于是公开了反动派军阀部队已经来到了离村子差不多十里地的地方，而且还声势浩大地对耀阳村，形成了"围剿"之势。

也不知道敌军部队葫芦里卖的是什么药，竟然如此大张旗鼓而来，已经不是偷袭的方式了。军队一字排开，正面对着耀阳村的一片村庄，而且随时就可能发动进攻。

不过，按这个鬼天气来看，反动派队伍有极大可能，会选择在天亮以后才会发起进攻，因为他们前面的地形比较复杂，不是山路，就是小小的田埂路，况且时令正是春季准备播种的季节，整片高低不一的耕地，皆处于一片汪洋之中。

这些一半是人为、一半是天然的有利条件，对敌军部队的进攻制造了很大的阻碍。其中重要的一点，就是能够拖延他们向耀阳村进攻的速度，为村中老少妇孺的撤退转移，赢得一定的时间。

还有一路就是由杠子负责，由他联络附近村庄的农会和赤卫队组织，以及乡亲们，保障武器弹药。杠子还提前与这些农民兄弟取得了有效沟通，嘱咐他们，前来支援时，顺便把家里弃用的铸铁犁头带上，因为铸铁金属可以敲碎了当铳用子弹用，以备缓解弹药不足之急。

后来，战斗进行到最后关头，因为武器弹药的紧缺，带来的铸铁犁头还真就派上了用场，关键时刻被敲碎了当成铳枪子弹用，不过这是后话。

在邻村通信联络组织的书面帮助下，杠子还将搬兵的范围，扩大到毗邻的铺宁县，可惜的是，根据支援队伍的通信员冒险前来告知，铺宁县过来的这支支援兵，在前来支援的路上，遭遇到反动派正规部队的卡哨拦截，至于是否突破敌人关卡还是未知数。

后来，考虑到赤卫队落后的武器装备，根本无法突破敌人的哨卡，况且当时正遇上风雨交加的寒冷天气，赤卫队员身上所带弹药悉数被雨水打湿，效用尽失，不得不在中途躲开敌军部队而折返。

严阵以待的事情，终于还是不可避免地来了，反动派军阀部队已经兵临城下。而我们的农民武装力量，应敌经验尚未成熟，战斗前的准备，还正在紧张进行，此时耀阳村的祖屋里面，已经聚集了接近百个男青壮年。

赤卫队骨干人员在以范相为赤卫队队长的带领下，正紧张有序地安排着具体的行动方案。外围负责岗哨的部分人员，由两队轮流负责，几天前基本到位，一刻也不敢松懈，对正在步步逼近的敌军动静严密观察。

为了尽量减少伤亡，此时，屋里的赤卫队员们，在动员乡亲们转移撤离时，碰到了一些难题。有几个上了年纪、却熟悉枪支使用的乡亲，硬是不肯撤离，非要留下来做一些力所能及的事情，坚持要与赤卫队员们共同坚守家园，还说反正是老之将死之人，已无所畏惧。眼看时间紧迫，劝说工作也只能作罢。

秋实戴着斗笠，一身湿漉漉的行装，出现在大家伙面前时，大家紧张的神态上，露出一闪而过的怜爱，大家都知道，现在不是问候个人冷暖的时候。关心的重点，应该是对于这次反动派的"围剿"，组织上的兵力和武器支援安排。

当从秋实口中，再次证实敌军"围剿"的目标确定是耀阳村时，还知道了对方"围剿"部队中，又增加了一个保安团，这是村里获得的情报里没有提到的消息。

大家的神色变得更加严肃，一场超出想象的恶战在所难免。不容乐观的战斗人员，大多数还是毫无战斗经验的农民兄弟，这场处于劣势的恶仗，要不要打，怎么打，从一开始，就困扰着这一群老实厚道的庄稼人。

这时诸葛亮说话了："我看大家伙都先做好撤退的准备，少年儿童和老人已经撤得差不多了，现在还有粮食、厚衣服和被褥的事情。接下来必须把妇女们的撤退工作做好，也必须马上组织离开，哪怕不走，也要把她们赶走。往后面高山上撤，找一处安全避风的地方暂时避上一避。"

秋实一边擦着头发和身上的雨点，一边补充道："这一次反动派军阀对我们这一带的武力'围剿'，是酝酿了很久的阴谋。党组织再三强调，为了尽可能把伤害降到最低，我们只能选择掩护乡亲们先行撤退，避其锋芒，再灵活性地选择，该战就战，该退就退。"

"目前，只有把乡亲们先撤离出去，我们再做应不应战的打算。而且今晚就必须迅速行动起来，完成撤退计划，天亮的话，就再也来不及了，看这个情形，只要天一亮，反动派的围剿进攻就会打响。"

"外面风大雨密，况且天气又这么寒冷，老人和孩子可怎么受得了啊，这些反动派是不准备让人活了，跟他们死拼到底算了。"

"寒冷也必须撤走，必须留下革命的种子。再晚就真的来不及了，把大家全部送走，我们留下来跟他们干，他娘的，大不了一死。"

……

这些善良朴实的乡亲们啊，虽然风里来，雨里去，历经过大风大浪，却从来也没见过真正的战斗场面，更别说是参加战斗了，现在马上就要投入到对敌的武装战斗，这样的非常时期，依然表现得如此坦然和无畏。大敌当前，真的很需要一个有经验的指挥员来指挥、引导他们，然后再进行撤离和应战的事情。

有时候是环境在逼迫着某一些人，做一些不容自己推辞的事情，特别是处于危急关头，更加需要那种勇往直前的勇气、坚强的态度和果敢的执行力，否则将会出现难以想象的后果。

秋实虽然年轻，但是面对当前的恶劣环境，却镇定地表现出了他临危不惧的处事能力，用一个优秀指挥员的气魄，下达了战前命令。他抽出三分之一的赤卫队员，专门负责老少妇孺的撤离工作，每家尽可能都能提供一定数量的粮食和腌菜，带进深山作为后续供给。

所有的耕牛也必须带走，无论后面事态发展的情况如何变化，为了保障战后生产，春耕时依靠的还是耕牛，其他牲畜也要集中在隐秘地方，尽量做到妥善安排。这些都是必须马上执行的命令，要分头行动，一个时辰之内必须完成。

时间正一点一滴消逝而去，眼看离天亮的时间越来越近，老人妇女的劝退工作也进行得差不多了。在基本完成了转移任务之后，除了几个队员滞后，留在山上协助安置老人小孩之外，其余人员已经返回到村子里，等待新的任务安排，准备共同应对，这一场已经无法避免的反动势力的武力"围剿"。

· 第三十五章

应战 "围剿"，生死置之度外

一整晚，面对随时到来的国民党部队，这些老实巴交的农民兄弟，打心里就已经知道，他们只有两种选择。

第一，举白旗，自动投降，这也应该是反动派为什么大张旗鼓而来的目的，也许在他们的心中，这些乌合之众也只能是这种结局，经不住吓！无论是武器装备还是武装人员，在反动派武装的大枪大炮之下，根本上是不堪一击的。

当然，他们经过上次黄麻子进村的巡查结果，也认识到，想要轻而易举地就将耀阳村为主的几个村庄的农民武装力量，彻底扼杀于摇篮之中的话，以耀阳村天然的防御性地理优势，好像不太现实。他们必定会团结其他武装力量，同心协力，来应付这场战斗，尽管要付出很大的伤亡作为代价。

第二，就是集中一切力量，举义反抗，借地形之优势与反动派部队周旋到底。这个对敌反抗计划，几天之前已经达成了共识，有了人员配备和军事上的布置，包括全部耕地都灌满了田水。而且作了两手准备，万一抵抗不住（这是计划中的事情），防线失守，便马上选择撤退。

后山的密林也是一道天然屏障。敌军部队想要进山 "围剿"，对地形肯定不熟悉，加之这样恶劣的天气，对于长时间行军打仗，也是一个大问题，所以他们必然会放弃无法预知结果的 "围剿"，而无可奈何地选择收兵。

所以，最后选择反抗、应战，也是党组织经过反复论证，在骨干人员表决后，做出的重要决定。目的是为了打出农运组织反抗反动派政府的决心和气势，打出陆江县农民武装力量的精神面貌，也借着高昂的士气，给反动派一声棒喝。

这是为苏维埃政权而战的一次应战。当然也有点"箭在弦上，不得不发"而非打不可的因素，反动派部队来势汹汹进犯，没有达到目的，他们是肯定不会善罢甘休。如果我方农民武装力量放弃抵抗，他们长驱直入，遭殃的还是老百姓乡亲。

大敌当前，大家的神经都处于高度紧张之中。杠子从几个地方搬来的援兵，除了有一路因为路途比较远，至今尚未到达，其他几路人马基本到位，也都带来了数量不多的武器和弹药，连枪铳加起来总共有一百条左右。

正式属于精度好的长枪只有五六条，子弹两百发，铳枪用的铸铁散枪子一批，其他简单的手用器械，就是带长柄的铁农具，铁叉、铁尖针、镰刀等。武器装备不但落后，数量上也少得实在有点可怜，装备上的严重不足，可是愁煞了几个赤卫队骨干，巧妇还难为无米之炊呢，何况这是你死我活的战场生死血拼！

进村的必经之路有两条，范相和赤卫队骨干商议决定，将明的岗哨设在离村子约一里地的一处制高点位置，旁边有百年的大榕树作依靠，分别垒砌了一米多高的牢固石墙。

队员用木头架子支起简易的禾稿遮挡雨棚，小小的几个墙洞扫描眼外窄里阔，居高临下，对由远而近的路面情况，可以一目了然，小长方形墙洞可以搁长枪和铳枪。明岗哨则由八个人轮流值守。

左右两个村口，其中一个基本上是废的，中间有一个沼泽地，旁边刺竹长得密密麻麻，行人根本无法通过，所以范相只安排了四个人在暗处值守。

剩下的那个路口才是反动派部队必经的路口。一旦发起进攻时必然从这里挺进。路口临时的岗哨还有一个，隐藏在刺竹林上面的暗处，为提防反动派军队夜间的突袭，力争能够在第一时间发现而设立的。

林子外围，一阵又一阵阵呼啸而过的北风，吹着刺竹林上面摇曳的竹叶，混合着雨滴的声音，让刺骨的寒冷，无形中增添了几分悲凉，也在无形中让人心里有种"山雨欲来风满楼"的无奈。

本来必须撤离的赤卫队队员家属，却有几户顽固地留了下来了，她们死活也不肯离去。这几个人都是年轻的妇女乡亲，孩子们已经跟着爷爷奶奶撤离。她们因为舍不得家，舍不得留下自己深爱的丈夫而独自离去，也许这就是夫妻间风雨同舟的感情。

几个妇女乡亲态度十分坚决，誓死也要跟自己的丈夫和众乡亲一起，表态说，要为保护自己的家园出一份力，哪怕是死也要和自己的丈夫死在一起。

况且情况也未必有想象中的那么糟糕，无论怎么劝说，始终坚持着要留下，最后也只好任由她们自己选择去留。

秋实的嫂子、秋明的妻子庄群，妇女张英和叶妹就是其中态度最为坚决的妇女。庄群因为怀有身孕，原计划是准备撤退的。她们平时都是负责厨房伙食，心里知道这场战斗所面临的危险，自己留下来起码能够保证乡亲们不至于饿着肚子应战。

庄群打算撤退之前，准备先与自己的丈夫秋明道别，却在无意中听到赤卫队骨干人员的谈话，知道赤卫队队伍战斗力的严重不足，遂打消了撤退的念头。当她将这些话与几个即将转移的妇女一说，她们也纷纷要求留下。

考虑到妇女同志肩负着照顾老人，和以后抚育子女的责任，赤卫队组织婉拒了这些不顾个人安危的勇敢请求。不过，最终还是拗不过张英、叶妹和庄群三个妇女不同理由的强烈说辞，而且也真的太需要一些妇女同志处理厨房的伙食问题，甚至战斗打响后可能还要有对伤员的照顾，最后只好让她们留了下来。

张英说，自己一个农妇，打仗虽然是外行，却可以帮忙做饭，况且自己的丈夫因为有事外出，没法参加这场战斗，已觉有愧于乡亲。女儿已经转移到安全的地方，现在就当是自己代替丈夫参战，为农军队伍尽一点力所能及的绵薄之力，只要有用得上自己的地方，保证竭力完成任务。多么真挚的纯朴语言，将要面对的可是生与死的抉择啊！

叶妹说，反正自己已经是个六七十岁的老人，始终坚信加入农会是正确而光荣的事情，面对眼前的危难，更应该留下来，尽力帮助赤卫队员们做一些分内的后勤，送饭送水，况且自己的亲人们也是需要照顾的呀，多一个人就多一份战斗力量，坚持要留下来的态度表现得十分坚决，后来经过几个骨干人员商议，只好一致同意了她的请求。

庄群的丈夫是秋明，是由农会组织发展过来的赤卫队骨干，庄群与秋明成婚后一起加入了农会组织，后又成为赤卫队队员。庄群与张英、叶妹轮流负责农运据点召开会议时的伙食供应。

由于怀了几个月的身孕，与丈夫辞行时，无意中听到赤卫队面临的困境，为了让应战队伍多一个战斗力，庄群与丈夫商量之后，毅然选择了与丈夫并肩战斗，只是她的战斗位置还在后勤的伙房。

时间已来到了农历二月初六的子时，天空仍然下着连绵细雨，寒风彻骨钻心，整个耀阳村笼罩在一片苍茫的雨雾之中。

负责伙房的三位妇女也是彻夜难眠，天还没亮，就煮好了一大锅稀饭，希望赤卫队员们能够赶在敌人"围剿"战斗打响之前，喝上几碗热气腾腾的白粥暖暖身子，因为敌军的进攻战斗随时就会打响。

耀阳村三面环山，坐落在后面高山延伸下来的山脉中间，村子周围尽是老祖宗种下的刺竹，刺竹林也不是什么大的竹林，只是老祖宗来这里奠基之后，为了预防山贼和台风威胁房屋，而围绕着村庄种植起来的一丛丛竹子。

因为刺竹长得快，竹子也粗，而且高大，越长越密，经过上百年的繁盛生长，差不多将整座村子都包围在里面了，慢慢形成了一道有利的天然屏障，从远处看，仿佛是一个密密编织而成的鸟笼。

以前两个入口进来，也有两个出口，其中一个出口的后面是田埂路，沿着旁边的河流溯溪而上，路上经过几个独立的村庄，只要三里地的小山路便可进入大山。

穿过不到一里地以外的小路之后，就是一个乱葬岗，乱葬岗上的树木比较稀疏，但是越往高山上走，树木却越来越茂密，山也越高，越陡峭。

老一辈的人，以前从来不用考虑小路上面的高山上会有山贼出入，因为一直连绵着的整片山脚下面，都有不大不小的好多个村庄，村子里都住着靠山吃山的农民百姓。

虽然百姓们从别处迁入的时间先后不同，姓氏也有不同，但是都是由一方水土养活的农民兄弟，生活在一个山村大环境里，在日常生活劳动中自然而然建立起来的那种感情，随着时间的推移，也变得更加牢靠可信，加上一代又一代乡邻间的互相联姻繁衍，乡亲们的情谊已经超出了姓氏之间的感情。

早期，居住在这里的老实厚道的农民兄弟们，也都有自发形成的安防联盟方法，一直沿用，时间一久，形成了一种自然保存下来的默契行为，一旦大山里面各村发生什么突发的紧急事情，各个村落之间就会自发地快速做出反应，互相联系帮助，以历史上"烽火诸侯"的形式，向周围村庄发出警示，目的是为了共同抵御外来侵略。

这也是这次应付反动军阀的"围剿"计划时，为什么要选择把乡亲们往这些山上转移的重要因素。

另一个出口，是连接铺宁县的一条羊肠小道，蜿蜒曲折，陡峭、崎岖难走，属于当地特别的一处险阻之地，村庄与村庄之间相隔的距离远，周围居住的人口少，人烟也稀少，早些时候还经常有土匪和野兽出没，除了胆子大的几户猎户住在山下，几乎没有老百姓有胆量居住在那一带。

当范相把该提前安排的战斗人员的工作，都安排好之后，再匆忙喝过几口热白粥，时间已经来到了后半夜。这么多天以来，乡亲们生活在充满了白色恐怖的日子里，这些农民自卫军和赤卫队核心人员，一直都在紧张的煎熬中度日。谁都知道，既然选择了留下来，就必须打起十二分精神来坚持，因为最难、最危险的时刻马上就会到来。

· 第三十六章

借地势布置战场，主动迎敌

　　诸葛亮和秋实他们一刻也不敢闲着，着手把村子里边留下来的人员作了个大概的统计。派出去坚守岗哨和守夜的人有三十多个，现在还可以随时调动的，男中青壮年和几个执意留下的妇女，加起来有四百多人，其中有两个还是孕妇。

　　外村庄前来增援的人员，有二三十人，年龄都是三十岁上下的青壮年，而且都带着自己家里的土枪铳前来，个个都是经常上山打猎的铳枪好手。其他落后的农具器械，也已经分发到了每个人手里。

　　村子里所有的人，都是第一次遇到这么重大的战斗事件，谁也说不准，天亮以后究竟会发生什么，但是，每个人的心里却无比清楚，这就是一场前所未有、关乎生死存亡的生死对决！而且残酷程度将会超出自己的想象。

　　所有人员心中都有个信念支撑着，那就是，既然勇敢地选择了应战，那就是基本上知道了后面等待的会是什么结果。只是大家没有说出来而已，其实，心里想的无非就是"大不了战死"，但是，就算是死也要死得其所。

　　房屋外面屋檐流下来的雨水，听起来好像比上半夜又大了一点，时而"哗哗"而下滴在青石板上，时而"滴答，滴答"直击地面，声音特别刺耳，因为紧张准备而满身疲惫的赤卫队员和众乡亲们，强忍着长时间没有好好休息的瞌睡，顽强地坚守在自己的位置上严阵以待……

三百多个青年后生哥，在屋子外面凌厉的寒风中，忍受着彻骨的雨水寒冷天气，分散在村庄各处，分拨轮流值守在不同的埋伏点。各个队伍也提前把该准备的掩体，大致上做了加固的隐性布置，便于队员更好地藏身埋伏。

所有的这些军事上的布置，皆是赤卫队队长范相和诸葛亮彭亮等仿效《水浒传》和《三国志》故事里面的战略、战术，而巧妙布置的。其他人员，也真没有几个真正打过仗，或者参与过打仗的，更别说是在军营当过兵的。

据说，范相看过很多古代的兵书，精通军事兵法理论，领导能力也强。这也是组织上经过慎重考虑之后，才决定由他带队，作为赤卫队队长指挥这场主动应战战斗的原因。

在转移完群众之后，村里的几个年长的赤卫队员提出一个方案，说是不是可以考虑，大家伙都先转移到屋后面的大山上去，采取先避其锋芒，再寻找机会利用游击骚扰的战术给敌军予突然打击。

通过人员讨论后表决的比例看，一部分人主张暂时撤退，选择以退为进。一部分人主张先拼力坚守，等待援军增援情况再作考虑，静观其变，到时再做决定也不迟。理由是，反正村中该转移的老少妇孺也都转移了，剩下的都是可战斗人员。

最后，经综合意见决定，先等待天亮，随时准备应战，等天亮之后，观察敌军来势再作最后决定。

因为大家冷静下来后，继而一合计，应战方为上策。就算整个村庄的人员全部都转移走了，留下一座空无一人的村庄，反动派武装也断然不肯就此罢休而轻易收兵，也照样会挺进深山，继续进行对农军队伍和乡亲们的"围剿"计划，到时受牵连的目标会更多，不仅仅已经撤离的乡亲会被发现，其他撤离时经过的所有小村庄，都会受到反动派的"围剿"报复。

直到战斗打响前的两个时辰之前，几个主要骨干人员经过反复商议之后，才有了最终决定，那就是抱着"兵来将挡，水来土掩"的坚强决心应战，重点是保护好老百姓。采取范相提出的"静观其变，主动迎敌，择机撤退"的战术。

阴雨连绵的二月，天空在沉沉的满天雨雾中，依然被一片黑暗笼罩着。东边的远处大山，后面的那丝亮光，按理说已经突破了几座山峰的阻挠，最后的一次鸡啼也早已结束。也许，曙光也正一点点挣破雨雾的阻碍封锁，即将迎来喷薄而出的时刻。

此时，大家都感觉天亮得特别的慢，雨丝还在飘洒而下，仿如黑夜的清晨，浓雾笼罩在目所能及的天空之下。

1928 年春天，二月的雾，好像也特别的大，夹杂着的零星小雨，哪怕已经断断续续下了几天，仍然还在不依不饶，好像没有停歇的意思。

虽然时令已经来到了万物吐绿的春天，按理说，本应该是春光明媚的大好时节，可是北风却还在呼呼地胡乱搅和着。就算不是下雨的天气，北风一样狂啸，一阵阵的寒气对身体的袭击，也让人感到难以招架。近处的小面积麦地上，一层层白霜似的结冰隐约可见。无形中增添了一股股令人颤抖的寒意，令人内心泛起了直透脊梁的寒颤。

村口其中的一处大门，是用大刺竹并联钉成的两扇竹木排门，用禾稿编压成扁绳之后，再织围在刺竹栅栏上面，密密实实地挡住了想要挤进村子而疯狂嘶叫的北风。

　　赤卫队的主力人员大炮坤和高脚丰，两人都长得虎背熊腰，力气又大，应急反应是大家公认的快捷，所以被组织挑选出来，守卫村口最重要的大门防线。他们此时正坐在大门旁边两个墙角隐藏住的石墩上面，大炮坤炯炯有神的双眼，正全神贯注地注意着远处的一切动静。

　　石墩上面垫着厚厚的禾稿，大炮坤坐在左边，高脚丰坐在右边，两人在这重要的岗位上轮流休息值守。高脚丰的双手正在紧紧地互拢住袖子，头部靠在刺竹的柱子上，眯起眼，闭目养神。

　　大炮坤一边吸着草烟，对前面的些许动静，也丝毫不敢放松。他们晚上守的都是明哨，还有一个暗哨设在大门上方不远处，隐藏在一处视野开阔的刺竹林上面。

　　秋实、打锡华、杠子和矮宾，也正从老祖屋的侧门走了出来，他们是这次对付敌人围剿运动的主要指挥员，分别分工带队，负责不同的区域防守。

　　秋实重复了之前的重要讲话："各队岗哨人员必须注意隐蔽好自己，提高警惕！注意，无论是哪一支队伍，一旦发现有什么风吹草动，立刻以吹统一的竹哨子为号，全部人员务必做到严阵以待，打起十二分精神，估计国民党部队马上就会出动了。我正式宣布，全部就位，各自回到各自的队伍上去，等待范相同志的命令。"

　　随后而到的指挥员是人鬼诸葛亮，他吩咐杠子，把临时在里屋大厅禾稿地铺上休息的全部战斗人员叫了起来，按照昨天晚上在农运据点上安排的人力任务布置，各就各位。也同时安排杠子的堂弟，那个在乡亲们撤离途中偷偷跑回村里的十六岁的彭开小兄弟，由他负责村里的口头传达通知任务。前提是小家伙必须服从指挥，保证服从命令，安全保护好自己。

彭开小兄弟是被安排撤离的一个小不点，可是这个调皮的家伙，却在帮助完父亲把爷爷奶奶送到山上以后，又悄悄地瞒着大人跑了回来，任杠子怎么发火呵斥，要他马上转移出去，他就是不肯离开村子，溜达来溜达去，照样出现在大厅里。

无可奈何之下，经大家商量，只好同意让他留了下来，只是跟他有言在先，如果最后关头看见形势不对的话，仍然要听从组织安排马上撤离。

此时的秋实，心里正七上八下，脸色看起来也十分凝重。他从外面走进屋子大厅，绕着天井的四周石砖边上，来回踱着步子，显得心事重重。他掏出一块从南洋带回来的带链旧怀表，靠近煤油灯看了看，又看了看坐在大厅禾稿上待命的一群新老赤卫队员们，小声说了句："兄弟们，天马上就要大亮了，敌人的'围剿'进攻也马上要来了，大家都做好可能会相当残酷的应战准备。"说完后叫上了站在门口抽烟踱步的诸葛亮，前往另外几处赤卫队站岗的地方走去……

东边的山峰上面，已显露出丝丝金色的光芒，已经可以清楚地看见村子外面不远的所有物体。

赤卫队员们头戴着斗笠，在范相队长的指挥下，站在刺竹连成的围墙里面，一字排开。长枪架在搁枪的竹枝上面警戒着。大家都知道，随着天亮，战斗危险也正在步步逼近。

据乡赤卫队侦察员送来的最准确消息称，国民党"围剿"部队的兵力，超出组织上原来的预估很多。大有先"围剿"、后屠村的架势。

　　侦察员一并传达组织上的最新指示，赤卫队最高指挥员可以视敌军情况，有权随时作出坚守村庄或者是撤退转移的决定，主要是要做到保存队伍实力，不做无谓的牺牲。

　　赤卫队骨干马上在大厅召开了战时会议，经短暂商量后，考虑到牵扯的东西太多，所以全体队员都一致坚决表态，为了能够更好地保护好老百姓的生命安全，决定按原定计划，依赖有利的地理优势，与反动派"围剿"部队周旋到底，尽最大努力坚守保卫村庄。

·第三十七章

部分援军抵达，按梯队各就各位

耀阳村人民从始至终坚持应战的决心，大大鼓舞了赤卫队员的士气，也积极影响着其他村庄青壮年的决心。获得消息的东阳乡赤卫队，距离耀阳村二十几公里，依然冒着严寒的冰雨天气，派出几十人的增援队伍连夜赶来，他们扛着武器弹药，火速驰援，准备参加耀阳村的战斗。

可是由于赶来的路上国民党卡哨重重，无法突破，带队的赤卫队队长临时决定，采取围点打援的方式，以游击流动的方法，给附近的敌人制造骚扰，牵制国民党"围剿"军队的部分兵力。东阳赤卫队的围点打援战术，在整个反"围剿"战斗中起到了不可忽视的作用。

"全体集合，点名报数"，由诸葛亮作为临时副队长的指挥命令发出以后，整个大厅顿时响起一阵响亮的报数声音。当时，为了方便互相辨认，除了临时的战斗人员编号，还按暗号的方式，将编号写在每个人的衣服内袋里面，有小队的编号，每个小队号再另外写上一个编号，代表队员自己。一来方便统计，二来可以作为开战以后，混乱时的确认方式。

没想到后来被捕人员遭到杀害以后，无法找到遇难者遗体，却在他们被拘押的地方，发现了多件旧衣服以及上面的编号，才知道是他们留下的记号。当然，这是后话。

报完数的几个队伍，百余号人有序地在村赤卫队据点，排成了几排，开始了各队伍负责的任务行动。

现在存在的最大问题，就是枪支和弹药不足，平均四个战斗力才能拥有一条长枪，而且都是自制的打猎土铳占了大比例，乡赤卫队带来的十几条长枪，质量稍微好点，遗憾的是，配备的子弹却不充足。

向上级申请支援的土制雷管炸药和部分子弹物资，还正在支援队伍赶来的路上，偏偏遇上了这样雨水淅淅沥沥的阴雨天气，谁也不知道物资多久才能运到，就算能够顺利到达，会不会被雨水淋湿，也是个未知数。

所以现在只能暂时依赖昨天晚上从各农户家里收集、敲碎的废铸铁锅和旧的铸铁犁头，作为土铳用的子弹，提前装满了几十条土铳，做好随时迎敌的准备。为了慎重起见，以防土铳子弹不足，赤卫队员们还把那些木犁架上面的犁头拆了下来，想着实在到万不得已时，再敲碎了缓解一下弹药不足。

天色越来越亮堂，雨水也略有停歇，但是仍然一片飘飘缈缈。大家已经能够隐约看见，昨天扎营在十里地之外、河流对面的反动派先头部队的马匹。

敌人的军营那里，已经冒出浓浓的炊烟，朦朦胧胧中可以看得见人影绰绰，此时应该是他们准备早饭的时候。看样子，敌军部队一定是在炊烟消停、早饭以后，立即发起第一轮"围剿"进攻。

至于这支反动派的军队真正有多少兵力？保安团的兵力又有多少？他们又会派出多少兵力从正面"围剿"耀阳村？他们对整个乡赤卫队是进行逐个击破，还是集中兵力整体行动？这些都只能是大概上的猜测。上级领导也只是在预估的基础上，做出了几套应战方案。

确定作战的总体布局是：全部农民武装队伍，争取形成直径三十里范围以内的布署，基本做到可以互相支援。还是以不变应万变的战略，毕竟武装人员和武器弹药都处于绝对劣势，况且，援兵的到达情况至今还是个未知数。

赤卫队们匆匆忙忙吃完伙房挑来的稀饭。正在平均分成四个队伍的队列人员，间隔着一段距离，按梯队平行排开，第一排队伍一字排开以后，队员们由于遮风挡雨的雨具有限，各家各户的蓑衣也同时派上了用场，没有挡雨工具的人员，只能穿着禾稿编织的雨具挡雨，这是由村里熟悉竹篾活的乡亲连夜做成的挡雨工具，头上戴着竹条和树叶编织成的斗笠。

从赤卫队员们口里呼出的浓浓白色气体，已经可以感受得到，在那种虽然是春天，却依然寒风怒号之下的刺骨冰冷，带雨的酷寒程度可想而知。可是队员们仍然默默无声地，埋伏在离村大门外约一千五百米处，一个地势稍微有点居高临下的地方。

这是关键的一个地方，也是属于耀阳村赤卫队设立的第一道防线，在范相的指挥下，连夜做好了掩体。简单的掩体，是将年前从地里犁出来的一块一块泥胚利用起来，堆砌成了半人高左右的泥土墙，作为战时临时掩体，这些也是范相队长的未雨绸缪。

范相几年前就来到了耀阳村开展工作，从去年开始，就预料到国民党将会对耀阳村一带的农民武装，进行大规模的"围剿"行动，而且免不了一场激烈的武装斗争。

为了预防万一，他提前安排乡亲们，将附近周围这些犁过的耕地保留着旱地状态，先不放水。没想到，还真派上了用场，要不然，这道百多米长的防线就根本没法存在。

掩体后是一块三米宽的临时旱地，后面约五十米宽左右的地方就是水田，为了充分利用成防线，已全部灌满了溢过田埂的储水，现在正是一片汪洋。

这一拨队伍，由乡赤卫队骨干指挥，是经过精心挑选的防守主力，目的也是为了打出农民武装的气势，让敌人不敢小瞧了赤卫队农民的力量，压一压敌人来势汹汹的嚣张气焰，让他们以为遇上了赤卫队的武装主力。

第一道防线的失守，是计划中的事，只是时间上的问题，上级决定应战的目的，是为了打出气势，让国民党反动派知道赤卫队方面的抵抗决心。一旦失守，则马上退至第二道防线。

第二梯队也是成一字形排开，在离第一道防线约四百米外的地方，同样是泥坯砌成的掩体，前面是一片汪洋的水田，只有一条略大于田埂路的小路延伸至第二道防线。

一条耕作时的村道连接村子，距离村庄约八百米。掩体的后面，照样将农田灌满成深水区，作为对敌战斗的进攻障碍，可以有效遏制敌军的猛烈进攻。

一片汪洋的水田，制造了理想的进攻障碍，敌军的继续进攻，首先必须越过汪洋一片的水田深水，第二道防线只要盯住进村的小路，用武器封锁，敌军即使通过了第一道防线，再想继续突破第二道防线，也要付出一定的代价。

这个理想的坚守防线，由杠子和彭亮负责指挥，也要同时为第一梯队的撤退做掩护。

第三梯队按分散围拢的方式，由大炮坤带队，埋伏在第二道防线的后面，距离第二道防线不到五百米，是一米多高的刺竹和泥坯结合而成的掩体。前方制造的有利障碍物，是一条原有灌溉农田用的天然大沟水渠，沟渠深度有一米多到两米，宽度三到四米，具备易守难攻的特点。

第四梯队，也就是第四道防线的坚守队员，第四道防线设在村子里面，防守队员选择的对象年龄较大，是出于应变能力考虑。刚好以一米多高的围墙做掩体，围墙有大小不一的墙洞，可以洞观外面的一切。前面是半月形状的大池塘，池塘的两边，是进村的环形小路，呈八字形分布，这支队伍由高脚丰负责。

村口构筑了临时大门，由村里的木匠师傅建造，松木卯榫做成的门柱非常结实，并且用大松木卯榫做成栅栏，与周围的刺竹，构建成一道坚固的屏障，显得坚固牢靠。

大门旁边是两条长长的照池围墙，围墙上面，有很多原来用来往外眺望的长方形墙洞，也十分适时地派上了用场，刚好可以用来搁放铳枪，方便远距离瞄准的扫描眼。防御人员只要轻松站在地面，就可以有很好的开阔扫描范围。

这种布局上的有条理安排，也是乡赤卫派来的骨干力量之一范相做出的排兵布阵法。他是在与上级领导的方案相结合后而制定的。本着可以随时分开抽调，又可以迅速聚集一起的原则，实现合力抵抗，进行持续反击。

防线一层接一层，环环相扣，形成有利的防守接力。直至坚持到最后，直到抵抗不了了，就转守为攻，借助地理优势与敌人周旋，尽量拖延时间。

只要最后的防守能够拼力坚持到夜晚，便大有机会进行集中突围。但是突围的方向，必须选择与乡亲们的撤离方向相反的地方，这样才能够牵制住敌人，从而保护了已陆续撤退到山上的乡亲们。当然，这也是周全的战前预备。

· 第三十八章

敌军来势汹汹，兵临城下

"敌人来了！敌人来了！他们的兵来了！"外面的临时暗哨响起，禾稿棚上面眺望的赤卫队侦察人员传来轻压着的急促的声音。发出警示的，是正在全神贯注盯着敌方动静的彭团结，从他埋伏的禾稿棚暗哨上发出的紧急通知。

果然，就在他说完话的同步时间里，可以清楚地看见，敌军部队排着长龙似的队伍，正在从河流对面的不远处浩浩荡荡而来，几个骑马的家伙，带队走在最前头。后面的队伍中间也夹杂着骑马的人员，应该就是当官的指挥员。

赤卫队队长范相得到敌军动静的报告，也在第一时间，对第一梯队的战斗队员做出战斗命令："全体队员各就各位，检查武器，马上进入战前准备！"

天空中，小雨仍在下着。徘徊在低空中的雨雾，好像又升高了一些，那些逐渐逼近的反动派队伍，越发清晰可见。从河对岸丘姓村庄的祠堂旁边出发以后，动作十分迅速。

看他们的那个样子，基本上可以断定是步兵。几个当官模样的人，排在队伍的中间，骑着高头大马，颤颤悠悠，全副武装。这次的"围剿"行动目的性很强。

听说，敌军部队不知从哪里强行骗来了几十个木匠师傅，还包括了耀阳村的几个青年，逼迫他们用了几天时间，用杉木和泥竹，钉了很多结实的竹排木筏，加上前些日子暗中做好的木筏有一大批。在昨天下半夜，还暗中派出了一队人马，把那些钉好的木筏偷偷地扛到河边，连夜铺架在河道上面的石跳板上，然后又铺了一层禾稿，再覆上一层厚厚的泥土。

竹木筏的宽度，足有一米五左右。看来反动派在年前那一次派黄麻子带兵前来巡查，果然就是早有预谋的一次摸底行动，要不也不会准备这么多的竹木筏。

他们这次"围剿"行动的目的地非常明确，其他准备工作也都是十分充分的。难怪上次他们虽然来了，却没有弄出什么大动作就撤了，原来是怕打草惊蛇罢了。

这样一来，敌军部队的马匹、人数众多的"围剿"队伍过河的问题，皆可以从容得到了解决，有了结实的木板竹筏，覆上厚土的泥路，部队和辎重已经可以十分轻松地通过。

来势汹汹的队伍，人数应该不下八百人。与共产党组织从敌人内部掌握的兵力情况，可以说基本相同。从马匹的运输情况来看，敌军部队的装备，不但足够精良，数量也很充足。看来反动派军阀，对于此次的大规模"围剿"行动，真的是下了重本，我们的赤卫队在如此恶劣的天气条件下，所要面临的各种困难，远比想象中要大得多。

狡猾的军阀队伍，先试探性地派出了一个十几个人的小队，偷偷进入了赤卫队布置的第一道防守阵线不远处的外围，后面的大部队也刚刚过了河道，从正面卷土而来。

这条农耕道路，虽然是一条上坡的黄土路，但是在视野上属于开阔地带，是兵家布兵排阵比较忌讳的地方，而且路程也比较短，上坡以后就是一片没有遮挡的旷野地。

按照原来的计划，村子里的赤卫队武装，准备在敌人过河的岸上，依赖地理优势，打敌人一个措手不及的伏击，后来经过再三分析利弊，觉得如果打完了伏击，就算成功了，在时间上也很难撤得出来。因为这片庄稼地的周围，放眼一看，都是一片空旷，连一块躲避遮挡的地方都没有，没法安全撤退，到时也成了敌人的靶子，所以放弃了这一伏击计划。

最后经乡赤卫队派出侦察队员暗中侦察地形后，也根据实际的地理位置，重新作出了几套应战和最后撤离的方案。将第一梯队，放在一个地势较高、方便隐蔽的地方。重点还是选择了利用梯队，实行多防线应战。充分依托村庄天然的地理优势，灵活多变应付敌军的进攻。

范相胆大心细，判断出敌人进入防线内的，只是小股人员，知道敌军队伍是试探，所以果断传话下去，第一防线的战士们视若不见，大可不必理会这小股敌军。

果然，这一小股家伙对着周围打了一阵冷枪之后，发现没有什么动静，或许觉得没什么可疑之处，便从原路返回，向上交了差。不大一会功夫，后面的大部队便继续前行。

最令反动派"围剿"部队头疼的，正是前面要走的田埂路，前面的视野虽然开阔，但是全部农田都已经被储满了深水。

这一片是耐干旱的农作物种植地，属于外村一个地主的田地。一方面是害怕农会算账的原因，地主已经超过一年不敢前来管理。现在又遇上反动派部队"围剿"耀阳村，彭团结在范相的安排下，与村赤卫队一拨人马，连夜偷偷地把另一路灌溉农田的河水引流了过来，已经灌满了这片农田，储水深度也达到了范相的要求。

这片耕地总共一百多亩，大大小小平原似的农田被灌满了水，现在看上去跟镜子似的。再加上土坡那里，一片已经储满水的梯田，经春耕犁耙过了的深深的淤泥，透着刺骨的寒气，双脚一旦踏上去的话，深一脚浅一脚，想轻松抽身绝对是很大的一个问题，而且现在还处于二月的冰冷天气，踏进去挨冻的滋味可想而知。

有句当地的谚语叫做"正月冷死牛，二月冷死马，三月才冷死耕田者"，听农谚，就让人有点哆嗦。可以想象，现在的寒冷刺骨程度，足以冻死一头大牲畜，在这个天气，双脚一旦踩在水田里是一种什么样的感觉。

这一片耕地水汪汪，湖泊似的，看着都瘆人，也直接影响了敌军部队的前进速度。他们也只能战战兢兢地，沿着不到一米宽的田埂路，一点点往前缓慢推进。

赤卫队组织设计这个人为制造的小小阻碍，对敌人的"围剿"部队来了一个当头棒喝，令来势汹汹的部队士气上有些低落，虽然还没开打，战斗力却已大打折扣。

当敌军来到了离第一道防守线约莫五里地的时候，也许是感觉到了过于平静的周围环境，一个带队的军官，命令队伍在一块四周是水田的山丘地带暂停前进。那里有一座老坟墓，凸起来一块面积挺大的旱地，他们队伍依令停止了前进的步伐。

一个穿着大军棉袄、看似军官模样的人下了马，走到山丘前面，手上拿着望远镜，对着高于落脚地方、远处五里地外的村庄，仔细地环顾着观察了一遍，脸色严肃地对下边的官兵大声命令："传话下去，大家都给老子打起十二分精神，快速通过这一段前不着村后不着店的空旷之地，看这出奇安静的样子，这帮农民泥腿子武装，肯定是提前获得了我们的'围剿'消息，作好了应付我们的准备，我们的行动早已被对方察觉。"

这番说话，从当官的嘴里吐出来，简直就是屁话，从昨天开始，他们制造的动静，如此大张旗鼓而来，打从他们扎营在十几里地的影响开始，早就不是什么秘密了。农民武装们只是不知道确切的"围剿"地点和兵力部署罢了，简直有些搞笑。

由于田埂路仅有一米宽左右，虽然敌军两个人平行并排推进，一个不小心失去平衡，就会一脚踏进水田里，所以即使命令队伍快速前进，却哪里又快得了？

这样一折腾耗去的时间，为乡亲们转移到更远更安全的地方，又赢得了更多的时间。

· 第三十九章

斩首任务成功，反"围剿"枪声打响

其实我方的赤卫队队伍，还在第一排防守阵地的前方左侧，也是河岸边的一个暗处，安排了两个出色的长枪枪手，分别是矮宾和一个外地前来支援的赤卫队员，他们用的长枪，也是由乡赤卫队向上面申请特批的步枪，精准度高，射程远，是非常理想的射击武器，特别适合打阻击战。

范相说，矮宾俩人执行的任务叫做"斩首"任务，也是只有几个骨干才知道的秘密任务。他们需要持久的定力，耐住性子，静静地等待在那里，必须保证一直埋伏着不动，等待机会，寻找一个最佳时机，争取一枪击毙锁定目标，也就是击毙敌方最高军事指挥官。

击毙任务完成之后，立即从河道沿岸，往深山处撤退，务必做到引诱部分敌军前来追捕，分散敌军的兵力，起到一举两得的作用。

上级作出这样的安排，是想利用"斩首"任务取得的成功，达到扰乱敌人军心的作用，进一步打乱敌军"围剿"计划的进行，令他们不至于长时间停留在村里，迫使反动派的队伍草草收兵离去，这也是一个重要的目的。

隐秘埋伏在河岸边的矮宾和另一位赤卫队员，埋伏的时候做足了防雨措施，范相特地将村里仅有的两身雨衣，安排给了他们两人。这两身雨衣，还是秋实从南洋带回来的，可以防雨，也可以御寒。

但是由于埋伏的时间已经超长，他们只能强忍着心里的不耐烦，紧紧盯着前方敌人前进的队伍，因为他们更加清楚自己所肩负任务的重要性。突然间，矮宾的眼前一亮，敌军的指挥官出现在视线中，矮宾俩人感觉到机会正在步步来临，整个人马上来了精神。

盯着敌军大兵压境的同时，矮宾突然发现了等待的目标，为首的一个骑马的军官，走在一个侦察小队的后面，正在指挥队伍行动。指挥官旁边有十几个护卫兵，走在马匹的前后，左右的水田各有两个，真的有点"此地无银三百两"，突出他当官不同身份的意思。

此时的目标，完全控制在长枪的射程之内，矮宾不由得心头一喜，但是两手也因为心里紧张而不断发起抖来。

这种紧要关头，可不能是这种状态啊，必须沉住气，矮宾暗地里默默在给自己打气，然后深深地吸了几口大气，才将因为激动而颤抖的双手稳定下来。他重新把长枪稳稳架在固定的大石上，凝神静气，扫描了几次，又重新再瞄准，在这么寒冷的天气里，手心竟然还能渗出了汗水来！

矮宾和另外一个赤卫队枪手互相小声提醒着，而且再次一致确定了共同的目标以后，锁定双重保险，继续跟踪，等待对方距离再近一点。以便选择一个最佳时机、最佳状态、最佳位置，给以锁定目标致命一击！

机会来了，机会终于来了！俩人屏息着呼吸，准备着及时地一扣扳机。

头上戴着军官帽，身上穿着长长的淡蓝色棉袄大衣，脚上穿着长筒军靴，手上挥着短枪、吆喝着座下高头大马的这个家伙，正是因为年前设计处置了孙地主被立功嘉奖、刚升为营长的反动派"围剿"部队的第一指挥官黄麻子。这个家伙在驻地几年，到过很多地方，为非作歹，坏事做绝。

霸占了可恶的孙地主的三姨太，而后诬陷孙地主为革命党，抢功邀赏后升了官又发了财，后来又盯上了农民武装。这个时候应该也是他作恶多端的报应来了，此时的不远处正同时有两支长枪，从正义的暗处，寻找着一个万无一失的机会，随时送他上西天路。

此时的黄麻子，已经完全暴露在两支长枪的射程之内！

只听见"砰、砰"连续的两声枪响，在阴雨绵绵的天空中久久不绝。敌军的进攻队伍中，骑马走在中间的——反动派的指挥官黄麻子，应声从马背上一骨碌摔了下来，头先落地，打了两个翻滚，一下扎进了旁边溢满水的水田里。

第一道防线的所有赤卫队员们，在听到指挥员范相的一声令下"打！"之后，纷纷扣动了等待已久的长枪扳机，猝不及防的子弹"嗖嗖嗖"地飞向敌军队伍，一下子打得敌军抱头鼠窜，步步后退，反动派队伍一片慌乱，却无处逃窜，只好跳进水田里，只往后退而不敢前进半步，"嗷嗷"直叫。

敌军队伍只是还没来得及反应过来，但是他们马上意识到遭到了赤卫队武装力量的伏击，几个护卫兵更是手忙脚乱。在他们次长官的大声命令下，急忙将黄麻子扎进水田里的身子用力拖了上来，仰面平放到地上。此时的黄麻子，身上是全身湿稠稠的黄泥泞，头部和胸部都糊着湿泥巴，衣服上一片血红。

只见黄麻子还在瞪着一双眼睛，喉结处抽搐了几下，再翻了几下白眼，头一歪，脚一蹬，终于气绝身亡。

估计黄麻子临死也还没弄明白是怎么回事，就带着他的满身罪恶，向阎王爷报道而去了。

刚才关键的两枪，正是矮宾和另一个赤卫队员开的，两枪都瞄准了黄麻子身上的致命部位，头部和胸部心脏位置，而且出手果断，准确无误。不愧是悟性和定力都极高的枪手，做到一招致敌于死地。

解决了黄麻子，两个人长长地嘘了一口大气，心里默念着：总算没有枉费自己从黑夜到白天的死守。

估摸着上级交代的"斩首"任务十有八九已经成功完成，战略、战术上的第一个目的已经达到，两个人也不再作耽搁，迅速往河对岸转移，继续进行诱敌任务。

当敌军回过神来寻找他们时，矮宾俩人已经转移走了，趴在远处石壁的隐秘处喘着粗气呢。虽然他们没有亲眼看见黄麻子咽气，见了阎王爷，却亲眼目睹黄麻子中了两枪，并看见他从马背上摔了下来，觉得就算不死也离死不远。

矮宾马上按照预定计划，故意冲远处放了两枪，将一部分敌军兵马吸引了过来，正往他们这边紧紧地追赶。

为求牵制任务更加完美，矮宾跑动时，又回头来，对着敌军队伍追来的方向上空，断续地放了几枪，然后又继续往前，迂回着前进。

再说敌军主力部队那边，阵脚顿时显得乱了起来，防不胜防的突然变故是他们始料不及的。他们做梦也想不到，区区一小股农民武装力量，面对大部队的悍然进攻，竟然也敢果断出手，还如此轻松地干掉了他们的指挥官！这是致命的轻敌思想，剩下的反动派官兵为自己的狂妄轻敌捶胸顿足，但是也悔之晚矣。

敌军部队的兵力也被分散了一小部分，一小队人马急急忙忙，一边警惕着土坡上的动静，一边用担架抬着黄麻子的尸体，往刚来时的桥头处返回。狭窄的田埂路上通过的人员，只能慢慢地互相闪避，闪避不及的就踏入水田，弄得整个队伍狼狈不堪。

另一小队人马，正往矮宾撤退的纵横方向穷追不停，但也只能是侧着身子，穿过小小的田埂路，因为路小，不好闪躲，"哗哗叽叽"踏空滑进水田的敌军官兵无数，部分摔倒到水田里全身湿透，跟落汤鸡似的哇哇直叫。

敌军的指挥员，做梦也没想到，这么大阵仗的队伍还会遭到突然袭击。而且是遭到这种简直是羞辱式的伏击，当时的场面，简直是混乱不堪。

马上缓过神来的反动派队伍，里面几个带队的家伙，也正是他们表现自己带兵本领的时候。带头的指挥官很快将骚动的队伍情绪稳定了下来，并煽动起这些当地兵的复仇火焰，做了报复式的战前动员，借此挑起了反动派队伍对整个赤卫队武装组织的报复怒火。

敌军部队随即以最快速度，穿过了两边是水田的田埂路，很多兵员在他们当官的逼迫下，跳进了水田里继续前进，在北风呼啸的阴雨侵袭下，加上脚下的刺骨冰冻钻心，基本上就是在哆哆嗦嗦打着冷颤前进的。

这些在上司淫威下的反动派军阀队伍，行动也突然变快了，在极短的时间里，开始了对赤卫队武装第一防线的强烈进攻。走在最前面的一小队兵，纷纷端起了手中长枪，对着前面所有能看见的掩体一顿试探点射。

防守在第一道防线的赤卫队员们，在矮宾他们干掉黄麻子以后，在与之基本同步的时间里，就打响了反"围剿"的枪声。

·第四十章

较量开始，赤卫队顽强抵抗

赤卫队员完全进入了战斗状态，双方第一轮的较量，由于我方占据了优越的地理位置，对敌军的进攻有所遏制，在防守上抵住了敌人的猛烈进攻，暂时呈胶着状态。

最大的问题，就是赤卫队员们平时没机会去训练，乡里的赤卫队，向上级申请带来的几条最好的长枪，其中两条被矮宾两个人背着打伏击去了，剩下的，其他诸如长枪、猎铳等都是老家伙什，准星差，射程短，特别是农民自卫队的铳枪，子弹是碎铸铁，打出去又是散开的，力道又小，根本无法重创敌军，起不到震慑的作用。

刚开始时，敌军队伍还有所忌惮，经过几轮的交锋后，也看出了赤卫队员们手上的武装装备，只不过是一些旧的土枪土炮，对他们根本构不成多大的威胁。

战斗对抗中被打伤的几个敌人，也只是轻微的皮外伤，连重伤他们都难，所以激起了敌军队伍更加疯狂的反扑进攻。

前面的敌军队伍，依赖充足的炸药包和他们的优良装备，持续发起猛烈进攻，多个赤卫队员在他们的进攻中不幸壮烈牺牲。我方赤卫队员在第一道防线顽强抵抗，依然遭到敌人的步步逼近，伤亡也在持续增加当中。

在战斗进行到没有多久，又发生了不幸的事，过水云虽然成功地用铳枪射伤了好几个敌兵，却在专注于换弹药的时候，由于疏忽大意，暴露了自己位置，被敌人发现，开枪击中了要害，重伤倒地后，血流如注，生命危在旦夕。

同一时间，还有四个主力赤卫队员也被重伤，在这种情况下，第一防守梯队的战斗力，已经大打折扣。赤卫队员们只好一边留下部分人员，继续奋勇抵抗，一边安排人员掩护伤员快速撤离。

重伤的过水云，在受伤的第一时间，就被赤卫队员背着撤退至村里安全地带，可惜由于伤势过重，血流没法及时止住，不幸壮烈牺牲，年方三十二岁。

由于敌军报复式的疯狂进攻，以大炮坤为主力的第一道防守，因为武器和弹药上的落后，虽然赤卫队员们拼力防守抵抗，还是无法抵挡住敌军队伍的进攻。

不到一个小时的时间，第一防线就宣告被敌军攻破，造成了一人死亡、重伤员过半的惨重代价，坚守的时间也比预计中需要防守的时间还短。

原以为依赖道路两旁灌满水的农田，而且在如此恶劣冰冻的天气之下，敌人是断然不敢赤着脚下水田的，没想到这支在戴可雄、杨作梅带领下的反动派军阀部队里，竟然还有这么一支训练有素的队伍，在经历了最高指挥官命丧黄泉之后，还能有这般模样的战斗气势，不容小看啊。

虽然多数敌军官兵骂骂咧咧发着牢骚，他们是在长官的逼迫下，无可奈何踏入深可及膝的水田的，但是，战斗力依然不可忽视。我赤卫队在战术上也低估了对方的实际战斗力，所以行动上是处于被动的。

也许就战争本身而言，就的确存在很多不可预知的各种外在因素，只能以不变应万变。

第一道防线和第二道防线之间，只相隔了半里地左右的距离，国民党的队伍，紧紧跟着赤卫队撤退的队伍，向我方第二道防线紧逼而来。当我方战斗人员全部撤进防线的掩体以后，杠子在防线内接应，然后由高脚丰带领的第二防守梯队接替。第一梯队的可战斗人员留下继续参战，其他重伤员，转移至村庄后山做临时休整。

第二梯队队员，把临时架在水沟渠上面供赤卫队员们通过的刺竹排，抬进了防线内，竹排也是很好的防御工具。防线外围，是跨度三米左右、储满了水的深水沟渠，形成一道有利的人为障碍。

受到袭击影响的敌军有了前车之鉴，虽然急于报复，但是已经没有了开始时的那股子锐气，不敢贸然前进。

狭窄的田埂路，而且这一片农田地势较低，由于常年积水，深的地方能够陷进去一头牛，是存在了很久的沼泽地带。

据说，以前曾经有一个地主的耕牛陷于此地，最后还是由十几个青年长工想方设法，费了九牛二虎之力才弄了上来。现在虽然地里的淤泥有了一些改变，泥泞仍然可及腰部。这些天然和人为的障碍，迫使紧追而来的国民党兵不得不战战兢兢、见步行步。

这些与水深度结合，做成的一道道理想防线的防守计划，也是彭亮诸葛亮仿照《三国传》里的布阵方法，而做出的一道阵线。彭亮虽然小时候书读得不多，却喜好识字听书，但凡有空，喜欢到处去听那些精彩的说书唱评，所以对于三国战斗中的排兵布阵，还是有一点门道的。

面对这次来势汹汹的反动派"围剿"，他首先就提出了充分利用水资源的办法，没想到乡赤卫队全体骨干，一致同意了彭亮的这些巧点子。防线的设计也是由彭亮全面负责。

依眼前的情形看，在时间上的确扼制了敌人疯狂的进攻节奏。但是，国民党仗着队伍人多，武器也精良，马上又组织了更加猛烈的进攻。赤卫队员们唯一的有利之处，就是继续依靠这个地理上的优势，对反动派队伍以迎头痛击。

第二防守梯队队员，把每一支铳枪都搁在枪眼位置，等待敌人靠近一点，瞄准了再射击。最可惜的就是，虽然占据着非常有利的地理优势，用的武器却是落后了敌军不知多少，射程短就是致命的一点。铳枪更是落后，用的子弹是散铸铁碎，远距离根本上没有多大的杀伤力。只能勉强于近距离伤敌皮毛，却难以对敌一枪致命。

不过，由于准备上的足够充分，即便是这样的装备，也打得敌人的队伍鬼哭狼嚎，阻止了对方部队的多次进攻，逼着他们不敢贸然行事，退到铳枪射程之外的地方。

经过几次正面的进攻交火，敌军队伍也觉察出了，赤卫队员们使用的是落后的武器装备，弹药也不足，没法对他们造成致命威胁。装备的落后，是赤卫队的最大劣势，从装弹的速度，已经完全可以判定武器的杀伤力大小。

敌军的几轮进攻，都在赤卫队的顽强抵抗中被逼退了回来，敌军临时指挥官不禁恼羞成怒。再次组织进攻时，改用由一队机枪先行进攻压制，目的是为了掩护他们架设通行深水沟渠的临时竹木桥。

反动派指挥员几次命令强行冲锋，几个梯队带着钉好的松木木筏和竹排，迅速往深水沟渠之间架设。

下着小雨的泥泞路面，到处滑溜滑溜的淤泥，敌军想要完成一次顺利的冲锋，几乎都不太可能。赤卫队员们在掩体的掩护下，轮番射击，干掉了几个冲锋在前的敌人，一度令他们踌躇着不敢再进行无效的冲锋。可是，带头的长官哪会让他们停滞不前，连续鸣枪告诫进攻官兵，不得退后，否则杀无赦。

接着，敌人五个人为一组，将松木筏和竹筏当成了大盾牌，合力抬着往前做掩护，一字排开继续推进。这样一来，赤卫队员们对付起他们来就更难了，有点顾此失彼。子弹打在木头和泥竹上，一下滑走，搔痒痒一样，丝毫也伤不了反动派部队，只能眼睁睁看着他们步步紧逼。

幸亏范相和诸葛亮考虑周全，提前安排队员，备用了足够多的石头以防万一，没想到还真派上了用场。力气大的队员或单手投掷，或双手抢掷，使劲将石头扔向敌人抬着的木盾，尽力阻止他们向前推进。

可是，毕竟战斗人员有限，阻挡不了敌人潮涌般进攻的队伍。跨度三米多宽的松树排和竹排，竟然被敌军发起一阵冲锋之后，架起了三道可以轻松通过的竹木桥。

敌军队伍有了竹木筏做的桥板，进攻速度和进攻人数瞬间发生了突变，上百个敌人排列，已经轻而易举强攻而上。作为战斗指挥员的诸葛亮，看到这种情形，知道再像原来那样，盲目地坚持下去的话，必然会造成更大的人员伤亡。原来依赖的深水沟渠，敌军队伍已经有了木筏做桥通行，沟渠失去了可利用的优势。赤卫队员们手上不具备强有力的杀伤武器，假如有炸药的话，还可以把架好的竹木筏轰炸掉，阻断他们的进攻。可是现在的情形，炸药是不现实了，依靠落后武器，即使再怎么顽强抵抗，也是徒增伤亡。

情况已是十分危急，在第二梯队防守线上，被敌军炸药包炸伤的人数已经达到了十几个，死亡人数又增加了两个。赤卫队员们换装铸铁沙子弹的速度，根本上赶不上敌人数量众多的冲锋速度。考虑到队员们如果继续拼死抵抗的话，即使勉强可以抵挡一阵，最终付出的伤亡代价，将会更加巨大。为了保存实力，结合当前实际情况，最重要的还是考虑到战斗队员们的生命安全，诸葛亮果断下令，所有人员有序撤退到第三道防线，由第三梯队接替主力任务，原第一、第二梯队的可战斗人员留下，伤员、重伤员全部撤退，轻伤队员协助主力队员继续坚守。

这也是唯一的选择，必须紧紧依赖村子周围天然的刺竹林，作为打好防御战的最好屏障。

"全体队员，先检查弹药，原第一梯队队员负责继续收集石头，分散了放在顺手的地方，原第二梯队队员负责收集废弃铸铁，并敲成碎粒。必须坚持到东屯乡赤卫队增援队伍的到来。"

"把收集来的所有犁头敲碎，做铳枪用的子弹，再捡尽量多的石头摆放好，作为对付敌人进攻的投掷武器……"

再说说矮宾和另一个一起打阻击的赤卫队员那边，刚才成功击毙敌军指挥官黄麻子后，就按照预定计划，用了若即若离的方法，牵制着国民党军队的一小队人马，在茂密的松林山头里面兜兜转转，弄得小股敌军晕头转向。不但无法找到矮宾俩人的行踪，还白白被矮宾他们再次干掉了两个。

敌人小分队也意识到，在这深山老林，凭着二三十个人，想要消灭矮宾这两个精明的本地通，简直是大海捞针，终于醒悟过来。最后的牵制计划也被敌军识破，发现中了圈套的小股敌人，马上掉头往回赶，与他们的大部队汇合。此时，矮宾的牵制目的早已经达到，也没有继续跟踪他们，两个人也急匆匆地回到了村里。

诸葛亮看见了矮宾两个人，知道他们也是刚刚回来，按理说应该让他们两人休息一会，可是现在村里大敌当前，援兵又迟迟没到，正是用人之际，哪里还有可能安排他们休息。看到他俩，心里面已经有了新的想法。

第四十一章

农军借助狙击，坚守防线

　　敌军队伍马上就要进入第三道防线，第三道防线是一个重要的进村隘口，外围两边都有环村而茂密的大树和刺竹林，对于有阻击经验的枪手来说，隐秘的制高点是阻击敌人的最佳作战地点。

　　诸葛亮知道矮宾打小就是爬树的高手，小时候在后山掏鸟窝的时候，再高的树都敢上，在整个村子的小家伙当中，胆子和爬树技术都是数一数二的。恰好，跟他一起执行任务的乡赤卫队员，也是爬树高手，人也年轻、反应快、灵活轻巧。

　　经过赤卫队骨干人员的交流商量，准备再派出矮宾俩去打敌人的狙击。其他人员则埋伏在隘口两边，准备好石头，随时袭击进攻而来的敌军。矮宾两个人刚回来，正不知道该干些什么呢，听说又有了新的狙击任务，便立即行动了起来。

　　选择的狙击地点，是村头左右两边的大龙眼树和大榕树，狙击位置由他们自己选择。两位枪手带上长枪、子弹和麻绳，来到村头大树下面，先将绳索往上抛，跨过比较矮的大树杈，然后抓住麻绳"噔、噔、噔"往上爬，身子像猴子似的麻利，一下子就爬上了大树，瞬间隐藏在高处茂密的枝叶之间，连人影子也见不着了。

　　左右的茂盛大树上面，俩人分别各把守一边，依赖着遮挡的树木枝丫、树叶作藏身掩护，形成了一个非常理想的狙击位置。希望充分利用好狙击敌人的方法，配合第三梯队的防守，以达到计划中对敌震慑的作用。也尽量拖延时间，等待援兵的到来。

敌人的队伍只是做了短暂的停顿，一小队的组织进攻再次卷土重来。藏匿在树上的矮宾俩人，仿效早上"斩首"行动的方法，隐藏在大树上面，在不知不觉中连续干掉了四个国民党兵。弄得一小队敌军胆战心惊，左瞧右瞧，不知咋回事，连同伴的尸体也不敢搬动，落荒而去。

这一招"出其不意"的战术还真有一些管用，第三梯队的防线令敌军官兵摸不着头绪，敌方的阵营出现了短暂慌乱。大队人马也突然停下了进攻，后退到我方原来的第二道防线处停留了下来。

看样子，敌军应该是重新部署进攻方式，也有可能觉得第三道防线才是不好对付的硬仗，所以干脆停止进攻，等待午饭以后，再发起猛烈进攻。来自暗处的赤卫队枪手的阻击力量，也是他们必须揣测的主要原因。

看到敌军无缘无故停下了进攻步伐，诸葛亮一边派出两个赤卫队员，靠近敌军队伍，暗中侦察敌军队伍的停步理由，一边作出相对应的下一步安排，然后见机行事。此时的敌军队伍，估计停留的时间会相对较长。除了重新部署进攻方式，他们还要完成一顿午饭。

侦察人员回报称，看见敌军用了几十块竹排和木筏，围拢竖立在第二道防线的水田上面，正面也用木排和竹排横着，拼凑了起来作为进攻掩体。敌军部队全部聚集在掩体之内，具有防止我方偷袭的防御性能，既然敌军有了准备，我方赤卫队也打消了原来设想偷袭敌人军营的打算。

不过，大部分敌军，由于赤脚下了水田的缘故，溅了满身水，身体早已冻得直打哆嗦。加上密如丝线的细雨纷飞，哪怕身上披着雨衣，仍然遮挡不了雨水寒气。刚刚点燃的一堆堆篝火，燃烧了没有一会儿，就被雨水浇淋而熄灭了。

敌人只能站着，依偎在一起，相互依靠肢体温度取暖。嘴上大声地宣泄，骂骂咧咧，干等着炊事班的午饭。因为时间上早已超出了他们原来的午饭时间。

从一大早到中午，在凄风楚雨中，不停歇的战斗折腾，令这帮反动派军阀带领下的队伍，发起了阵阵牢骚，这些平时懒散惯了的家伙，哪里受过这样的连续战斗煎熬。

在这穷乡僻壤的山沟沟里，二月的天气，又饿又冷，有一大部分官兵已经在骂娘了，低迷的士气，令他们的长官也无可奈何。

这边诸葛亮及秋实，还有乡里前来支援的赤卫队队员，也汇聚了一起，乡赤卫队的部分队员，是秋实在回来的半路上碰巧遇上，接应过来的。

当时还差点发生误会，秋实走的是山路，而支援队伍走的也是山路，都是挨着主路上面和下面的小山路平行秘密前行，走在下面的支援队伍，不小心踢翻了石头，石头的滚动引起了秋实的警觉，看着下面行走中几十人的队伍，秋实着实吓了一大跳。

由于当时是雨雾天气，到处都是灰蒙蒙一片，又隔着中间的主路，互相之间根本无法看得清楚，还以为是敌军的部队，暗道一声不好，秋实心中忐忑不安起来。

此时，离村子尚有不到十里地的路程。秋实决定暗中加快速度，偷偷地赶在他们前头，埋伏在他们经过的地方，探听个究竟，然后择机将他们引向别处，没想到他们刚巧就停留在秋实埋伏的石坪处，正在讨论如何进村的事情。

秋实也从他们的谈话中，听出来了是铺宁县铺静乡赤卫队支援队伍。遂马上现身，主动与他们招呼，并且还认出了其中一个队员，是附近村子的农会通讯员。谢天谢地，是虚惊一场，秋实立即带着他们往耀阳村赶去，及时补充了战斗力量。

赤卫队指挥员范相和几个骨干人员，估摸着国民党部队暂时还不会发起进攻，乘机在战场上开了个战时小会，综合了不同意见，确定了接下来可能出现特别恶劣环境的应对方案。

每个人的心中都十分清楚，接下来的战斗，肯定会更加惨烈，而且伤亡也一定会更加严重。

敌军部队肯定会不惜一切代价，采取速战速决的进攻方式，在晚上之前，必然想方设法结束这场战斗，这是反动派军阀上级下达的死命令。

秋实刚刚从增援队伍那里，获得最新通知，"赤卫队员必须随机应变"，应付敌军队伍接下来的疯狂进攻。赤卫队的所有队员，必须做好随时撤退的准备。

全体赤卫队员从决定了应战开始，便是抱着以死相拼的信念，大家的心里边也无比清楚，一旦耀阳村村口的第三道防线失守，最后的第四道防线，只是掩护队伍撤退的简单防线，也很快便会被敌军攻破，那时整个耀阳村也就肯定凶多吉少了，即便是战斗人员全部撤离，村中的整座建筑物，乡亲们的家园也必将被凶残的敌人放火焚烧。

大家的心里何尝愿意离开？但是，"留得青山在，不愁没柴烧"却是保存实力的最后权衡选择。

与第四防线相连的是一个撤离通道，设在一个隐秘的房子里面，在战斗还没打响之前，就已经开始着手准备。从第二道防线被敌军突破后，伤员的撤退转移都选择由这里输出。

撤离通道由老屋的横屋处入口，秘密进入一间房子，房子里面一人高的墙壁上，开凿出一个通向后面刺竹林的洞口。考虑到目标不能够太过明显，洞口不敢开得太大，开凿的洞口最多只能由两个人同时通过。

在战斗中不幸牺牲的队员，已经被转移了出去，送到了后山上集体草草安葬。重伤病员也由此通道转移之中。

负责后勤伙房的几位女士，本应该马上转移的，但是她们的态度还是那么坚决，非要继续留下来坚持到最后，帮赤卫队员做一些力所能及的事情。

最后考虑到战斗人员伤亡严重，援兵迟迟未到，况且后勤仍然非常需要人手，只好再次同意了她们留下来的请求，她们除了负责及时地伙食供给，还为赤卫队员们敲铸铁碎做铳用枪药、端茶送水、照顾伤员等工作，也让那些在战斗中流血受伤的队员们及时得到包扎止血处理。

为了保障此撤退通道的安全，临时安排了彭杰和雕弹两个赤卫队员看守在这里，除了警戒敌军进攻时的偷袭，还要时刻准备着，接应从村里面撤离、进入通道的所有队员。

反动派军阀部队，原计划放言要在午饭之前，就结束围剿战斗，没想到我方赤卫队员们，在武器弹药悬殊这么大的情况之下，抵抗还能这么顽强，仅仅依靠残旧落后的土枪土炮，只是占着有利的地理优势，坚持到现在。

当然，此役还有一个最高明的地方，就是"斩首"的战术，战斗一开始，就击毙了他们的一名主要"围剿"指挥官，从而大大鼓舞了士气，和他们相持到现在的下午一点多钟，还能有序地撤退至第三道防线，果断地对他们的进攻实行狙击，然后又掩护着撤退人员进入第四道防线从撤退通道暗中撤退。

对反动派来说，赤卫队武装能够坚持到现在，简直有点不可思议。敌军指挥员也意识到了，战场上大意、草率的轻敌行动，才让农民武装有了充裕的时间，把乡亲们全部安全转移。已经反应过来的敌军队伍，为了在上级面前挽回颜面，午饭后的进攻肯定更加猖狂凶猛。

当然，赤卫队暴露出来的简单装备，哪里还能吓唬志在必得的敌军进攻队伍？反动派部队只是由于午饭时间，暂时停滞了本该继续的进攻，现在他们可以仗着人多，冒着被局部狙击的危险，正在重新拉开进攻的架势，三个人为一排，五排为一队，紧紧地咬住，只待一声令下，就发起最后进攻。

果然不出所料，负责侦察的两个侦察员气喘吁吁地回来报告说，敌军部队来势迅猛，连原来驻扎营地的保安员大队，也倾巢而出。

看来他们想在天黑之前，结束对耀阳一带的"围剿"计划，是千真万确的。一场恶战，更加残酷地摆在眼前。等待赤卫队员们的命运，又是一场生与死的较量。

下午三点钟左右的那个时间段，敌人发起了疯狂的反扑，打一开始，就能够明显地感觉得到那种压制的节奏。他们人数众多，物资马匹多，进攻的速度快捷，声势浩大，一反之前的进攻方式，试探中还有所保留。

现在是一窝蜂地上，每三人为一排，六个人为一组，扛着木筏和竹筏，边走边铺，接力行动，将木筏和竹排铺在田埂路旁边，形成了一条通坦的大道。

敌人的队伍没有了农田泥泞的羁绊，踏着木筏蜂拥而来，还在树上阻击敌人的矮宾两个人，虽然又连续干掉了几个冲锋在前的敌人，无奈一拳难敌四手，只能眼巴巴看着敌人进攻而来，自己在树上干着急。

敌军人数越来越多，越来越近，矮宾俩人的狙击加上赤卫队员不断地投掷石头也无济于事，眼看再也无法阻挡敌人的进攻步伐，俩人互通信号以后，选择了下树参战。

敌军一改上午的作战方式，一阵压倒式的冲锋之后，队伍已经接近了村庄外围，耀阳村原本就是依赖外围的刺竹，形成了大铁桶式的天然堡垒。

村里部分留下的乡亲，以前做过竹篾、竹器活，不少人还经常打猎，他们也充分利用了自己掌握的手工技术，制作了很多打猎的弓弩和捕捉野兽的竹制武器。经过改进以后，安装在刺竹林的上面，准备在近距离再次给敌人突然袭击。

反动派的队伍，被刺竹林阻拦在现在唯一可以进村的大门外，大门类似于山寨大门，离敌军进攻部队不足百米，但是却居高临下，下面是花岗岩的石级台阶。有了一定的冲锋距离，敌军队伍虽然进村在望，也必须重新预估这个进攻难度。

敌人用炸药包一阵狂轰乱炸之后，炸药只在刺竹林的外围爆炸，还是没能攻破茂密丛生的刺竹，也幸好是下雨天，如果不是下过了雨，到处湿漉漉，换做是晴朗的天气，敌人肯定会采用明火，先行用火烧，借助风势，刺竹林必破无疑。

只要攻破竹林，就能迫使村中的人往外逃走，然后他们就可以轻松地坐等收网。

看到这个局面，进攻没能达到预想效果，敌军指挥官恼羞成怒，指手画脚，咆哮大叫。吼叫着命令队伍无论如何，前进！前进！带队长官手上挥着驳壳枪，连喊带吓逼着他们的队伍分成了两队，沿着石阶，背靠着两边挡土坡，轮流射击，轮流投掷炸药包，互相掩护着，总算攻进了离村大门前十几米的地方。

敌人在明处，我赤卫队在刺竹林里面的暗处，对于敌人的一举一动，可以看得一清二楚。当敌人靠近的距离少于十米的时候，由于赤卫队增援部队没有赶到，弹药没法补充，子弹已经严重缺少，不到万不得已，谁也不舍得浪费一颗子弹，都尽量等着敌人靠近，再用自制的竹制武器阻挡敌人的进攻。

掌握着弓弩和竹制武器的篾匠、打猎乡亲，立即启动了机关。顿时，从刺竹林上面斜飞出去的竹箭，密密麻麻飞射而出，射入敌军的进攻队伍中，一瞬间射伤敌人一大片，敌军鬼哭狼嚎般，又退出到五十米开外。

敌军只是停顿了片刻，便快速重新组织队伍，顶着预备的竹排，作为大盾牌，一级台阶、一级台阶往上推进，林中发出的竹箭虽然劲道大，但是射到光滑的竹排表面，滑溜一下就飞走了，再也无法对敌军的进攻形成有效阻挡。

幸亏竹子做的尖箭，依靠飞速的惯性，能够斜插入敌军的竹排，虽然构不成伤亡，却可以起到拦截的作用。令敌军投出的炸药包不至于进入竹林里面。

由于无法对敌产生致命的重创，敌人的队伍变得有恃无恐。进攻人数也一下子增加了。进攻方式也变得更加粗暴和疯狂，赤卫队员们集中一处，奋起还击，顽强抵抗，依托居高临下的地势，自高向下，开始用枪铳一枪一枪地阻挡着敌人的猛烈进攻，手上没有枪弹的队员，将围墙内准备好的石头，使劲往敌群里一阵猛扔，砸在竹排、木筏的上面，"啪，啪，啪"乱响。

长得五大三粗、号称"大力士"的高脚丰和另外几个力气大的队员只负责扔，远处没有竹排挡住的官兵被石头砸中，嗷嗷直叫，赤卫队员们用这样的土办法，又成功逼退了敌军队伍的几次进攻。

但是，时间长了也不行，毕竟准备的石头会有扔完的时候，捡石头的人，远远少于扔石头的人员，况且捡石头的人员也有限，附近的石头容易捡的也搬完了。

虽然也还有那么十几号人在扔石头，比起敌军几百号人蜂拥而来，如果援兵还不能顺利抵达增援，依现有的兵力和武器，无论再怎么顽强，也无法抵挡得住敌人越来越猛烈的进攻。当务之急，最需要的就是人员和武器弹药的补充。

据刚刚获得的消息，有几路援兵虽然已经汇合，但是由于下雨天的缘故，所带弹药已经尽湿，估计携带弹药的增援已经无望。上级联络员冒着生命危险，将上级的最新指示送达，全体人员必须按指示马上有序撤退，保存实力才是上策。

· 第四十二章

赤卫队伤亡增加，选择有序撤退

如果再不撤退的话，全部赤卫队武装都会有危险，敌军队伍随时就可能破防而入。最后关头，还是秋实果断地做了决定："留下一部分人员，由范相同志指挥，退进村子，进入第四道防线，掩护其他人员从秘密通道撤退！出去以后快速往后山树林深处转移。"

范相带队防守，其他人员借此不可能太长的时间，迅速有序地从原来预备的洞口撤退而去。

敌军集中兵力发起的强攻，已经攻破刺竹林外围大门，两个守卫大门的赤卫队员主将大炮坤和高脚丰，在敌军炸药包的几轮轰炸中，顽强坚守，但是先后不幸在敌人的炮火中身负重伤，最后在转移出去的中途，因为流血过多，传来消息称，已经双双壮烈牺牲。

村口大门失去两个主力队员后，宣告失守！刚进入村子的反动派队伍，因为不熟悉村子里面的情况，一下子还摸不透里面复杂的巷道，范相带领着赤卫队员们，充分利用对村子的熟悉优势，在刺竹与巷道之间，跟敌人捉起了迷藏。

赤卫队员们埋伏在暗处，东一棒子，西一榔头，用砍刀、尖串、尖竹竿从意想不到的角落快速出击，武器扎在敌人的身上，虽然不是马上就能致命，却也血肉模糊。一个地方扎几尖锥，马上转移到另一条巷子，继续敲打着晕头转向的敌军，搞得敌人分不清东南西北。

第四梯队队员的目的是为了掩护队员们撤退，只是在尽量拖延，为整体撤离赢得足够多的时间。最重要的一点，是不能让敌人发现撤退的密道。几百号人要撤退，可不是那么简单的事，在狭小的秘密空间进行，真的太需要时间了。

撤离出去的人员，从刺竹林旁边的河道顺着河岸，在葱茏茂盛的绿化物的遮掩下进入山路，再躲藏到深山里面就基本安全了。无奈撤退密道的出口过于狭小，又不能大张旗鼓地弄出大的动静，撤退速度在极度缓慢中进行。

其中一队敌军就要发现此洞口，正在外面接近密道的巷子里东瞅西望时，好在被雕弹彭团结及时发现了，彭团结也够机灵的，弄出一些小动静，把接近撤退出口的队伍吸引到他自己这边，兜了一圈到了别处，拖延了他们发现撤退密道的时间，在这个极为宝贵的时间段里，又有几十个队员安全撤离了出去。

但是，彭团结却在引开敌人的过程中，被敌军打伤了腿部，致使行动不便，不幸落入了敌人的手里，遭到了敌人酷刑的百般折磨，最后英勇地咬舌自尽，壮烈牺牲，献出了年轻而宝贵的生命。

耀阳村的整体面积其实并不大，只是竹木相间，依山傍水。村庄里面的巷道也并不十分复杂，敌军走了几圈后，很快就摸出了头绪，况且越来越多的敌军，已经基本上将整个耀阳村都包围住了。密道洞口很快就不是隐秘所在了。

遗憾的是，密道被敌军发现的时候，尚有四十几个赤卫队员还困在房子里面，眼看无法全部从密道洞口出去，只好作罢。

秋实、杠子、诸葛亮、矮宾、秋明夫妇等加起来的六十几个人，被敌军从密道口押到村子晒谷町上，个个都被五花大绑起来。

不到十六岁的赤卫队员彭开，因为需要带送重要口信，撤退后去而复返，最后无法及时撤离，也不幸被敌军抓捕在列。

大家还在密道房间里的时候，有了个约定。都知道密道的逃生洞口被发现只是时间上的事。趁着还没被敌人发现之前，必须有人坚持到最后作掩饰处理，经过慎重考虑，决定由秋实和杠子带小队留下。

秋实带一个小队在密道外围负责眺望，其他人再组成一个队，由杠子带领，从逃生洞口处继续往外面撤。秋实所带的队伍负责掩护，必须保证杠子所在的房间所有人员出去之后，再考虑自己和队员的去留。直到被敌人发现密道，能撤出去多少就是多少。

强调掩护队伍如果发现敌人冲进房间，必须第一时间发出信号，尚未撤出的人员，听到信号后，要迅速将逃生洞口用原来准备的禾稿和柴火堵住，将原有的木柜挡住洞口，清除掉所有痕迹，做好掩饰工作。

外面滞后的人员也必须将外面备用的柴草堆放于洞口处，尽量不让敌军看出破绽，尽量拖延时间，掩护刚撤出洞口的人员，进入到安全区域。

可惜的是，在风雨和冰冻的恶劣环境中，战斗了将近一天的赤卫队员们，体力上透支已经到达了筋疲力尽的地步。也许，该做的工作也做了，总有人要为掩护做出牺牲。

被敌军找到密道的时候，大家伙的心里也是无比坦然。心里的遗憾莫过于是自己身边的战友没能撤退出去，考虑的反而不是自己的生命安全了。

杠子所在的房间，赤卫队人员还没完全撤离的时候，就收到秋实发出的信号。房间内剩余人员快速地完成了遮挡洞口的任务，假装因为害怕而慌乱往外四下溃散。此时的反动派部队已是包围之势，赤卫队员焉有不知之理，只是害怕敌人发现洞口，找些法子分散敌军注意力罢了。

　　国民党队伍打扫战场的小分队，最终还是发现了这个撤退出口。当然，这是敌人大部队离开以后的事。发现时，天色已晚，我赤卫队队员和乡亲们也已经进入了深山安全地带。急于回去邀功的反动派哪里还会继续盲目地追踪！

·第四十三章

战斗人员被捕，耀阳村惨遭焚烧

耀阳村中，伤员和乡亲们已及时转移，坚持到最后的还有四十几个人员，其中有秋实、秋明和妻子庄群等赤卫队员，包括张英、叶妹在内有三位是女士，最后都不幸落入敌人的魔爪之中，但是，他们却表现出无比的淡定自若……

此时的天色也逐渐暗了下来，外面的雨水，好像根本没有停歇的意思，一阵阵肆无忌惮的北风夹杂着雨水，吹打在刺竹林上面，竹子与竹子因猛烈碰撞摩擦而摇动着，发出的声音犹如一阵阵小孩的啼哭声，时而是绵长音持续着，时而是短调的停顿。

偶尔传来的几声鸟儿的悲鸣，在这无情的冰雨中，凉飕飕的风雨肆虐下，更增添了无法言说的悲壮气氛。

敌军部队在这次"围剿"战斗中，损兵折将的程度远远超出了他们的预估，这是他们所始料不及的。

一场满打满算的对农民武装"围剿"计划，竟然因为我方赤卫队员们的顽强抵抗，而付出了伤亡惨重的代价，这口怨气，反动派又哪里咽得下去？

可以说，反动派对耀阳村的农军武装和赤卫队组织已经恨之入骨，他们只有把满腔无从发泄的怒火，转移到这些被抓捕的赤卫队员身上，进行百般摧残。

　　为了防止农会会员和赤卫队队员逃脱，敌人采取了更残酷的措施，用麻绳将赤卫队队员结结实实捆绑住，然后用枪托使劲砸在赤卫队员们身上，每个人都少不了吃上几个枪托，有几个身子骨单薄的队员当场就晕死过去，敌人完全是以折磨的方法，达到他们发泄怒气的目的。

　　早已将生死置之度外的赤卫队员们，虽然受着敌人枪托的击打，依然怒目相对。敌人除了动用武力发泄怒火，面对赤卫队员们的临危不惧、视死如归的态度，其实也是无可奈何。

　　最后只能把秋实、范相等五十几个人员，一起用麻绳串联着捆绑，押到祖屋外面的禾町上排成几队站立。

　　敌军临时指挥官又下令，再次将整座大屋子里里外外，彻底搜了一遍，却也再无收获，眼看天色将晚，才算作罢。

　　二月初的白天，相对时间较短，转眼功夫已来到黄昏时分，反动派队伍知道，再折腾下去也不会有什么收获，而且派兵"围剿"的目的基本达到，回去足可以向上级交差。

　　再说了，反动派部队也害怕赤卫队武装增援部队的支援，因为他们知道，共产党领导的队伍特别擅长夜间偷袭，敌军指挥官更加害怕节外生枝。

　　屯兵在镇上等候的杨梅保安大队"围剿"的区域除了耀阳村一带，还有陆江海其他各地，原计划对耀阳村一带的"围剿"就是速战速决，一天时间已经超出了原定的计划。

　　自从黄麻子被狙杀后，带队的敌军临时指挥官变得特别小心，再也不敢过多耽搁，队伍紧急集合之后，只留下一小队打扫战场殿后，大部队则押解着被捕的赤卫队员，连夜匆匆忙忙赶回了驻地。

　　留在村里的小队人马中，有一个当官模样的家伙骑在马背上，走到村口大门，忽然又调转了马头，把滞后的小分队头目叫到面前，自己拿着火柴，先点燃了一支香烟，然后比划着打了一个放火的手势，他所表达的意思，小兵痞也领会得很清楚，就是要他放火，把村里的所有房子都点燃起来烧了。

天色越来越显得黑暗，雨水从下午开始就停了。殿后的敌军看见他们的大部队一走，也没有了贼胆子留下，虽然他们在搬弄那些烧房子的柴火时，挪开了堵住洞口的柴火，也意外地发现了赤卫队员们撤退时的秘密通道和洞口，小分队的十几个家伙，为了图个安全，能够早点离开这里，就没有再向上报告的意思。

在这样冰冻、北风漫天呼啸的鬼天气里，谁还有心思和胆量留下来，受这恶劣天气的折磨？弄不好，赤卫队的援兵一来，碰上了连命都会丢了，干脆简单地在房子周围堆起干柴，把火一点，看着它烈火熊熊燃烧，人马一撤，管他呢，回去喝点小酒，被窝里暖和暖和不是美美的吗！

这帮敌军把弄来的禾稿和干柴，一部分扎成了火把，首先点着了矮房子的桁桷，一部分堆在墙角点燃，从窗棂处烧起，蔓延到屋顶。那些堆放在柴房里的干柴就直接把它点燃。

村子中只要是能够燃烧的东西，都不能幸免地被全部点燃。只是一瞬间的功夫，在外面被北风吹了半天的柴草，火借风势，不论是燃烧的柴火，还是屋顶的桁桷，从低处到高处，到处都是一片光亮，火焰冲天而起，熊熊燃烧了起来。一座座房屋上空，顿时浓烟滚滚，整个村庄陷入了一片火海之中。

乡亲们在敌军部队的押解下被呵斥着，走向他们的看押驻地。从一开始就被燃烧发出的那些断断续续的亮光牵动着，害怕残暴的"烧光、杀光、抢光"的三光政策。没想到，走着走着，后面自己的村庄，耀阳村方向的亮光却越来越明亮，乡亲们纷纷回头凝望着，无奈地知道他们最害怕的那一幕还是来了。

　　那些高高腾起的滚滚浓烟，虽然隔得那么远，却呛在赤卫队员和耀阳村乡亲们的心上，连喘气都觉得是咬牙的阵痛。每颗心都在痛苦地滴血，恨不得将这些凶残的反动派扔进他们点燃的火堆之中，祭奠那些已经牺牲的战友们……

　　敌军部队押解着由赤卫队员和乡亲们加起来的五十几个人，在夜幕还没完全降落下来时，一路上大声吆喝着，将赤卫队和农军被捕人员严密看管，浩浩荡荡地开赴县城附近的杨梅保安大队驻地。陆江县多个地方被捕的赤卫队员和无辜的乡亲们，成为了这些当官的家伙向他们主子邀功领赏的最好礼物。

　　被押解着、在泥泞道路上步履艰难的赤卫队员们，个个脸上充满着愤怒之色，眼看着自己的家园，被这帮丧心病狂的家伙点火焚烧，接着就是一片火海，整个村子笼罩在一片浓浓的烟雾和火焰冲天的烈火之中，这可是乡亲们赖以挡雨御寒的安身之所啊！

　　这是什么世道，反动派武装真的是准备赶尽杀绝吗！被捕的每个人心里暗藏着的那团复仇的怒火，不禁在偷偷发起铿锵有力的质问，该死的反动派啊，我们将会有越来越多为了正义和追求的人民，你又杀得完吗？你点燃的不是意志的毁灭之火，你点燃的是千千万万民众坚定的精神向往，它是走向胜利的火把，必将会照亮脚下难走也必须要走的正义之路！

· 第四十四章

队友掩护，多人借机成功逃生

　　哪怕赤卫队员和农军是被押解着走在路上，大家却仍然不忘寻找机会，暗地里小声传递着信息，每个人互相提醒着，大家都要开动脑筋想办法，在被押解的路上，寻找某些有利的环境，哪怕只有一丝机会，也要把握住，争取逃脱出去。

　　本着为革命保存实力的想法，为家乡父老报仇雪恨的那股斗志，誓将革命的燎原之火保护好，使其一直蔓延，直至遍及神州大地的每一个角落。同志们必须同心协力，想尽一切方法，不惜一切代价，也要争取一部分人员脱险逃出去！

　　机会终于还是来了，此时正在经过的道路，是一段崎岖的山路，右边是山体滑坡以后形成的黄泥土陡坡，目测高度足有十米左右，具有一定的斜度。

　　走在前面十米左右的国民党兵，刚好正蹲下了身子，好像用一把树叶遮挡着北风，也把整张脸遮住了，他擦燃了火柴，点火抽烟。走在后面的几个赤卫队员，赶紧用自己的身体，挡住了敌人的视线，同时背着手，往后面匆忙地打着手势，叫后面的人从陡坡处跳下去。

　　一位比较年长的赤卫队员早有准备，马上会意，抓住了这绝佳的脱险机会，猫低了身子，快速从陡峭的黄土山坡处溜滑了下去，整个身子瞬间没入在峭壁土坡下面、一处茂密的树丛中。

在敌人毫无知觉的情况下，成功逃脱。

紧接着是矮宾，他迅速瞅了瞅四周，又精明地环顾了整个环境，然后以最快的速度，闪入离刚才土坡不远的树丛，蛰伏着，等待着机会。

当被押解的队伍，走到一处狭窄的"之"字形拐弯的山路时，矮宾刚好处在敌人押解兵的中间视线盲区，就是这样的一瞬间，灵活机灵的矮宾，迅速跳下高崖，顺着全是黄泥的山冈，翻滚到一个因山体滑坡形成的掩体中，一动不动地掩藏在里面，等到敌军队伍全部通过之后，也抓住了机会成功脱逃。

紧跟在矮宾后面的，是农会通讯联络员秋实，秋实从第一眼看见敌军队伍里的那个连长副官时，就已经大概知道了，赤卫队员逃生的机会肯定会有的，只是不知道到时机会能有多久的时间，把握机会逃出去的又能有几个。

因为在敌军的押解队伍里，那个国民党的连长副官，秋实曾经在陆江县看过他的照片，这个人有一副很具标志性的眼镜，还有不知什么原因留在额头上的一块疤痕。

在近段时间，一次陆海县开会的时候，上级领导私底下拿出两张照片，一张是半身照，一张是全身照，上级领导郑重其事地对秋实做了秘密介绍。照片上是一个戴着眼镜、穿着军服的高大魁梧的中年人，半身照上很明显可以看见他额头上的疤痕。

领导还特别强调，这个人就是我们自己的同志，目前在敌军陆江县部队杨梅保安团部任职，只要牢记他额头上标志性的疤痕就可以了，提前告知是为了避免互相之间产生武力冲突，造成不必要的误会，需要全力保护好这个内线同志，不到万不得已，不动用这条内线联系。

现在把整件事情连贯起来重新回想，才算理出了一点头绪，关于国民党"围剿"计划的那份内线通知情报，应该跟这个副官有很大关系。

刚刚前面几个赤卫队员们能够成功脱逃，就是这个副官在暗中制造的机会，脱险才得以成功。假如不是他安排国民党押解人员的临时换位，脱逃不可能如此顺利。

果然，关于赤卫队队员脱逃这些事情，在后来连长副官回归共产党赤卫队组织以后，都一一得到了完全的证实，这个连长副官为赤卫队组织做出了极大的贡献，不过这些都是后话不提。

这些事实的真相，目前只有秋实一个人知道。所以从他认出了敌军连长副官以后（秋实一直都不知道他的名字），接着又成功掩护了四个赤卫队员和两个乡亲成功逃走。其中包括了花名叫"逼酒华"的外县前来支援的人士以及秋实本人。

秋实是所有脱险人员中的最后一个，脱逃的时候，差那么一点，就会被敌军的乱枪打死。这件事情说起来，还真带了点幸运的戏剧成分和神奇色彩。

那个瞬间，是秋实抓住的最后跳崖的逃生机会，秋实也是抱着九死一生的念头，心里想着，反正是一死，倒不如搏上一搏，横竖是死，并不是怕死，而是有点不甘心，跳下去还有可能存在生还的希望。

路的右面，是比之前更加陡峭、更加高深的泥土山壁，最下面就是杂草丛生的谷底。秋实紧贴着泥土山壁，发现刚好有一根藤条，顺手紧紧抓在手中，两脚夹住藤条，身体慢慢滑落，潜意识上有求生的那种本能。事实上，环境是由不得自己掌控的。

因为上午下过雨的缘故，黄土壁上黏稠滑溜，带着黏性的粘力粘着身子，形成了缓冲，才不至于翻身直跌入草丛谷底。也是秋实命不该绝，刚好掉进了山崖下面的一棵大树斜伸出去的小树杈上，经过树枝折断之后的再次缓冲，没入下面一个坑洼里面。

坑洼处，经过常年大树落叶的积累，周围、边上蓄满了新旧的落叶，积累的树叶丛，深度足有一人多深，秋实的整个人体由于掉下时的缓冲惯性，正好被完全埋在了深深的长年累积的树叶里面。

因树杈折断发出的脆裂声，响彻在一片静寂的旷野上，惊扰起好几只已经归巢的野鸟拍翅而飞。不用说，这么大的动静，肯定引起了国民党兵的警觉，反应过来的国民党兵痞，发现了被押解的队伍中有人跳下土崖逃跑，几个敌人立即大声斥喊、吆喝着。

排在前头看押的几个家伙，纷纷拿起长枪，对着刚才赤卫队员跳崖的地方"砰，砰，砰"乱射一通，幸好是天色已经暗了下来，他们无法确定具体目标，况且秋实是整个人被掩埋在一堆树叶里面，放松着身子，不敢弄出一丝一毫的响声，他仰躺在里面，清楚地听见了子弹"嗖嗖"地从身体旁边直线飞过。

随后，他听见一个声音，正在大声呵斥着开枪的家伙："你们狗日的，还放什么空枪，放个屁枪哦，逃跑的人早就跑远了，还想浪费老子的子弹不成？他奶奶的！"这个大声说话的人，正是那个秋实在照片里看过的连长副官，声音熟悉。

秋实躺在下面的坑洼里，虽然树叶盖住了身子，依然可以听得清清楚楚。秋实也知道连长副官是在有针对性地提醒自己，千万别弄出了什么动静。也许，在这种情况下，潜伏在敌军里的内线同志也只能帮到这份上了。

临时顶替黄麻子的带队副营长，听手下报告说，被捕的赤卫队人员，竟然逃跑了七八个人，不禁火冒三丈，将押解的这帮家伙臭骂了一顿。

而且还重新下达了命令任务，由一个国民党兵看押三个被捕人员，如果还看不紧，再有人员逃跑了，等待他的就是军法处置。

敌军队伍里那些家伙听到这个命令，瞬间就出现了一阵骚动，骂起娘来，但是却又不得不执行。

全部被捕的赤卫队员被喝令抱头蹲了下来，敌人又重新核实了在押人数，拿出随队备用的麻绳，重新对被捕人员的手反背，强行进行了五花大绑，尔后，又用绳子从裤裆穿过，将所有人的双手串联了起来，这样的话，就能够起到互相牵制的作用。

凶残的反动派队伍，还特别把被捕人员中七八个身材长得高大魁梧的赤卫队员，这些都是他们自认为特殊的危险分子。当着其他队员的面，以达到他们杀鸡儆猴的作用，残暴地用铁丝，穿过他们的手掌再串联，几个队员痛得差点就昏死过去。

战友们咬着牙，顶住非人的摧残，在互相激励中挺了过来，但是仍然被集中在押解队伍中间，这样的话，无论是排在前面，或者是后面的人员，只要任何一边有什么异动，都会牵扯到中间这些被穿过手掌的队员，伤口可是钻心的疼痛啊。

谁又忍心用一丁点的动作，刺激战友们正在流血的伤口！心狠手辣的国民党反动派为了防止赤卫队员们再次脱逃，手段可谓残忍至极，简直可恨之至。

为了减少铁丝摩擦对战友们伤口的伤害，队员们一致放弃了逃走的打算，中途甚至不得不更加小心翼翼，也不敢有半刻的停歇，都指望着快点到达后，敌人能够突然良心发现，剪断铁丝的禁锢，缓解对赤卫队员们的控制。

赤卫队员和群众一起的几十个被捕人员，最终被连夜押往到了陆江县国民党军队驻地，实行严密看押，丝毫也没有放松对在押人员的看守，更别说提供吃喝的东西了。

在耀阳村围剿战斗结束的当天晚上，上级农会和赤卫队武装方面，充分利用共产党组织发展的国民党内部人员，打听到被捕人员的关押地点之后，立即发动陆江县周边地区的共产党地下组织，迅速、及时地多方活动联系。

经过组织周密安排以后，找到了我党已经成功策反的对象、反动派方面保安团团长杨梅的下属，暗中委托由他全力斡旋，希望在他的帮助下，设法将这些被捕人员全部定性为普通老百姓，只要能够关进另外的普通班房，然后就可以再用其他渠道，将他们秘密地营救出来。

没想到，这一秘密的营救计划遭到了叛徒的告密，还险些暴露了国民党内部已经策反过来的地下人员，最终，为了保住这条内线，只好选择从其他渠道另想他法。

可惜的是，由于时间过于紧迫，错过了最佳营救时机，所有被捕的赤卫队员，在国民党形式过堂的时候，被套上了农军武装力量、图谋造反的罪名，被定性为农民武装参战人员，择日从严惩治。

反动派采取了快速处理的方法，虽然共产党组织也在多方努力周旋，最后营救效果甚微，只由组织发展的内部人员和地方社会舆论的作用下，暗中营救出一个年龄不足十六岁、留在村中未转移人员彭开和一个老妇女乡亲。其余队员，依然和陆江县其他几个地方被围剿抓捕的赤卫队员关押在一起。

据可靠情报，反动派将在最短的时间里，处置这批围剿中抓捕的"农民武装积极分子"。只是万万没想到，快到令人措手不及的速度。

他们竟然是在被捕后的第二天晚上，就被连夜押解到陆江县的一处秘密的地方集体关押，在大雨倾盆、雷电交加的当天晚上，将老百姓在内的几百人暗中残酷杀害！

可以想象，当时那些罪恶的枪响，肯定躲不过老天怒睁的双眼！天空中的那声声炸雷，肯定响彻了云汉！那一道道的闪电啊，肯定划破了长空黑暗！那地动山摇的呐喊声，肯定也震颤了反动派统治下的黑暗王朝！你看到了吗？

虽然反动派当局想尽了一切办法，意图扑灭中国共产党在陆江海一带的革命燎原之火，他们却万万没想到，星星之火带来的燎原之势，已经逐渐蔓延，革命浪潮席卷整个中国。受压迫人民的革命热情空前高涨，革命意志更加顽强，革命信念更加坚定。一丝丝曙光好像那晨曦中透出的一缕缕光明，正在世界的东方悄然喷薄而出，金光万丈……

那些被点燃的一团团二月的烽火，燃烧留下的灰烬，滚烫着耀阳村脚下的那一片热土，也铸就了一个个勇敢顽强、英雄不朽的红色传奇：留下了流芳千古、彪炳日月的烈士功勋……

那擎天矗立的可不仅仅是一座丰碑，它还是一段悲壮的历史……